CHERUB

MISSION 1
100 JOURS
EN ENFER

www.cherubcampus.fr
www.casterman.com

Publié en Grande-Bretagne par Hodder Children's Books, sous le titre : *The Recruit*

© Robert Muchamore 2004 pour le texte.

ISBN 978-2-203-00202-9
N° d'édition : L.10EJDN000124.C007
© Casterman 2007 pour l'édition française
Achevé d'imprimer en octobre 2011, en Espagne par Novoprint.
Dépôt légal : février 2007 ; D.2007/0053/183
Déposé au ministère de la Justice, Paris (loi n° 49.956 du 16 juillet 1949
sur les publications destinées à la jeunesse).

Robert Muchamore

CHERUB

MISSION 1

100 JOURS
EN ENFER

Traduit de l'anglais
par Antoine Pinchot

casterman

1. Un simple accident

James Choke détestait les cours de chimie. Avant d'entrer au collège, il s'imaginait que cette discipline consistait à manier des tubes à essai afin de provoquer des jets de gaz et des gerbes d'étincelles. En réalité, il passait chaque leçon, assis sur un tabouret, à recopier les formules que Miss Voolt gribouillait sur le tableau noir, quarante ans après l'invention de la photocopieuse.

C'était l'avant-dernier cours de la journée. Dehors, la pluie tombait et le jour commençait à décliner. James somnolait. Le laboratoire était surchauffé, et il avait passé une grande partie de la nuit précédente à jouer à *Grand Theft Auto*.

Samantha Jennings était assise à ses côtés. Les professeurs adoraient son caractère volontaire, son uniforme impeccable et ses ongles vernis. Elle prenait ses notes avec trois stylos de couleurs différentes et couvrait ses cahiers pour les garder en bon état. Mais dès qu'ils avaient le dos tourné, elle se comportait comme une vraie peau de vache. James la haïssait. Elle ne cessait de se moquer ouvertement de l'aspect physique de sa mère.

— La mère de James est si grosse qu'elle doit beurrer les bords de sa baignoire pour ne pas rester coincée.

Les filles de sa bande éclatèrent de rire, comme à leur habitude.

À la vérité, la mère de James était énorme. Elle commandait ses vêtements dans un catalogue de vente à distance réservé aux personnes souffrant d'obésité. Faire les courses en sa compagnie était un véritable cauchemar. Les gens la montraient du doigt, ou la dévisageaient avec insistance. Les enfants imitaient sa démarche maladroite. James l'aimait, mais il s'arrangeait toujours pour trouver un moyen de ne pas se montrer en sa compagnie.

— Hier, j'ai fait un footing de huit kilomètres, dit Samantha. Deux fois le tour de la mère de James.

Ce dernier leva la tête de son cahier d'exercices et plongea ses yeux bleus dans ceux de la jeune fille.

— Cette vanne est à crever de rire, Samantha. Encore plus drôle que les trois premières fois où tu nous l'as servie.

James était l'un des élèves les plus bagarreurs du collège. Si un garçon s'était permis de dire quoi que ce soit sur sa mère, il lui aurait flanqué une dérouillée mémorable. Mais comment devait-il réagir devant une fille ? Il prit la décision de s'asseoir aussi loin que possible de cette vipère dès le cours suivant.

— Essaie de te mettre à notre place, James. Ta mère est un monstre.

James était à bout de nerfs. Il se dressa d'un bond, si brutalement qu'il renversa son tabouret.

— C'est quoi ton problème, Samantha ? cria-t-il.

Un silence pesant régnait dans le laboratoire. Tous les regards étaient braqués sur lui.

— Qu'est-ce qui ne va pas, James ? demanda Samantha, tout sourire. Tu as perdu ton sens de l'humour ?

— Monsieur Choke, veuillez vous rasseoir et vous remettre au travail immédiatement, ordonna Miss Voolt.

— Si tu ajoutes quoi que ce soit, Samantha, je te…

James n'avait jamais brillé par sa repartie.

— … je te jure que je…

Un gloussement stupide jaillit de la gorge de la jeune fille.

— Qu'est-ce que tu vas faire, James ? Rentrer à la maison pour faire un gros câlin à maman baleine ?

James voulait voir ce sourire stupide disparaître du visage de Samantha. Il la saisit par le col, la souleva de son tabouret, la plaqua face contre le mur puis la fit pivoter pour lui dire droit dans les yeux ce qu'il pensait de son attitude. Alors, il se figea. Un flot

6

de sang ruisselait sur le visage de la jeune fille, jaillissant d'une longue coupure à la joue. Puis il aperçut le clou rouillé qui dépassait du mur.

Terrorisé, il fit un pas en arrière. Samantha porta une main à sa joue, puis se mit à hurler à pleins poumons.

— James Choke! s'exclama Miss Voolt. Cette fois, tu as été trop loin!

Les élèves présents dans la salle murmurèrent. James n'eut pas le courage d'affronter l'acte qu'il venait de commettre. Personne ne croirait qu'il s'agissait d'un accident. Il se précipita vers la porte.

Miss Voolt le retint par le bras.

— Eh, où vas-tu, comme ça?

— Poussez-vous! cria James en lui administrant un violent coup d'épaule.

Stupéfaite et choquée, la femme chancela vers l'arrière en battant vainement des bras.

James détala dans le couloir. Les grilles du collège étaient closes. Il les franchit d'un bond et quitta l'établissement par le parking des professeurs.

•••

Il marchait sous la bruine comme un automate. Sa colère avait peu à peu cédé la place à l'anxiété. Jamais il ne s'était fourré dans une situation aussi dramatique.

Son douzième anniversaire approchait, et il se demandait s'il vivrait assez longtemps pour le célébrer. Il allait être exclu du collège, car ce qu'il avait commis était impardonnable. En outre, il était certain que sa mère allait l'étrangler.

Lorsqu'il atteignit le petit parc de jeux situé près de chez lui, il sentit la nausée le gagner. Il consulta sa montre. Il était trop tôt pour rentrer à la maison sans risque d'éveiller les soupçons. Il n'avait pas un sou en poche pour s'offrir un coca à l'épicerie du coin. Il n'avait d'autre solution que de se réfugier dans le parc et se mettre à l'abri sous le tunnel en béton.

Celui-ci était plus étroit que dans ses souvenirs. Les parois étaient recouvertes de tags, et il exhalait une révoltante odeur d'urine canine. James s'en moquait. Il avait le sentiment de mériter ce séjour dans une cachette glacée et malodorante. Il frotta ses mains pour les réchauffer. Alors, des images du passé lui revinrent en mémoire.

Il revit le visage de sa mère, mince, éclairé d'un sourire, apparaissant à l'extrémité du tunnel. *Je vais te manger, James*, grondait-elle. Les mots résonnaient sous la voûte de béton. C'était chouette.

— Je ne suis qu'un pauvre minable, murmura James.

Ses paroles résonnèrent en écho. Il remonta la fermeture Éclair de son blouson et y enfouit son visage.

Une heure plus tard, James parvint à la conclusion que deux possibilités s'offraient à lui : il devait se résoudre à croupir dans ce tunnel jusqu'à la fin de ses jours, ou rentrer à la maison pour affronter la fureur de sa mère.

⋰

Dans le vestibule, il jeta un œil au téléphone posé sur la tablette.

12 appels en absence

À l'évidence, le directeur de l'école s'était acharné à joindre sa mère. James se félicita qu'il n'y soit pas parvenu, mais il se demandait pourquoi elle n'avait pas décroché. Puis il remarqua la veste de l'oncle Ron suspendue au portemanteau.

Ce type avait surgi dans sa vie alors qu'il n'était encore qu'un bébé. C'était un véritable boulet qui fumait, buvait et ne quittait la maison que pour picoler au pub. Il avait eu un job, une fois, mais s'était fait virer au bout de deux semaines.

Si James avait toujours su que Ron était un bon à rien, sa mère avait mis du temps à en prendre conscience et à se résoudre à le mettre à la porte. Hélas, il avait eu le temps de l'épouser et de lui faire un enfant. Pour quelque raison étrange, elle conservait de l'affection pour lui et n'avait jamais demandé le divorce. Ron se pointait une fois par semaine, sous prétexte de voir sa fille Lauren. En réalité, il faisait son apparition lorsqu'elle se trouvait à l'école, dans le seul but de soutirer quelques billets.

Sa mère, Gwen, était affalée sur le sofa du salon. Ses pieds étaient posés sur un tabouret. Elle portait un bandage à la cheville gauche. Ron, lui, était avachi dans un fauteuil, les talons sur la table basse, les orteils saillant de ses chaussettes trouées. Ils étaient tous deux ivres morts.

— Maman, tu sais bien que tu n'as pas le droit de boire, avec ton traitement, protesta James, oubliant aussitôt tous ses problèmes.

Ron se redressa péniblement en tirant sur sa cigarette.

— Salut, mon petit, dit-il en exhibant ses dents déchaussées. Papa est de retour à la maison,

James et Ron se jaugèrent en silence.

— Tu n'es pas mon père.

— Exact, fiston. Ton père a pris ses cliques et ses claques le jour où il a aperçu ta sale petite face de rat.

James hésita à évoquer devant son beau-père l'incident qui s'était produit au collège, mais sa faute était un poids trop lourd à porter.

— Maman, il m'est arrivé un truc au bahut. C'était un accident.

— Tu as encore mouillé ton pantalon ? ricana Ron.

James resta sourd à cette provocation.

— Écoute, mon chéri, dit Gwen d'une voix pâteuse, nous discuterons de tout ça plus tard. Pour le moment, va chercher ta sœur à l'école. J'ai bu quelques verres de trop et je ne devrais pas conduire dans cet état.

— Maman, c'est vraiment sérieux. Il faut qu'on en parle.

— Fais ce que je te demande, James. J'ai une migraine abominable.

— Lauren est assez grande pour rentrer toute seule.

— Obéis, pour une fois ! aboya Ron. Gwen, si tu veux mon avis, ce petit con a besoin d'un bon coup de pied où je pense.

— Maman, il t'a piqué combien, aujourd'hui ? demanda James d'un ton acide.

Gwen secoua une main devant son visage. Elle détestait ces disputes incessantes.

— Bon sang, est-ce que vous ne pouvez pas passer cinq minutes dans la même pièce sans vous faire la guerre ? James, va voir dans mon porte-monnaie. Achetez-vous quelque chose pour dîner en rentrant. Je n'ai pas envie de cuisiner, ce soir.

— Mais...

— Débarrasse-nous le plancher avant que je perde patience, gronda Ron.

James était impatient d'être de taille à flanquer une raclée à son beau-père et de débarrasser une bonne fois pour toutes sa mère de ce parasite.

Il se retira dans la cuisine et inspecta le contenu du porte-monnaie. Un billet de dix livres aurait largement fait l'affaire, mais il en prit quatre. Ron avait la désagréable habitude de dérober tout l'argent qui passait à sa portée, et il savait qu'il ne serait pas soupçonné. Il fourra les quarante livres dans une poche arrière de son pantalon. Gwen ne se faisait aucune illusion sur les espèces qu'elle laissait traîner. Elle gardait ses économies dans un coffre, à l'étage.

2. Lauren

La plupart des enfants se contentent d'une seule console de jeux. James Choke, lui, possédait toutes les machines disponibles sur le marché, tous les jeux et tous les accessoires imaginables. Un PC, un lecteur MP3, un Nokia, une télé 16/9 et un graveur de DVD. Il n'en prenait aucun soin. Lorsqu'un appareil rendait l'âme, il s'en procurait un autre, tout simplement. Huit paires de Nike. Un skateboard dernier cri. Un vélo à six cents livres. Des centaines de jouets sophistiqués. Quand sa chambre était en désordre, c'était comme si une bombe venait d'exploser dans un magasin *Toys'R'Us*.

Si James possédait tout cela, c'est parce que Gwen Choke vivait d'escroqueries. Depuis son salon, tout en se gavant de pizzas devant les séries télé de l'après-midi, elle dirigeait un réseau de voleurs qui pillaient les grands magasins. Elle ne prenait jamais part à ces méfaits. Elle se contentait de noter des commandes et de communiquer des ordres à ses complices. Elle surveillait ses arrières. Elle se tenait à l'écart des stocks de matériel volé et changeait fréquemment de mobile pour éviter que la police ne trace ses appels.

...

James n'était pas retourné à l'école primaire depuis la fin du CM2, avant les vacances d'été. Quelques mères de famille bavardaient devant le portail.

— Comment va ta mère ? demanda l'une d'elles.

— Elle cuve, répondit-il d'un ton amer.

Elle venait de le chasser de la maison, et il n'avait aucune envie de la ménager. Les femmes échangèrent des regards entendus.

— Je cherche le dernier *Call of Duty* pour PlayStation 2. Elle peut me trouver ça ?

Il haussa les épaules.

— Évidemment. Cinquante pour cent du prix public, en liquide.

— Tu t'en souviendras ?

— Non. Notez-moi ça sur un bout de papier, avec votre nom et votre numéro de téléphone. Je ferai passer la commande.

Les mères de famille s'exécutèrent en jacassant. Des baskets, des bijoux, des voitures radiocommandées.

— Il me faut ça pour mardi, exigea l'une d'elles.

James n'était pas d'humeur.

— Si vous avez des précisions à apporter, mettez-les par écrit. Je ne peux pas me souvenir de tout.

Lorsque la cloche sonna, un flot d'enfants déferla hors de l'école. Lauren, neuf ans, fut la dernière à quitter l'établissement. Elle était blonde, comme James, mais elle était parvenue à persuader sa mère de la laisser se teindre les cheveux en noir. Elle gardait les mains enfoncées dans les poches de son bomber. Son jean était taché de boue. Elle avait passé l'heure du déjeuner à jouer au football avec les garçons.

Elle ne vivait pas sur la même planète que les autres filles de son âge. Elle ne possédait pas une seule robe. Elle avait passé ses Barbie au micro-ondes à l'âge de cinq ans et, lorsque deux possibilités s'offraient à elle, elle choisissait toujours la troisième.

— Je hais cette vieille chouette, lâcha-t-elle en se plantant devant James.

— Qui ça ?

— Miss Reed. Elle nous a collé une interro de maths. J'ai fini toutes les opérations en deux minutes, mais elle m'a forcée à rester assise, à me tourner les pouces, en attendant que les autres débiles terminent leurs additions. Elle ne m'a même pas autorisée à aller chercher mon bouquin aux vestiaires.

James se souvint que Miss Reed se comportait de la même manière lorsqu'il était dans sa classe, trois années plus tôt. Elle lui donnait l'impression d'infliger des punitions aux élèves qui se montraient trop brillants.

— Qu'est-ce que tu fais ici ? demanda Lauren.

— Maman est encore bourrée.

— Mais elle n'a pas droit de boire à cause de son opération.

— Je sais. Qu'est-ce qu'on peut faire ?

— Et toi, tu n'es pas au collège ?

— Je me suis battu. Ils m'ont renvoyé.

Lauren secoua la tête, mais ne parvint pas à réprimer un sourire.

— Et une bagarre de plus. Ça fait trois ce trimestre, si mes souvenirs sont bons.

James préféra ne pas s'attarder sur le sujet.

— J'ai une bonne et une mauvaise nouvelle. Par quoi je commence ?

Lauren haussa les épaules.

— Je m'en fous. Allez, vide ton sac.

— La mauvaise, c'est que ton père est à la maison. La bonne, c'est que maman m'a filé du fric pour acheter à dîner. Il devrait s'être barré avant notre retour.

••••

Au fast-food, James s'offrit un menu double cheeseburger. Lauren n'avait pas très faim. Elle commanda des oignons frits et un coca, puis s'empara d'une poignée de sachets de ketchup et de mayonnaise. Tandis que son frère engloutissait son dîner, elle les déchira et en vida le contenu sur la table.

— Pourquoi tu fais ça ? demanda-t-il.

— En fait, répondit-elle, l'air absent, en mélangeant les deux ingrédients avec les doigts, je dois dessiner un *smiley*. Il en va de la survie du monde libre.

— Tu réalises que quelqu'un va devoir nettoyer tout ça ?

— M'en fous, répliqua-t-elle, le visage fermé.

James avala la dernière bouchée de son cheeseburger puis, ne se sentant pas rassasié, lorgna vers les oignons de sa sœur.

— Tu les finis pas ?

— Prends-les si tu veux. Ils sont froids de toute façon.

— Il n'y a rien à manger à la maison, Lauren. Tu ferais mieux d'en profiter.

— Je n'ai pas faim, dit Lauren. Je me ferai des sandwichs, plus tard.

James adorait les sandwichs de Lauren. Ils étaient démentiels. Nutella, miel, sucre glace, sirop d'érable, pépites de chocolat. Peu importaient les ingrédients, pourvu qu'ils soient sucrés, en quantité industrielle, que le pain soit croustillant, la garniture chaude, collante et épaisse. Ces spécialités valaient la peine de se brûler les doigts.

— D'accord, mais t'auras intérêt à nettoyer la cuisine. La dernière fois, maman a failli devenir cinglée.

∴

Il faisait nuit lorsqu'ils tournèrent au coin de la rue où ils vivaient. À peine s'y étaient-ils engagés que deux garçons bondirent au-dessus d'une clôture. L'un d'eux plaqua James face à un mur, puis lui tordit le bras derrière le dos.

— Salut mon pote, murmura-t-il, la bouche collée à son oreille. Je t'attendais avec impatience.

L'autre garçon ceintura Lauren, puis colla une main sur sa bouche pour étouffer ses cris.

James s'en voulait d'avoir été aussi stupide. Il s'était inquiété de la réaction de sa mère, du directeur du collège et de la police, mais il avait oublié que Samantha Jennings avait un frère de seize ans.

Greg Jennings était le chef d'une bande de voyous qui régnait par la terreur sur le quartier de James. Ils cassaient des voitures, détroussaient les passants et n'hésitaient pas à faire usage de leurs poings. Il valait mieux baisser les yeux sur leur passage. Ceux qui avaient affaire à eux pouvaient s'estimer heureux de s'en tirer avec une paire de gifles et quelques pièces de moins dans leur porte-monnaie. Aux yeux des membres de ce gang, il n'y avait pas pire offense que de s'en prendre à l'une de leurs sœurs.

Greg Jennings écrasa le visage de James contre la brique.

— Prépare-toi à souffrir à ton tour.

James sentit le sang couler le long de sa joue. Toute résistance était inutile. Greg aurait pu le briser comme une brindille.

— Tu as peur ?

James resta muet, mais ses tremblements étaient éloquents.

— File-moi ton fric.

Il lui tendit ce qui restait de ses quarante livres.

— Ne fais pas de mal à ma sœur, je t'en supplie.

Le garçon tira de sa poche un couteau.

— La mienne est rentrée à la maison avec huit points de suture au visage, dit Greg. Heureusement pour vous, charcuter les petites filles ne m'amuse pas.

Il trancha la cravate de James, coupa les boutons de sa chemise et déchira ses jambes de pantalon de haut en bas.

— Prépare-toi à vivre des jours difficiles. On va se revoir souvent, toi et moi.

Sur ces mots, il le frappa à l'estomac puis disparut dans l'obscurité en compagnie de son complice. James s'était déjà fait corriger par Ron, mais jamais il n'avait reçu un coup aussi violent. Il s'effondra sur le trottoir.

Lauren s'accroupit à ses côtés et, sans manifester la moindre pitié, lui demanda :

— Tu t'es battu avec Samantha Jennings ?

Il leva les yeux vers sa sœur. La honte était plus forte que la douleur.

— C'était un accident. Je voulais juste lui faire peur.

Lauren se redressa, tourna les talons et se dirigea vers la maison.

— Aide-moi à me relever. Je ne peux pas marcher.

— Tu n'as qu'à ramper, fumier.

Mais au bout de quelques mètres, elle réalisa qu'elle ne pouvait se résoudre à abandonner son frère, même si c'était un parfait crétin. Elle rebroussa chemin puis, tant bien que mal, l'aida à se traîner jusqu'à la maison.

3. Rouge sang

James tituba dans l'entrée, une main plaquée sur l'estomac. Il inspecta l'écran du mobile :

48 appels en absence
4 SMS

Il éteignit l'appareil puis risqua un œil dans le salon. La pièce était plongée dans la pénombre, mais la télé était restée allumée. Sa mère dormait sur le canapé. Ron avait quitté la maison.

— Il est parti, chuchota-t-il.

— Ouf, soupira Lauren. Je n'aurai pas à supporter ses baisers baveux et son haleine de poney.

Elle se baissa pour ramasser une enveloppe glissée sous le paillasson.

— Tiens, ça vient du collège.

Elle déchiffra laborieusement la note manuscrite :

— *Chère Mrs Choke, veuillez avoir l'obligeance de me contacter au plus vite au numéro figurant ci-dessous, con...* « con » quelque chose.

— Concernant, devina James.

— *... concernant le comportement de votre fils. Michael Rook, directeur.*

Lauren suivit James jusqu'à la cuisine. Il se versa un verre d'eau puis se laissa tomber sur une chaise. Elle s'assit en face de lui et ôta ses baskets.

— Maman va te massacrer, dit-elle avec un sourire radieux.

À ses yeux, son frère méritait d'en baver.

— Tu ne peux pas la fermer ? J'essaye de ne pas y penser.

∴

James s'enferma dans la salle de bains. Son reflet dans le miroir le fit sursauter. La partie gauche de son visage et ses cheveux blonds étaient barbouillés de sang. Il vida ses poches et fourra ses vêtements déchirés dans la poubelle. Il devait s'en débarrasser avant que sa mère ne les découvre.

Les questions se bousculaient dans son esprit. Il ignorait ce qui le poussait à se mettre dans de telles situations. Il passait son temps à se battre. Il était intelligent, mais ne travaillait jamais et récoltait des notes catastrophiques. Ses professeurs lui répétaient sans cesse qu'il gâchait son potentiel et qu'il finirait par mal tourner. Il commençait à partager leur avis et il les détestait plus que jamais.

Il se glissa dans la cabine de douche et tourna le robinet. Aussitôt, ses douleurs s'estompèrent. Il regarda un tourbillon rougeâtre se former à ses pieds.

James doutait de l'existence de Dieu, mais ce qui lui arrivait ressemblait à une punition céleste. Il se demanda s'il était permis de prier tout nu sous la douche, jugea que ça n'avait aucune importance et joignit les mains.

— Salut, Dieu. Je sais, je ne me comporte pas toujours comme je le devrais. Jamais, en fait. S'il te plaît, aide-moi à être bon, ou juste un peu meilleur. Et ne laisse pas Greg Jennings m'envoyer au cimetière. Amen. À plus.

Il contempla ses mains, mal à l'aise, peu convaincu de l'utilité du rituel qu'il venait d'accomplir. Il sortit de la douche et dévissa le bouchon du flacon d'antiseptique.

∴

James enfila ses vêtements favoris : un maillot d'Arsenal et un pantalon de jogging Nike usé jusqu'à la corde. Il les cachait au fond d'un placard, car sa mère fichait à la poubelle tout ce qui n'avait pas l'air d'avoir été volé la veille. Elle n'avait jamais compris à quel point il était agréable de porter des vieilles fringues rien qu'à soi.

Il avala un verre de lait et les deux sandwichs que Lauren lui avait préparés, puis il joua une demi-heure à *GT4* sous la couette. Il se sentait mieux, mais son ventre lui faisait un mal de chien chaque fois qu'il faisait un mouvement brusque.

La voiture de James s'écrasa dans un rail de sécurité. Aussitôt, six bolides le doublèrent, et il se retrouva en dernière position. Il envoya valser la manette. Il n'arrivait jamais à négocier ce virage. Les bagnoles dirigées par la console tournaient comme sur des rails. Il avait la conviction que le jeu trichait. Et puis il en avait assez de jouer seul. Lauren détestait les jeux vidéo. Elle n'aimait que le foot et le dessin.

Il s'empara de son portable et composa le numéro de son copain Sam, qui habitait la maison voisine.

— Bonsoir, Mrs Smith. C'est James Choke. Est-ce que je peux parler à Sam ?

Le garçon décrocha le téléphone dans sa chambre. Il semblait surexcité.

— Salut, pauvre cinglé, dit-il en riant. Eh bien, tu t'es foutu dans une sacrée galère !

James ne s'attendait pas à une telle entrée en matière.

— Qu'est-ce qui s'est passé quand je suis parti ?

— Un truc de dingue, mec. Samantha avait du sang partout. Une ambulance est venue la chercher. Miss Voolt a complètement perdu les pédales. Elle a dit que c'était la goutte qui faisait déborder le vase, et qu'elle allait prendre sa retraite anticipée. Le directeur en personne est venu remettre de l'ordre. Il a collé trois jours d'exclusion à Miles, juste parce qu'il a rigolé.

James n'en croyait pas ses oreilles.

— Trois jours d'exclusion pour avoir *rigolé* ?

— Il était fou de rage. Ah, au fait, tu es renvoyé définitivement.

— Arrête de délirer.

— Je parle sérieusement. Tu n'as même pas terminé le premier trimestre. Je crois que c'est un record. J'imagine que ta mère t'a fait la tête au carré.

— Elle n'est pas encore au courant. Elle roupille.

Sam éclata de rire.

— Elle dort ? Tu ne crois pas que tu devrais la réveiller pour lui apprendre la bonne nouvelle ?

— Elle n'en a rien à cirer, mentit James, d'un ton faussement détaché. Tu veux passer pour jouer à la PlayStation ?

Son ami se fit plus sérieux.

— Désolé, mon vieux. J'ai des devoirs à finir.

James pouffa.

— Tu ne fais *jamais* tes devoirs.

— J'ai été obligé de m'y mettre. Mes parents m'ont collé la pression. Mes cadeaux d'anniversaire sont en jeu.

James savait que son camarade mentait mais il ignorait les motifs qui le poussaient à le rejeter. D'habitude, sa mère le laissait faire tout ce qu'il voulait.

— Arrête ton cinéma, tu veux ? Qu'est-ce qui se passe ? Tu es fâché contre moi ?

— C'est pas ça, James, mais…

— Mais quoi, Sam ?

— Essaie de te mettre à ma place, bordel.

— Je ne comprends pas.

— Tu es un pote, mais je crois qu'on ne pourra pas se voir pendant un moment, le temps que les choses se calment un peu.

— Pourquoi, Sam ?

— Parce que Greg Jennings a juré d'avoir ta peau. Je préfère qu'on ne me voie pas traîner avec toi.

— À deux, on pourrait se défendre.

Sam n'avait jamais rien entendu d'aussi drôle.

— Tu m'as bien regardé, James ? Je suis taillé comme une

crevette. Que veux-tu que je fasse contre ces types ? Je t'aime bien, mon vieux. Vraiment. Mais il ne fait pas bon être ton copain, par les temps qui courent.

— Merci de ton soutien, Sam.

— Tu aurais dû réfléchir avant de planter la sœur de ce malade à un clou rouillé.

— Je ne l'ai pas fait exprès. C'était un accident.

— Rappelle-moi quand tu seras arrivé à faire avaler ça à Greg Jennings.

— J'arrive pas à croire que tu me fasses ça.

— Tu ferais comme moi si tu étais à ma place. Et tu le sais très bien.

— OK. Alors, comme ça, je suis en quarantaine.

— Ne rends pas les choses plus difficiles, James. Je suis désolé.

— Ouais, ouais, c'est ça.

— On peut toujours se téléphoner, tu sais. On reste amis.

— Merci encore, Sam.

— Il faut que je te laisse, là.

— Éclate-toi bien avec tes devoirs, espèce de salaud.

James raccrocha et se demanda s'il devait prier de nouveau.

Il s'endormit devant un talk-show débile. Il rêva que Greg Jennings piétinait ses boyaux et se réveilla en sursaut.

Son ventre était si douloureux qu'il parvint à peine à se traîner jusqu'aux toilettes. Il lâcha une goutte d'urine écarlate. Il n'en croyait pas ses yeux. Rouge vif. Du sang. Une fois sa vessie vidée, la douleur se dissipa. Mais il crevait de trouille.

Il fallait qu'il avertisse sa mère.

Dans le salon, la télé était restée allumée, le volume à fond. Il l'éteignit.

— Maman, murmura-t-il.

Quelque chose clochait. Sa mère était étrangement calme. Trop calme. Il toucha son bras. Il était glacé. Il passa une main devant son visage. Elle ne respirait pas. Pas de pouls. Plus rien.

•••

À l'arrière de l'ambulance, James serrait Lauren dans ses bras. Le corps de leur mère, dissimulé sous une couverture grise, reposait sur un brancard à moins d'un mètre d'eux. Il se sentait perdu, mais il s'efforçait de garder une contenance devant sa petite sœur éplorée.

Le véhicule s'immobilisa devant l'hôpital. James regarda sa mère pour la dernière fois. Il réalisa avec amertume qu'il garderait d'elle le souvenir d'une masse informe illuminée par la lumière bleutée des gyrophares.

Il descendit de l'ambulance. Lauren restait agrippée à son bras, et rien au monde n'aurait pu lui faire lâcher prise. Elle avait cessé de pleurer, mais elle haletait comme un animal blessé.

Ils marchèrent comme des robots jusqu'au guichet d'accueil. Une infirmière les conduisit jusqu'à une salle d'examen où les attendait une jeune femme brune vêtue d'une blouse blanche.

— Je suis le docteur May. Vous devez être James et Lauren.

Il caressa doucement l'épaule de sa sœur.

— Lauren, peux-tu lâcher ton frère ? Il faut que nous parlions.

La petite fille resta sans réaction.

— On dirait qu'elle est sourde et muette, dit James.

— Elle est en état de choc. Je vais lui administrer un calmant, pour la soulager un peu.

Le docteur May saisit une seringue sur un chariot puis releva la manche de Lauren.

— Tiens-la, s'il te plaît.

Elle planta l'aiguille au creux de son bras. Aussitôt, la petite fille se détendit. James l'aida à s'allonger sur une couchette. La femme posa une couverture sur ses jambes.

— Merci, murmura James d'une voix étranglée.

— Tu as dit à l'ambulancier que tu avais du sang dans tes urines.

— Oui.

— Tu as reçu un coup à l'estomac ?

— Je me suis battu. C'est grave ?

— Tu saignes à l'intérieur. En principe, ce n'est pas plus grave qu'une coupure externe. Ça devrait passer tout seul. Reviens me voir si rien n'a changé d'ici demain soir.

— Qu'est-ce qu'on va faire de nous ?

— Une assistante sociale va contacter les membres de ta famille.

— Je n'ai personne. Ma grand-mère est morte l'année dernière et je ne sais même pas qui est mon père.

4. Seuls au monde

Le lendemain matin, James se réveilla entre des draps qui empestaient le désinfectant. Il ignorait où il se trouvait. La dernière chose dont il se souvenait, c'était d'avoir avalé un somnifère avant de monter à bord d'une voiture, la tête lourde.

Il avait dormi tout habillé. Ses baskets traînaient sur le sol. Lauren dormait à ses côtés, dans un lit de métal identique à celui qu'il occupait. Elle suçait son pouce, une habitude abandonnée depuis sa petite enfance. Ce n'était pas bon signe.

Il se leva, l'esprit confus et les mâchoires raides. Il avait une migraine épouvantable. Il fit coulisser une porte et découvrit un cabinet de toilette. Il constata avec soulagement que sa vessie fonctionnait normalement. Il s'aspergea le visage. Il avait conscience qu'il aurait dû être anéanti par la mort de sa mère, mais il ne ressentait absolument rien. Tout lui semblait irréel. Il avait l'impression de se regarder agir de l'extérieur, comme s'il était assis devant un poste de télévision.

Il écarta un rideau, jeta un coup d'œil par la fenêtre et aperçut des enfants qui couraient en tous sens. Sa mère l'avait fréquemment menacé de l'envoyer en pension. À l'évidence, son vœu avait enfin été exaucé.

Au moment où il quitta la chambre, une alarme discrète retentit dans le couloir. Aussitôt, une jeune femme aux cheveux violets vint à sa rencontre.

— Bienvenue au centre Nebraska, James. Je m'appelle Rachel. Comment te sens-tu ?

Il haussa les épaules.

— Je suis vraiment désolée pour ce qui est arrivé à ta mère.

— Merci, mademoiselle.

Elle sourit.

— Ici, on me donne toutes sortes de surnoms grossiers, mais on ne m'appelle jamais *mademoiselle*.

— Excusez-moi.

— Je vais commencer par te faire visiter le centre. Ensuite, tu prendras ton petit déjeuner. Est-ce que tu as faim ?

— Un peu.

— Je vais être franche. Ce centre est une vraie poubelle. Ce n'est pas l'endroit rêvé pour se reconstruire après le drame que tu as vécu, mais sache que toute l'équipe est là pour t'aider.

— Entendu.

— Voici notre piscine olympique.

Derrière une fenêtre, James aperçut une pataugeoire où stagnait un mélange brunâtre d'eau de pluie et de mégots de cigarette. Il esquissa un sourire. Rachel avait l'air sympa, même si elle servait sans doute le même sketch à tous les naufragés qui atterrissaient dans son établissement.

— Notre complexe sportif. Son accès est rigoureusement interdit aux pensionnaires qui n'ont pas fait leurs devoirs.

Un jeu de fléchettes fixé à un mur jauni. Deux tables de billard aux tapis raccommodés avec du papier adhésif. Un porte-parapluies où étaient rangées des queues ébréchées.

— Les chambres sont au-dessus. Les vôtres au premier étage, celles des filles au second. Les baignoires et les douches sont à l'entresol. On a souvent du mal à vous y traîner, vous, les garçons.

— J'ai une douche dans ma chambre.

— Tu n'y passeras qu'une nuit, James. Elle est réservée aux nouveaux arrivants.

D'autres pensionnaires vêtus d'uniformes scolaires étaient rassemblés dans le réfectoire.

— Les couverts sont ici, les céréales et les jus de fruits là, les plats chauds au self-service. Vas-y, fais comme chez toi.

— Super.

Il se sentait mal à l'aise, intimidé de se trouver en présence d'inconnus.

— Rejoins-moi dans mon bureau quand tu auras terminé.

— Et ma sœur ?

— Tu pourras la voir dès qu'elle sera réveillée.

James se servit une assiette de Frosties et s'assit à une table inoccupée. Les autres pensionnaires l'ignorèrent. L'arrivée d'un nouveau n'avait apparemment rien d'exceptionnel à leurs yeux.

·∴·

Rachel était pendue au téléphone. Son bureau était couvert de dossiers et de classeurs. Une cigarette se consumait dans le cendrier. Elle raccrocha et tira une bouffée. Elle vit le regard de James se poser sur le panneau *Interdit de fumer*.

— Ils ne peuvent pas me mettre à la porte, dit-elle. Nous sommes déjà en sous-effectif. Tu en veux une ?

James était scandalisé qu'un adulte lui fasse une telle proposition.

— Je ne fume pas.

— C'est bien. Ces trucs-là filent le cancer, mais je préfère vous en offrir que de vous voir voler dans les magasins. Trouve-toi un endroit où t'asseoir. Mets-toi à l'aise.

James ôta la haute pile de papiers posée sur une chaise et s'installa.

— Alors, comment te sens-tu ?

— Je crois que le somnifère qu'ils m'ont donné m'a un peu assommé.

— Ça, ça va passer. Ce n'est pas ce que je voulais dire. Comment te sens-tu par rapport à ce qui est arrivé à ta mère ?

Il haussa les épaules.

— Pas très bien.

— L'important, c'est de ne pas ruminer d'idées noires. Un psy va te recevoir, mais tu peux parler à tous les membres de l'équipe. Même à trois heures du matin.

— Comment est-elle morte ?

— D'après ce que je sais, ta mère prenait des analgésiques. Elle souffrait d'un ulcère à la jambe.

— Elle n'était pas censée boire. Ça a quelque chose à voir avec ça, n'est-ce pas ?

— Le mélange a plongé ta mère dans un profond sommeil, et son cœur a flanché. Sache qu'elle n'a pas souffert, si ça peut te consoler.

— Qu'est-ce qu'on va faire de nous ?

— Je crois que vous n'avez pas de famille.

— Juste mon beau-père. Je l'appelle oncle Ron.

— La police l'a contacté la nuit dernière.

— J'espère qu'ils l'ont jeté en prison.

Rachel sourit.

— Nous avons échangé quelques mots. Si je comprends bien, ce n'est pas le grand amour entre vous. Tu t'entends bien avec Lauren ?

— Pas mal. On se dispute dix fois par jour, mais je crois qu'on ne peut pas se passer l'un de l'autre.

— Aux yeux de la loi, ta mère et ton beau-père étaient toujours mariés, même s'ils vivaient séparés. Ron est le père de Lauren. Il obtiendra automatiquement sa garde s'il en fait la demande.

— Nous ne pouvons pas vivre avec lui. C'est une espèce de clochard.

— Il ne souhaite pas que Lauren soit placée dans une institution. Légalement, nous n'avons pas de recours, sauf en cas de maltraitance. James, il y a une chose qu'il faut que je te dise…

Il comprit aussitôt de quoi il retournait.

— Il ne veut pas de moi, c'est ça ?

— Je suis navrée.

Il fixa le sol et s'efforça de ne pas s'abandonner à la colère.

Si finir dans un orphelinat était un sort peu enviable, être confié à la garde de Ron était bien pire encore.

Rachel fit le tour du bureau et serra James dans ses bras.

— Je suis *vraiment* désolée.

Il se demandait pourquoi son beau-père tenait tant à obtenir la garde de sa demi-sœur.

— Combien de temps il nous reste avant d'être séparés ?

— Ron viendra la chercher en fin de matinée.

— On ne peut vraiment pas passer quelques jours ensemble ?

— Ça peut être difficile à avaler, James, mais différer cette séparation ne ferait que rendre les choses plus difficiles. Vous aurez toujours la possibilité de vous rendre visite.

— Il est incapable de s'occuper d'elle. Maman faisait tout à la maison. Lauren a peur du noir. Elle ne peut pas aller à l'école toute seule. Ron ne s'en sortira pas. C'est un minable.

— Ne t'inquiète pas, James. Nous effectuerons des contrôles pour nous assurer qu'elle est bien traitée. Si ce n'est pas le cas, nous prendrons les mesures qui s'imposeront.

— Et moi ? Je vais rester ici ?

— Oui, jusqu'à ce que nous te trouvions une famille d'accueil. Des gens qui ont l'habitude de recevoir des jeunes gens comme toi pour des périodes de quelques mois. Il est même possible qu'un couple s'attache à toi et décide de t'adopter.

— Combien de temps ça prendra ?

— Nous manquons de familles d'accueil en ce moment. Quelques mois, au minimum. Tu devrais passer un peu de temps avec ta sœur avant l'arrivée de Ron.

James regagna sa chambre et secoua gentiment Lauren. Elle s'éveilla, se frotta les yeux puis se redressa lentement.

— Où est-ce qu'on est ? demanda-t-elle. À l'hôpital ?

— Non. À l'orphelinat.

— J'ai mal à la tête. J'ai mal au cœur.

— Tu te rappelles ce qui s'est passé cette nuit ?

— Je me souviens que tu m'as dit que maman était morte, et puis on a attendu l'ambulance. Après, je crois que je me suis endormie.

— On t'a fait une piqûre. Le médecin a dit que tu te sentirais un peu bizarre à ton réveil.

— C'est ici qu'on va vivre, maintenant ?

— Ron va venir te chercher un peu plus tard.

— Juste moi ?

— Oui, juste toi.

— Je crois que je vais vomir.

Elle posa une main sur sa bouche. Il recula.

— C'est par là, dit-il en désignant la porte coulissante.

Lauren se rua vers les toilettes. James entendit des sons écœurants. Elle toussa un peu, puis actionna la chasse d'eau. Au bout d'une minute, il frappa à la porte.

— Tout va bien ?

La petite fille ne répondit pas. Il entra. Elle sanglotait en silence, accroupie sur le carrelage.

— À quoi va ressembler ma vie avec papa ?

James la serra dans ses bras. Elle avait toujours été à ses côtés, et il réalisait à quel point elle allait lui manquer.

Ayant retrouvé son calme, elle prit une douche puis, comme elle était incapable d'avaler quoi que ce soit, ils s'assirent dans la salle de jeux. Le centre était désert. Les autres pensionnaires étaient partis pour l'école.

Ces dernières minutes passées ensemble furent douloureuses. James chercha vainement des paroles propres à soutenir le moral de Lauren et à rendre la séparation plus facile. Mais elle gardait les yeux rivés au sol, martelant les pieds de sa chaise du talon de ses Reebok.

Ron fit irruption dans la pièce, un cornet de glace à la main. Lauren prétendit qu'elle n'avait pas faim, mais finit par l'accepter. Sa gorge était serrée. James, lui, faisait des efforts démesurés pour ne pas fondre en larmes devant son beau-père.

— Tiens, dit Ron en lui tendant un morceau de papier. C'est mon numéro, au cas où tu voudrais revoir Lauren. Il faut que je vide la maison. L'assistante sociale m'a dit qu'ils vont t'emmener là-bas. T'as intérêt à ramasser toutes tes affaires. Tout ce qui sera encore là vendredi passera à la poubelle.

James était abasourdi. Comment pouvait-il se montrer aussi cruel en un tel moment ?

— C'est toi qui as amené de l'alcool à la maison, murmura-t-il. Tu l'as tuée.

— Personne ne l'a forcée à boire. Pendant que j'y pense, ne va pas t'imaginer que tu verras Lauren très souvent.

James était sur le point d'exploser.

— Quand je serai grand, je te tuerai. Je le jure devant Dieu.

Ron éclata de rire.

— Hou, je suis mort de trouille, James. Attends un peu que les garçons du centre t'apprennent les bonnes manières. Il est grand temps que quelqu'un s'en charge.

Sur ces mots, il saisit la main de Lauren et la traîna vers le parking de l'orphelinat.

5. La chasse au trésor

James arma la queue et frappa la bille blanche de toutes ses forces. Le résultat lui importait peu. Il cherchait à se vider l'esprit. Il jouait depuis plusieurs heures lorsqu'un jeune homme d'une vingtaine d'années, un rouquin aux oreilles décollées, se présenta à lui.

— Kevin McHugh. Homme à tout faire. Ancien détenu.

Il gloussa avant d'ajouter :

— Je veux dire ancien *pensionnaire*, bien entendu.

— Salut, dit James, que cette entrée en matière n'avait pas déridé.

— Nous devons passer chez toi pour prendre tes affaires.

Ils montèrent à bord d'un minibus garé sur le parking.

— Je suis au courant pour ta mère. Je sais à quel point c'est difficile.

Le véhicule s'engagea dans le trafic.

— Merci, Kevin. Comment tu as atterri dans ce centre ?

— Je suis arrivé à l'âge de quatorze ans, parce que mon père était en prison pour vol à main armée et que ma mère en a fait une dépression. Le jour de mes dix-sept ans, comme je m'entendais bien avec tout le personnel, ils m'ont offert ce boulot.

— Tu es resté pensionnaire pendant trois ans ?

— Il y a pire, comme orphelinat. Mais surveille quand même tes affaires. Certains objets ont tendance à disparaître. Dès que possible, offre-toi un cadenas solide pour fermer ton casier. Garde la clef autour de ton cou. Ne l'enlève jamais, même pas pour dormir ou prendre une douche.

— Il y a des problèmes ? Ils sont comment les autres ?

— Oh, il y a bien quelques gros durs, mais tu as l'air de quelqu'un qui ne se laisse pas marcher sur les pieds. Tâche de ne pas leur manquer de respect, et tout ira bien.

∴

La maison était une véritable décharge publique. La plupart des objets de valeur avaient disparu. La télé, le magnétoscope, la hi-fi. Le téléphone fixe. Le micro-ondes.

— Qu'est-ce qui s'est passé ici ? s'étonna Kevin.

— Mon beau-père a tout embarqué. Je m'en doutais un peu. J'espère au moins qu'il n'a pas touché à mes affaires.

Il gravit les escaliers menant à l'étage et pénétra dans sa chambre. Sa télé, sa vidéo et son ordinateur s'étaient volatilisés.

— Je vais lui faire la peau, gronda-t-il.

D'un coup de pied, il ouvrit la porte de son placard. La Play-Station 2 et la plupart des autres objets auxquels il tenait avaient échappé au pillage. Kevin entra à son tour.

— Ta mère devait vraiment être pleine aux as, lâcha-t-il en considérant le monceau de matériel électronique. Mais tu ne peux pas emporter tout ça.

— Prenons le maximum. Ron a dit que la maison serait définitivement vidée vendredi.

Une idée prit corps dans l'esprit de James. Il demanda à Kevin de commencer à rassembler ses vêtements dans des sacs-poubelles et se rendit dans la chambre de sa mère. Ron avait emporté la télé portable et la boîte à bijoux. C'était sans importance, car il avait déjà subtilisé toutes les pièces de valeur des années auparavant.

James ouvrit la penderie et s'accroupit pour examiner le coffre-fort. Il savait qu'il contenait des milliers de livres sterling. Le butin de Gwen Choke. Elle ne pouvait pas placer son argent à la banque. On lui aurait demandé des comptes. Il remarqua des outils dispersés sur la moquette. Des entailles sur la porte blindée. Ron avait vainement essayé de mettre la main sur le trésor, mais il n'était pas homme à s'avouer vaincu et allait certainement revenir avec davantage d'équipement.

Cependant, James savait que son beau-père n'avait aucune chance d'ouvrir le coffre. Les livreurs avaient dû s'y mettre à trois pour le monter à l'étage et il était équipé d'un cadran rotatif sophistiqué. Un jour, il avait surpris sa mère à genoux devant la penderie, un roman de Danielle Steele à la main, un ouvrage que ni lui ni Ron n'auraient eu l'idée de feuilleter. À l'évidence, c'était un indice important, même si elle avait pu changer la combinaison depuis cet incident. Il devait essayer. C'était sa seule chance d'empêcher son beau-père de faire main basse sur le pactole.

Une vingtaine de livres de poche étaient alignés sur une tablette, au-dessus du lit. James trouva celui qu'il cherchait et le feuilleta à la hâte.

— Tout se passe bien, James ? cria Kevin depuis l'autre chambre.

James sursauta si violemment que le roman lui échappa des mains.

— Ça roule, répondit-il.

Le livre s'était ouvert de lui-même à une page souvent lue. James remarqua une suite de nombres griffonnés dans la marge. Pour la première fois depuis que sa série noire avait débuté, il avait le sentiment que la chance était de son côté. Il se rua vers le coffre et déplaça la flèche du cadran à cinq reprises : 262, 118, 320, 145, 077. La poignée refusa de tourner. À la pensée de voir l'oncle Ron poser ses mains sur cet argent, il sentit la rage l'étouffer.

Puis il remarqua un autocollant placé sur un flanc du coffre. Un mode d'emploi. Il le parcourut avec difficulté dans la pénombre de la penderie.

(1) Composez le premier chiffre de la combinaison en tournant le cadran dans le sens horaire.

James n'avait pas imaginé que le fonctionnement du mécanisme dépendait du sens de rotation du cadran. Il plaça la flèche sur le premier nombre et poursuivit la lecture des instructions.

(2) Composez les quatre nombres suivants en tournant successivement le cadran dans les sens horaire, antihoraire, antihoraire puis horaire. Le non-respect de ces instructions rendra l'ouverture impossible.

Il composa les quatre premiers nombres.
— À quoi tu joues ? demanda Kevin.
James se retourna brusquement. Le jeune homme se tenait à l'entrée de la chambre. Par chance, la porte de la penderie l'empêchait de voir ce qu'il fabriquait. Il avait l'air sympa, mais c'était un adulte, et James avait la certitude qu'il exigerait que le contenu du coffre soit remis à la police ou à l'oncle Ron.
— Je cherche un truc, répondit-il, d'une voix mal assurée.
— Viens m'aider à emballer tes affaires. Il faut que tu fasses le tri.
— J'arrive dans une minute. Je n'arrive pas à remettre la main sur les albums photos.
— Tu as besoin d'aide ?
— Non ! s'exclama-t-il, sans parvenir à maîtriser son émotion.
— Il nous reste vingt minutes. Je dois commencer le ramassage scolaire dans une heure.
Sur ces mots, il battit en retraite dans l'autre pièce. James composa le cinquième numéro. Un déclic se produisit. En déchiffrant la dernière ligne, il ne put s'empêcher de sourire.

(3) Pour des raisons de sécurité, retirez cet autocollant dès que le fonctionnement du mécanisme vous sera familier.

James tourna la poignée et la porte s'ouvrit. Les parois du coffre étaient épaisses, à tel point que l'espace disponible à l'intérieur était extrêmement réduit. Il contenait quatre piles de billets de banque et une petite enveloppe. James s'empara d'un sac-poubelle et plaça l'argent à l'intérieur. Puis il glissa l'enveloppe dans sa poche.

Il imagina avec satisfaction la tête de Ron lorsqu'il entrerait dans la pièce et trouverait le coffre ouvert. Alors une idée diabolique lui vint à l'esprit. Il arracha l'autocollant et le posa à la place des billets, avec le roman de Danielle Steele. En guise de touche finale, pour être certain de rendre son beau-père fou de rage, il s'empara sur la table de nuit d'une photo encadrée le représentant et la glissa à l'intérieur. Lorsque Ron parviendrait enfin à ouvrir le coffre, ce serait la première chose qu'il verrait. Il ferma la porte, donna un tour de cadran et replaça les outils dans leur position initiale.

∴

James regagna sa chambre d'excellente humeur, le sac contenant l'argent à la main. La pièce semblait étrangement nue. Kevin avait emballé tous les vêtements qui traînaient habituellement à même le parquet.

— C'est bon, j'ai trouvé les albums.

— Parfait. Mais j'ai peur qu'il ne te faille faire quelques sacrifices. Au centre Nebraska, tu ne disposeras que d'une penderie, une commode et un casier métallique.

James examina les objets éparpillés sur le sol. Il se moquait de la plupart d'entre eux. Il ne tenait qu'à sa PlayStation 2, à son portable et à son lecteur MP3. Il était résolu à abandonner ses jouets et tous les gadgets qui n'étaient plus de son âge. Son seul souci, c'était que Ron avait dérobé sa télé et qu'il se demandait où il allait bien pouvoir brancher sa console.

Le regard de Kevin se posa sur la Sega Dreamcast et la Nintendo Gamecube.

— Tu ne les prends pas ?

— Je ne me sers que de la PlayStation. Je te les donne, si tu veux.

— Je ne peux rien accepter de la part des pensionnaires.

James donna un coup de pied rageur dans les consoles.

— Je ne veux pas que mon beau-père se fasse du fric en les revendant. Si tu ne les veux pas, je les balance à la poubelle.

Kevin resta hésitant. James écrasa la Sega d'un coup de talon. À son grand étonnement, il ne se produisit pas grand-chose. Il la souleva puis la jeta contre le mur. Le boîtier explosa. Des fragments de plastique et des composants électroniques tombèrent en pluie derrière le lit. Kevin fit rempart de son corps pour sauver la Gamecube.

— OK, James. Voilà ce qu'on va faire. Je prends la console et les jeux, mais, en échange, je te paie un super cadenas sur le chemin du retour. Qu'est-ce que t'en dis ?

— Marché conclu.

...

Ils portèrent les sacs-poubelles jusqu'au minibus, puis James inspecta une dernière fois chaque pièce de la maison où il avait vécu depuis sa naissance. Les larmes lui montèrent aux yeux.

Kevin tourna la clé de contact et donna un coup de klaxon. James ignora son appel. Il ne pouvait pas quitter la maison sans emporter un souvenir de sa mère.

Lorsqu'il était petit garçon, après avoir pris son bain, il s'asseyait devant la coiffeuse de Gwen. Il se rappelait l'odeur du shampooing. La fatigue de la fin de journée. Elle l'aidait à mettre son pyjama puis lui brossait les cheveux. C'était avant la naissance de Lauren. Lorsqu'ils étaient tous les deux. James sentit une boule monter dans sa gorge. Il trouva la vieille brosse à manche de bois et la glissa dans l'élastique de son pantalon de jogging.

6. Kyle

James réalisa qu'il avait commis une erreur lourde de conséquences. La photo constituait une provocation amusante, mais c'était aussi une façon de signer son forfait. Il aurait dû laisser quelques billets dans le coffre. Ainsi, Ron n'aurait jamais su qu'il s'était emparé de son contenu. Désormais, son beau-père ferait tout pour récupérer l'argent. Et il disposait d'un moyen de pression : Lauren. Il avait le pouvoir de les séparer à jamais.

...

Kevin conduisit James jusqu'à sa nouvelle chambre et lui expliqua brièvement les ficelles de la vie au centre, comme le fonctionnement des machines à laver et la procédure pour se procurer des produits de toilette. Puis il le laissa déballer ses affaires. La chambre était meublée de deux lits, une commode, une penderie, deux casiers en métal et deux bureaux. Les murs étaient décorés de posters des groupes de métal Korn et Slipknot. Il remarqua un skateboard sur le sol et des fringues streetwear soigneusement rangées dans la penderie : des baggies, un hoodie, des T-shirts de marques Pornstar et Gravis. Son compagnon de chambre avait l'air plutôt cool. Une télé portable était posée sur son bureau, ce qui réglait le problème de la PlayStation.

Il consulta sa montre. Il lui restait environ une heure à tuer avant le retour des autres pensionnaires. Il sortit l'argent du sac-poubelle, des liasses de billets de vingt et de cinquante livres retenues par des élastiques. Chacune d'elle contenait mille livres. Il en compta quarante-trois. Il fut aussitôt saisi de vertiges.

Il devait trouver au plus vite une cachette où Ron n'aurait pas l'idée de fourrer son nez. Il examina sa minichaîne portable. Elle était bonne pour la poubelle. La moitié des boutons manquaient, et la touche *rewind* du lecteur de cassettes était inopérante. James l'avait emportée faute de mieux, car son beau-père avait fait main basse sur sa sound machine toute neuve.

Il fouilla dans un sac, en sortit un couteau suisse, puis dévissa le panneau arrière de l'appareil. Il le vida consciencieusement de ses circuits imprimés et de ses fils électriques, ne laissant que ce qui était visible de l'extérieur, comme le haut-parleur et le boîtier du lecteur de cassettes. Il mit quatre mille livres de côté, fourra le reste dedans, replaça les vis puis glissa la minichaîne dans son casier.

Il enfouit une liasse dans la poche d'un jean, une autre dans une chaussure, une troisième entre les pages d'un roman. Il tira cent livres de la dernière, afin de conserver un peu d'argent de poche, puis posa le reste dans le casier.

Si, comme il le prévoyait, Ron se mettait en tête de cambrioler sa chambre, il trouverait rapidement les quatre mille livres et ne soupçonnerait même pas l'existence des trente-neuf mille livres dissimulées dans la minichaîne, un appareil en si mauvais état qu'il ne se donnerait pas la peine de le voler.

Il entassa le reste de son matériel dans le casier, ferma la porte à l'aide du cadenas et passa la clef autour de son cou. Enfin, il entassa ses sacs dans la penderie.

Il s'allongea sur son lit et contempla le mur constellé de minuscules trous, là où d'innombrables pensionnaires, au fil des ans, avaient punaisé des posters et des photos. Puis il pensa à Lauren.

.:.

Peu après quatre heures, un garçon fit irruption dans la chambre. Il était brun, mince, un peu plus grand que James, et portait un uniforme scolaire. Il claqua la porte et essaya fébrile-ment de faire tourner la clé dans la serrure.

Mais un autre pensionnaire plus âgé et plus robuste força le passage d'un coup d'épaule avant qu'il n'y soit parvenu. Il renversa le garçon, le traîna sur le sol, s'assit à califourchon sur son torse et le frappa violemment à plusieurs reprises.

— Rends-le moi, Kyle, dit-il.

— Ça va, tu peux me lâcher.

L'agresseur lui assena une gifle magistrale avant de récupérer un cahier dans sa veste.

— Touche encore une fois à mes affaires, mec, et je te démonte la tête.

Il libéra sa victime après l'avoir frappée une dernière fois, puis quitta la chambre.

Le garçon essaya de se comporter comme si rien ne s'était passé, mais il se redressa avec difficulté et boita jusqu'à son lit.

— Salut, lança-t-il. Comment tu t'appelles ?

— James. Pourquoi il t'en veut, celui-là ?

— Son journal intime a glissé de sa poche ce matin. Je suis tombé dessus par hasard. Rien de très croustillant, à part un poème.

James s'esclaffa.

— Tu veux dire que ce gros lard écrit des poèmes ?

— Ouais, confirma Kyle en se frottant les joues. J'ai lu quelques vers devant ses copains. Il l'a super mal pris.

— Il t'a mis une sacrée dérouillée. Rien de cassé ?

— Je ne m'attendais pas à ce qu'il réagisse comme ça, mais ça en valait la peine. Écoute un peu : *Tu fais battre mon cœur comme un petit animal. Tu me fais sourire même quand je me sens mal.* C'est pas mignon, tout ça ? Eh mec, est-ce que je vois ce que je vois ?

— De quoi tu parles ?

— Ce skateboard, là, sous ton lit. Il a dû te coûter plus de cent livres.

— Tu crois ? Je ne l'ai utilisé que deux fois.

Kyle était consterné.

— Cette planche est une légende, James. J'en connais qui vendraient leur âme au diable pour la posséder. Je peux la voir ?

James haussa les épaules.

— Pas de problème.

Le garçon ramassa le skateboard et s'allongea pour l'examiner.

— Super roues. Des 101A. Elle doit être hyper rapide. Je peux l'essayer ?

— Bien sûr, tant que je peux brancher ma PlayStation 2 sur ta télé.

— Une PlayStation 2 ! On a une PlayStation 2 dans la chambre ? James, t'es un amour. T'as quoi, comme jeux ?

— Je sais plus. J'en ai une soixantaine.

Bouche bée, Kyle lâcha la planche.

— Soixante jeux ? J'arrive pas à le croire. Tu dois sans doute être le mec le plus gâté de l'univers, et tu ne t'en rends même pas compte.

— Tu veux dire que je suis le seul à avoir une console, ici ?

— On reçoit trois livres d'argent de poche par semaine. Tu vois ce T-shirt Gravis sur le sol ? Vingt-cinq livres. J'ai mis deux livres de côté pendant douze semaines pour me le payer. Quant à ce short Stussy, j'ai dû le voler dans une boutique du marché de Camden Lock, et j'ai failli me faire pincer par l'agent de sécurité.

— Tu veux jouer ?

— Tout à l'heure. Je dois d'abord faire mes devoirs.

James se laissa tomber en arrière sur le lit, se demandant si Kyle n'était pas l'un de ces insupportables fayots qui lui tapaient sur les nerfs au collège. On frappa à la porte.

— Entrez, lança-t-il.

C'était l'un des éducateurs, une espèce de hippie lymphatique portant une longue barbe.

— James, nous t'avons trouvé une place au collège de West Road. Tu commences demain matin. Tu devras revenir à l'heure du déjeuner pour ton rendez-vous avec la psy.

James était contrarié. Après le drame qu'il venait de vivre, il s'était imaginé qu'on l'autoriserait à sécher les cours pendant plusieurs semaines.

— Comme vous voudrez, dit-il.

— Kyle, peux-tu aider James à trouver un uniforme ?

·:·

Son travail achevé, Kyle accompagna James au réfectoire. La nourriture n'était pas géniale mais, malgré tout, bien meilleure que les repas improvisés de la maison. Leur dîner avalé, ils regagnèrent leur chambre, branchèrent la PlayStation et jouèrent en parlant de tout et de rien. De football. De bagarres. Des raisons qui les avaient menés à l'orphelinat. James fut surpris d'apprendre que Kyle avait treize ans. Il lui semblait petit pour son âge. Il était déjà en troisième et obtenait d'excellents résultats dans toutes les disciplines, à l'exception de l'éducation physique. Il vivait parfois des moments difficiles, car les élèves de sa classe étaient tous nettement plus robustes que lui. James avoua qu'il ne brillait guère qu'en sport et en maths.

Avant de se mettre au lit, Kyle conduisit James à la laverie. Ils fouillèrent dans un carton rempli d'uniformes scolaires. Le choix était mince. La plupart des vêtements étaient sales et en mauvais état. Ils finirent par dénicher une veste convenable, portant l'écusson de West Road, et une cravate élimée.

·:·

Kyle s'endormit comme une masse, mais James était préoccupé. Il était à l'aube d'une nouvelle existence. Il allait lui falloir apprendre à vivre en compagnie de filles et de garçons inconnus, fréquenter un nouveau collège et partager sa chambre avec Kyle. Ce n'était pas la fin du monde, mais il aurait aimé que Lauren soit à ses côtés.

Il se souvint alors de la petite enveloppe qu'il avait trouvée dans le coffre-fort. Il se glissa hors du lit, enfila son pantalon de jogging et se dirigea vers les toilettes.

Il s'isola dans une cabine et décolla délicatement le rabat de l'enveloppe pour s'assurer de pouvoir la refermer. Elle contenait une clef et une carte de visite :

REX BOXES
Déposez vos biens de valeur en toute discrétion.
Boxes individuels sécurisés 24h/24.
Huit volumes disponibles en fonction de vos besoins.

James retourna la carte. Une adresse figurait au dos. À l'évidence, sa mère possédait un autre trésor de guerre. Il passa la clef autour de son cou.

7. Sur le divan

James avait toujours fréquenté des établissements mixtes. West Road était un collège réservé aux garçons, et il y régnait une ambiance pesante. Ses couloirs étaient bruyants. Les élèves s'y bousculaient avec brutalité. La tension était palpable. Il semblait que les choses pouvaient mal tourner à tout moment.

Il vit un élève de seconde heurter violemment un garçon de cinquième. Ce dernier roula sur le sol et poussa un hurlement lorsque son agresseur lui écrasa la main du talon. James était désorienté car le plan qu'on lui avait remis était incompréhensible, quel que soit le sens dans lequel il le consultait.

— Jolie cravate, fillette, dit quelqu'un dans la foule.

James pensa que cette provocation lui était adressée. Sa cravate était en lambeaux. Il prit la décision de dérober celle d'un autre élève dès que l'occasion se présenterait. Peu à peu, les salles de classe se remplirent et, au bout de quelques minutes, il n'eut plus que quelques retardataires pour toute compagnie.

Deux élèves de seconde à l'air patibulaire se mirent en travers de son chemin. L'un d'eux portait des cheveux hérissés et un T-shirt Metallica sous sa veste d'uniforme, l'autre des cheveux noirs, longs et gras. Tous les deux étaient chaussés de grosses bottes à coques apparentes.

— Tu vas où, nabot ?

James pensa qu'il allait mourir avant même son premier cours à West Road.

— Aux bureaux de l'administration, dit-il.

Le garçon au T-shirt Metallica lui arracha le plan des mains.

— Tu n'as aucune chance d'y arriver.

James se prépara à essuyer une pluie de coups.

— Tu regardais le plan de l'annexe. Celui du bâtiment principal est de l'autre côté. Tiens, regarde, c'est là.

Le garçon tourna la feuille de papier et la lui rendit. Puis il désigna une porte au bout d'un couloir.

— Merci, dit James, avant de s'éloigner.

— Et retire cette cravate, petit.

Il était perplexe. Il n'ignorait pas que sa cravate était usée, mais il ne comprenait pas ce qui lui valait toutes ces remarques.

$$\cdots$$

James tendit un formulaire au professeur. Tous les élèves de la classe gardaient les yeux braqués sur lui. Il chercha une place libre et s'assit au bout d'une rangée, près d'un garçon noir prénommé Lloyd.

— Tu es un de ces types de l'orphelinat ? demanda ce dernier.

James savait que ce moment était capital. S'il ne réagissait pas, il serait considéré comme un faible. Sa réponse devait être cinglante, mais pas insultante au point de provoquer une bagarre.

— Comment tu le sais ? Ah oui, bien sûr. Ta mère a dû m'apercevoir en nettoyant les toilettes.

Les autres garçons éclatèrent de rire. Lloyd lui lança un regard mauvais, puis il s'esclaffa à son tour.

— J'adore ta cravate, ma jolie, lança-t-il.

James était excédé. Il retira sa cravate, l'examina attentivement puis étudia celle de son voisin. Elles n'étaient pas de la même couleur.

— Quelqu'un peut-il me dire ce qui se passe ?

— La bonne nouvelle, mon pote, c'est que tu portes bien une cravate de West Road. La mauvaise, c'est que c'est celle du collège des filles.

James se tordit de rire. Finalement, les autres élèves avaient l'air sympa. Mais il était furieux du tour que Kyle lui avait joué.

∴

James quitta le collège à midi pour rejoindre le centre Nebraska. Le bureau de la psy était situé au deuxième étage. Jennifer Mitchum était une brune d'une quarantaine d'années, maigre à faire peur, à peine plus grande que lui. Son accent était terriblement snob.

— Préfères-tu le fauteuil ou le sofa ?

Il avait vu de nombreuses scènes de psys à la télévision. Il pensait devoir s'allonger pour que le tableau soit complet.

— Très confortable, dit-il en s'installant sur la banquette. Je crois que je vais m'endormir.

Jennifer ferma les persiennes pour plonger le bureau dans la pénombre, puis elle s'assit dans son dos, dans un fauteuil de cuir.

— Je veux que tu me parles à cœur ouvert, James. Tout ce que tu diras restera entre nous. Essaie de ne pas trop chercher tes mots. Laisse-toi aller, et souviens-toi que je suis là pour t'aider.

— Entendu.

— Tu as dit que tu allais t'endormir. As-tu trouvé le sommeil la nuit dernière ?

— Pas longtemps. J'avais trop de trucs en tête.

— Tu veux m'en parler ?

— Je me demande si ma petite sœur va bien.

— Dans ton dossier, il est noté que tu as des doutes sur les capacités de Ron à s'occuper de Lauren.

— C'est un débile mental. Il ne pourrait même pas élever un hamster. Je ne comprends pas pourquoi il a insisté pour obtenir sa garde.

— Sans doute aime-t-il sincèrement Lauren. Peut-être que la mort de ta mère a fait resurgir ce sentiment ?

James ricana.

— N'importe quoi. On voit bien que vous ne le connaissez pas.

— Il est important que tu voies ta sœur régulièrement. Ça vous aidera tous les deux à franchir ce cap difficile.

— Il refusera.

— Je lui parlerai. Nous essaierons d'établir un programme de visites. Tous les samedis, ça t'irait ?

— Vous pouvez toujours essayer, mais Ron me hait de tout son cœur. Je crois que vous perdez votre temps.

— Parle-moi de ta mère, James.

Il haussa les épaules.

— Elle est partie. Je ne peux rien y faire. Je regrette de lui avoir rendu la vie difficile.

— Que veux-tu dire ?

— Je m'attire toujours des ennuis. Des bagarres, ce genre de trucs.

— Pourquoi fais-tu ça ?

James réfléchit longuement.

— Je ne sais pas. Je ne le fais pas exprès. Je pense que je suis mauvais, tout simplement.

— Tu as dit que tu t'inquiétais pour ta sœur. Une personne mauvaise ne penserait-elle pas d'abord à elle-même ?

— J'aime beaucoup Lauren. Je peux vous raconter quelque chose que je n'ai jamais dit à personne ?

— Bien sûr, James.

— L'année dernière, à l'école, je me suis embrouillé avec l'institutrice. J'ai quitté la salle de classe et je me suis réfugié dans les toilettes. Un garçon plus jeune que moi se trouvait là. Je l'ai frappé. Je me suis défoulé sur lui, sans aucune raison.

— Sur le moment, avais-tu conscience d'agir mal ?

— Évidemment.

— Alors, pourquoi as-tu continué ?

— Parce que…

James chercha vainement une explication.

— Pendant que tu frappais ce garçon, qu'est-ce que tu ressentais ?

— C'était le pied. Il pleurait, il appelait sa mère, et je me sentais hyperpuissant.

Il dévisagea Jennifer, persuadée qu'elle serait révoltée par ses propos, mais elle ne trahit aucune émotion.

— Selon toi, pourquoi en as-tu retiré tant de plaisir ?

— Je ne suis pas très net, je crois. À la moindre contrariété, je deviens incontrôlable.

— Essaye de décrire ce que tu ressentais à l'égard de ta victime.

— Je le possédais. Il était complètement vulnérable. Je pouvais faire de lui ce que je voulais.

— Tu venais d'avoir un accrochage avec ton institutrice. Face à elle, c'est toi qui étais impuissant. Tu devais obéir. Dans les toilettes, tu as trouvé quelqu'un de plus faible que toi, et tu as pu démontrer ton pouvoir. C'est ça qui t'a satisfait.

— On peut dire les choses comme ça.

— Ce sentiment de frustration est fréquent à ton âge. Tu passes ton temps à obéir, et tu n'as pas ton mot à dire. Aller à l'école, te mettre au lit, faire tes devoirs. Tu as le sentiment que tu ne contrôles pas ton existence. C'est pour cela que certains garçons comme toi abusent de leur force sur les plus faibles.

— Je vais finir par avoir de sérieux problèmes si je ne change pas d'attitude.

— Lors de nos prochaines séances, je te donnerai quelques conseils pour maîtriser ta colère. D'ici là, essaye de te souvenir que tu n'es qu'un garçon de onze ans et que personne n'attend de toi que tu sois parfait. Sache que tu n'es ni mauvais ni fou. Nous allons utiliser une technique appelée renforcement positif. Je veux que tu répètes ce que je viens de te dire.

— Quoi ?

— Dis : *je ne suis pas mauvais.*

— Je ne suis pas mauvais.

— Dis : *je ne suis pas fou.*

— Je ne suis pas fou, répéta James en souriant. C'est complète-ment débile, votre truc.

— Je me moque de ce que tu penses. Contente-toi de prononcer les mots et d'en saisir le sens.

Il réalisa que cette séance l'avait apaisé. C'était inattendu.

— D'accord, je ne suis ni mauvais ni fou.

— Excellent. Je propose que nous restions sur cette note positive. Nous nous reverrons lundi.

James se leva.

— Avant que tu t'en ailles, j'aimerais te parler d'un détail qui figure dans le dossier transmis par ton ancienne école. Combien font cent quatre-vingt-sept fois seize ?

James réfléchit trois secondes.

— Deux mille neuf cent quatre-vingt-douze.

— Très impressionnant. Comment fais-tu ça ?

— Aucune idée, dit-il en haussant les épaules. Je déteste quand les gens me demandent de faire ça. J'ai l'impression d'être un monstre de foire.

— C'est un don, dit la psychologue. Tu devrais en être fier.

∵

James regagna sa chambre. Il s'attela à un devoir de géographie mais, le courage lui manquant, il alluma la PlayStation.

— Comment s'est passé ce premier jour de classe ? demanda Kyle, de retour du collège.

— J'ai survécu. Mais je crois qu'il faut qu'on s'explique.

— Ah, le coup de la cravate. Marrant, non ?

James bondit sur Kyle et l'attrapa par le col de sa veste. Ce dernier le repoussa violemment, l'envoyant valser contre le bureau. Il était beaucoup plus fort qu'il ne l'avait imaginé.

— Bon Dieu, James, je croyais que tu étais cool.

— Je devrais te dire merci, c'est ça ? Tu m'as fait passer pour un crétin !

Le garçon posa son sac de classe.

— Je suis désolé. Si j'avais su que tu le prendrais comme ça, je me serais abstenu.

Kyle était le seul pensionnaire du centre Nebraska sur lequel

James pouvait mettre un nom. Il n'avait pas vraiment envie de se fâcher avec lui.

— Reste en dehors de mon chemin, se contenta-t-il de lâcher.

Il s'assit sur son lit, la mine boudeuse, tandis que Kyle travaillait à son bureau. Puis l'ennui le gagna et il décida d'aller faire un tour. Au détour d'un couloir, il revit le garçon au T-shirt Metallica qu'il avait rencontré au collège. Il était accompagné de trois types antipathiques.

— Merci pour le coup de main, tout à l'heure, dit-il.

Le garçon l'étudia des pieds à la tête.

— Pas de quoi, mec. Je m'appelle Rob. Eux, c'est mes potes. Vince, le gros Paul et le petit Paul.

— Moi, c'est James.

Il y eut un silence pesant.

— Tu as besoin d'autre chose, minable ? demanda le gros Paul, un garçon enrobé au crâne tondu et au regard vide.

— Non.

— Alors tu dégages.

Sentant le rouge lui monter aux joues, il tourna les talons.

— Eh, James ! s'exclama Rob. Tu veux faire le mur avec nous, cette nuit ?

— Et comment !

∴

Après le dîner, James regagna sa chambre pour ôter son uniforme. Kyle avait fini ses devoirs. Allongé sur son lit, il feuilletait un magazine spécialisé consacré au skateboard.

— On joue à la PlayStation ? demanda Kyle. Je suis désolé pour tout à l'heure. Tu avais raison. C'était pas sympa de te faire ça pour ton premier jour de classe.

— Joue si tu veux. Moi, je sors.

— Avec qui ?

— Rob et ses copains.

— Tu veux parler de Robert Vaughn ? Le type avec les cheveux hérissés et le look heavy metal ?

— Ouais.

— Ne traîne pas avec eux. Je suis sérieux. Ce sont des malades. Ils piquent des bagnoles, ils braquent des magasins et tout ça.

— Je ne vais pas rester assis à te regarder faire tes devoirs tous les soirs. Trouve-toi des potes, mec.

James enfila ses baskets puis se dirigea vers la porte. Kyle semblait vexé.

— Je t'aurai prévenu. Ne viens pas pleurnicher lorsque tu te seras attiré des ennuis.

..

James était assis sur un mur de briques derrière la zone industrielle. Tous les membres de la bande étaient plus âgés que lui. Rob et le gros Paul avaient quinze ans, Vince quatorze. Ce dernier avait l'air d'une vraie teigne, avec son regard dur, ses cheveux décolorés et son nez cassé. Son frère, le petit Paul, un petit brun au teint jaune, avait douze ans.

Rob lui tendit une cigarette. Il avoua qu'il ne fumait pas. Il regrettait de ne pas passer pour un mec cool à leurs yeux, mais il valait mieux être honnête que finir plié en deux sur le trottoir à cracher ses poumons.

— Je me fais chier, dit le petit Paul. On fait quoi ?

Ils gravirent une clôture et pénétrèrent dans un parking. Vince et Rob actionnèrent méthodiquement la poignée de la porte arrière de chaque voiture.

— Bingo ! s'exclama ce dernier.

Il examina le contenu du coffre et en sortit une trousse à outils. Il la posa sur le sol et fit glisser la fermeture Éclair.

— Tu es prêt à foutre la merde, James ? demanda-t-il.

Chacun des garçons de la bande s'arma d'un outil. James choisit un marteau.

Il ignorait ce que ses camarades avaient en tête. Il était nerveux, mais marcher en bande au milieu de la rue, marteaux et clefs anglaises à la main, avait quelque chose d'excitant. Quelques mètres devant eux, une femme changea de trottoir en courant. Vince s'arrêta devant une Mercedes flambant neuve.

— On y va ! hurla Rob.

Sur ces mots, il abattit son marteau dans le pare-brise arrière de la voiture. Un signal d'alarme retentit. Les autres garçons se joignirent à lui. James hésita, puis s'attaqua à une vitre latérale, détruisit le rétroviseur et enfonça la portière. En vingt secondes, la voiture fut réduite à l'état d'épave, phares et fenêtres brisés. Vince siffla le signal de la retraite. Ils détalèrent, pulvérisant deux autres pare-brise au passage.

Ils s'engouffrèrent dans une ruelle et débouchèrent sur une place encadrée d'immeubles de béton. James était à bout de souffle, mais il était comme dopé par l'adrénaline. Ils escaladèrent une palissade et trouvèrent refuge dans un parc de jeux. Leur haleine produisait des petits nuages blancs dans l'air glacé. James éclata de rire, malgré le point de côté qui le torturait. Rob posa une main sur son épaule.

— Bienvenue dans la bande, mon vieux.

— C'était génial.

La peur, la fatigue et l'excitation lui faisaient tourner la tête. Ce qu'il venait d'accomplir lui semblait irréel.

8. Joyeux anniversaire

James avait le sentiment que son existence n'avait plus aucun sens. Chaque jour était semblable au précédent. Il se levait, allait au collège, regagnait le centre puis jouait au foot ou traînait en compagnie de Rob Vaughn et de sa bande. Il ne se couchait jamais avant minuit, car il ne parvenait à trouver le sommeil que lorsqu'il était épuisé. Il pensait sans cesse à Lauren et à sa mère.

Depuis le drame survenu trois semaines plus tôt, il n'avait vu sa sœur qu'une fois, à l'occasion des funérailles. Ron lui avait communiqué un faux numéro de téléphone. Il avait dit à Jennifer Mitchum que James avait une mauvaise influence sur Lauren. Il ne voulait pas le voir traîner près de sa fille.

∴

— Tu sens mauvais, dit Kyle.

James s'assit au bord de son lit en se frottant les yeux. Il avait dormi avec son maillot d'Arsenal et son pantalon de jogging.

— Tu portes les mêmes chaussettes depuis des siècles.

— Tu n'es pas ma mère, Kyle.

— Ta mère ne dormait pas dans ta chambre. Elle n'avait pas à supporter tes odeurs corporelles.

James contempla ses chaussettes grisâtres. Elles exhalaient une puanteur discrète, mais il s'y était habitué.

— D'accord, dit-il. Je vais prendre une douche.

Kyle jeta un paquet de Twix sur son lit.

— Joyeux anniversaire, lâcha-t-il. J'aurais mieux fait de t'acheter du déodorant pour tes douze ans.

James était ravi que son compagnon s'en soit souvenu. Ce n'était pas grand-chose, mais un geste généreux de la part de quelqu'un qui recevait trois livres par semaine.

— Allez, file à la douche. Tu es convoqué au commissariat, aujourd'hui. Rachel m'a demandé de te passer le message.

James remarqua que Kyle avait mis du gel dans ses cheveux noirs. Son uniforme était impeccable, sa chemise repassée et sa cravate nouée juste à la bonne longueur, contrairement à celle de la plupart des garçons du collège, qui ne dépassait jamais les dix centimètres. Il contempla ses ongles et passa une main dans ses cheveux gras. Sa vie était un chaos. Il éclata de rire.

• • •

Rachel était d'une humeur exécrable. La voiture était surchauffée, les bouchons inextricables et le parking du commissariat bondé.

— Je ne peux pas me garer. Je vais te déposer. Tu as de l'argent pour rentrer en bus ?

— Oui, assura James.

Il quitta le véhicule et gravit les marches du poste de police. Il portait un pantalon en toile, un sweat-shirt neuf, et s'était même donné un coup de peigne au sortir de la douche. Selon les garçons du centre, recevoir un avertissement de la police n'avait rien de dramatique, mais il n'en menait pas large.

— Asseyez-vous, dit la femme policier qui se tenait derrière le guichet, en désignant une rangée de chaises.

James patienta plus d'une heure. Une foule de gens se présentèrent à l'accueil. La plupart venaient signaler un vol de voiture ou de téléphone portable.

Un policier à la silhouette athlétique et à la moustache soigneusement taillée vint se planter devant lui.

— James Choke ?

James se leva. L'homme lui serra la main à lui faire mal.

— Je suis le sergent Peter Davies, responsable de la prise en charge des mineurs.

Ils montèrent à l'étage et s'installèrent dans un box d'interrogatoire. Le policier sortit d'un tiroir métallique un tampon encreur et une fiche cartonnée.

— Donne-moi ta main droite et laisse-toi faire.

Il pressa l'extrémité des doigts de James sur le tampon, puis les roula l'un après l'autre sur la fiche. Ce dernier aurait aimé posséder une copie de ses empreintes digitales. Elles auraient fait un effet terrible sur le mur de sa chambre.

— Il s'agit d'une mesure de précaution. Est-ce que tu as des questions ?

James haussa les épaules. Le sergent Davies consulta un document à en-tête des services de police.

— Le neuf octobre dernier, au collège Holloway Dale, tu as violemment attaqué l'une de tes camarades de classe, Samantha Jennings. Au cours de l'agression, elle a reçu une profonde coupure à la joue qui a nécessité la pose de huit points de suture. Au cours du même incident, tu t'en es également pris à ton professeur, Miss Cassandra Voolt, et tu lui as infligé une blessure au dos. Comme il s'agit de ton premier signalement auprès de nos services, nous nous contenterons d'un avertissement formel. Admets-tu avoir commis les actes qui te sont reprochés ?

— Oui.

— Si tu commets un autre délit avant l'âge de dix-huit ans, ces informations seront transmises au magistrat chargé d'instruire la procédure, et il est probable que ta peine sera aggravée.

Le sergent Davies lui adressa un sourire réservé.

— Tu as l'air d'un garçon bien, James.

— Je n'ai pas voulu la blesser. Je voulais juste qu'elle la ferme.

— Ne me dis pas que tu n'es pas responsable de ce qui est arrivé à ta camarade. Lorsqu'on fait usage de la violence, il faut en affronter les conséquences. La stupidité n'est pas une circonstance atténuante.

James hocha la tête.

— Vous avez raison.

— Je ne veux plus te revoir ici. C'est compris ?

— J'espère que ça n'arrivera pas.

— Tu n'as pas l'air très sûr de toi. Sais-tu quelle peine tu encourais si tu étais majeur ?

— Aucune idée.

— Deux ans de prison. Tu avais conscience de ça ?

— Non, murmura James en baissant les yeux.

⁝

James était soulagé d'en avoir terminé avec cette leçon de morale. Les garçons de la bande avaient raison. Ce n'était pas pire que de se faire remonter les bretelles par le principal du collège.

Il avait emporté un peu d'argent pour s'offrir un cadeau d'anniversaire. Il se paya un jeu PlayStation et un survêtement Nike, puis il déjeuna chez *Pizza Hut*. Lorsqu'il fut certain qu'il était trop tard pour qu'on le renvoie au collège, il regagna le centre.

⁝

Il glissa son nouveau jeu dans la console, puis perdit toute notion du temps. À son retour, Kyle s'assit au bord du lit, comme à son habitude, et sentit une bosse inhabituelle sous sa couette. Il la souleva et découvrit le maillot d'Arsenal de son camarade de chambre.

— Qu'est-ce que cette loque puante fait dans mon lit ?

James avait prévu que son compagnon serait furieux. C'était un maniaque de l'hygiène. Kyle souleva le maillot du bout des doigts, et un discman flambant neuf glissa sur le matelas.

— James, tu l'as volé ?

— Je savais que tu dirais ça. J'ai laissé la facture dans la boîte.

— C'est pour moi ?

— Tu n'arrêtes pas de te plaindre que le tien a un faux contact.

— Où as-tu trouvé l'argent ?

Il aimait bien Kyle, mais il ne lui faisait pas confiance au point de lui parler de sa planque.

— J'ai attaché une vieille dame à un arbre et je l'ai battue pour lui voler sa retraite.

— Sérieusement, où as-tu trouvé soixante livres ?

— Bon, tu comptes le prendre ou me poser des questions débiles toute la soirée ?

— C'est super sympa. J'espère juste que tu n'as pas fait de bêtise. Dès que j'aurai touché mon argent de poche, je t'achèterai le déodorant que je t'ai promis. Il y a urgence.

— Merci d'avance pour cette délicate attention.

— Tu veux faire quelque chose ce soir, pour fêter ça ? Aller au cinéma ou un truc dans ce genre ?

— Non. J'ai prévu de sortir avec Rob et la bande.

— J'aimerais vraiment que tu arrêtes de traîner avec ces tarés. James était contrarié.

— Et moi, j'aimerais que tu arrêtes de me faire la leçon.

Il gelait à pierre fendre. Comme tous les soirs, James et les garçons de la bande étaient assis sur le muret, derrière la zone industrielle. Depuis la première fois qu'il les avait accompagnés, ils n'avaient fait que discuter en fumant cigarette sur cigarette. Le gros Paul avait bien frappé un élève de l'école privée voisine pour lui voler son téléphone portable et son portefeuille, mais, cet après-midi-là, James ne se trouvait pas en leur compagnie.

Le gang le félicita pour son premier avertissement. Vince précisa qu'il avait été arrêté à quinze reprises, qu'il avait une demi-douzaine de procès en cours et encourait une peine d'un an dans un centre de correction.

— Je m'en fous, dit-il. Mon frère est déjà là-bas. Mon père et mon grand-père sont en prison.

— Super famille, lâcha James.

Rob et le gros Paul éclatèrent de rire. Vince lui jeta un regard sinistre.

— Si tu dis encore un truc sur ma famille, James, je te bute.

— Excuse-moi. J'aurais pas dû.

— Lèche le trottoir.

— Quoi ? Eh, j'ai dit que j'étais désolé.

— Laisse tomber, dit Rob. C'était juste une blague.

— J'ai dit : *lèche le trottoir.* Et je ne le répéterai pas une troisième fois.

S'attaquer physiquement à Vince relevait du suicide. James descendit du muret et s'accroupit. Dans cette position, il se sentait vulnérable. Son adversaire pouvait à tout moment se jeter sur son dos ou le frapper au visage. Mais il n'avait pas le choix. Il plaqua ses mains sur l'asphalte, se pencha en avant et posa la pointe de sa langue sur le sol glacé. Il essuya sa bouche d'un revers de manche puis se releva, espérant que Vince s'estimerait satisfait.

— Vous savez ce qui nous réchaufferait ? demanda Rob pour détendre l'atmosphère. Une bonne bière.

— Personne n'acceptera de nous servir dans le coin, dit le petit Paul. Et on a pas un rond.

— Il y a ce magasin d'alcool, en haut de la rue. Le vendeur range des packs de vingt-quatre tout près de la porte. On pourrait entrer, en piquer un et nous barrer en courant avant que ce gros lard ait le temps de réagir.

— Qui s'y colle ? demanda le petit Paul.

— Qui fête son anniversaire, aujourd'hui ? ricana Vince.

James pensa à l'humiliation qu'il venait de subir. Une occasion se présentait de redorer son blason aux yeux de ses camarades. En outre, Vince prenait toute manifestation de faiblesse pour une invitation au carnage. Mais le souvenir de sa convocation au poste de police était encore frais dans sa mémoire.

— Mec, dit-il, je viens juste d'avoir un avertissement.

— Si tu veux continuer à traîner avec nous, il va falloir prouver que tu en as.

— Non, je rentre au centre. De toute façon, je m'emmerde avec vous.

Vince le saisit par le cou et le plaqua contre le mur.

— Tu vas faire ce que je te dis.

— Fous-lui un peu la paix, nom de Dieu, dit Rob.

Le garçon lâcha prise. James hocha la tête en direction de Rob, en signe de remerciement.

— Tu devrais faire ce qu'il te demande, dit ce dernier. Et puis j'ai pas trop apprécié que tu dises que tu t'emmerdes avec nous.

James commençait à regretter de ne pas avoir prêté attention aux avertissements de Kyle.

— OK, dit-il, réalisant qu'il n'avait plus le choix. Je vais m'en charger.

La bande s'arrêta devant la vitrine du magasin. Le gros Paul gardait une main posée sur l'épaule de James pour s'assurer qu'il ne leur fausse pas compagnie.

— Magne-toi, dit-il. Tu entres, tu sors, l'affaire est dans le sac.

Les nerfs à vif, il pénétra dans la boutique. Il faisait chaud. Il frotta ses mains glacées et rassembla tout son courage.

— Je peux t'aider, petit ? demanda le vendeur.

James n'avait aucune raison de se trouver là. L'homme savait que quelque chose ne tournait pas rond. James s'empara d'un pack de bière. Il était trop lourd pour ses doigts engourdis.

— Repose ça, espèce de...

James tourna les talons et saisit la poignée de la porte. Elle ne bougea pas d'un millimètre. Vince et le gros Paul maintenaient la porte fermée de l'extérieur.

— Laissez-moi sortir ! hurla-t-il en frappant à la vitre.

Le vendeur bondit par-dessus le comptoir.

— S'il vous plaît, supplia James.

Vince lui adressa un sourire cruel et lui fit un doigt d'honneur.

— Tu es coincé, tu es coincé ! répétait le petit Paul en sautillant de joie.

L'homme ceintura James puis le tira vers l'arrière-boutique.

— Passe une bonne nuit en prison, sale tapette, lança Vince avant de lâcher la porte et de s'éloigner à la hâte en compagnie du gros Paul.

James cessa de se débattre. Il n'avait plus aucun espoir de s'échapper. Le vendeur le fit asseoir sur une chaise puis il appela la police.

...

Il avait passé trois heures sur une banquette, adossé au mur couvert de graffitis, la tête dans les genoux. On lui avait confisqué ses chaussures et vidé le contenu de ses poches. Une odeur infecte planait dans la cellule, un mélange de désinfectant industriel et de tout ce qu'un corps humain pouvait produire de plus fétide.

Le sergent Davies déverrouilla la grille et entra. James avait espéré qu'on confierait son dossier à un autre policier. Il leva la tête, nerveux, s'attendant à le voir exploser de rage, mais l'homme semblait trouver la situation plutôt amusante.

— Tu as la mémoire courte, mon garçon. Attends, laisse-moi deviner. Tu pensais t'en être tiré facilement, c'est ça ? Tu avais besoin de quelques bières pour fêter ça ? Je me trompe ?

Il le conduisit jusqu'au box d'interrogatoire où les attendait Rachel. La jeune femme, visiblement furieuse, lui jeta un coup d'œil assassin. Sans cesser de sourire, le policier glissa une cassette dans un magnétophone puis pressa la touche enregistrement.

— James, demanda-t-il, je dois te signaler que le magasin où tu as été arrêté était équipé de trois caméras de surveillance. Admets-tu avoir essayé d'y commettre un vol ?

— Oui, monsieur.

— Sur la vidéo, on voit distinctement deux espèces de chimpanzés t'empêcher de sortir. Pourrais-tu me dire de qui il s'agit ?

— Aucune idée.

Il était hors de question de livrer à la police quatre des pensionnaires les plus violents du centre Nebraska. Il tenait trop à la vie.

— Pourquoi ne pas me dire la vérité ? Je sais que c'est à cause d'eux que tu te trouves ici.

— Je ne les ai jamais vus avant ce soir, insista James.

— Moi, je trouve qu'ils ressemblent drôlement à Vincent St John et Paul Puffin. Ces noms te disent quelque chose ?

— Jamais entendu parler.

— Comme tu voudras. Cet interrogatoire est terminé.

Le sergent Davies interrompit l'enregistrement.

— Quand on joue avec le feu, on se brûle. Et traîner avec ces deux-là, c'est comme jouer avec de la dynamite.

— J'ai fait une connerie. Quelle que soit ma punition, je la mérite.

— Ne t'inquiète pas pour ça. Tu vas être déféré devant le tribunal des enfants. Le juge te collera sans doute une amende de vingt livres. Mais ce n'est qu'un début, mon garçon.

— Qu'est-ce que vous voulez dire ?

— J'ai connu des centaines de garçons comme toi. Ça commence toujours pareil. Au début, ce n'étaient que des gamins turbulents qui faisaient beaucoup de bêtises. Puis il leur a poussé des boutons et des poils au menton, et ils se sont mis à collectionner les embrouilles, mais rien de vraiment sérieux. Et puis un jour, ils ont commis un acte vraiment stupide. Un coup de couteau, un deal de shit, un vol à main armée, j'en passe et des meilleures. À seize ou dix-sept ans, ils se sont retrouvés en cabane pour sept longues années. Tu peux encore t'en sortir, mais si tu ne commences pas à réfléchir à la portée de tes actes, tu passeras la moitié de ta vie en prison.

9. Trou noir

James jeta un regard circulaire à la pièce. Plus claire que sa cellule du centre Nebraska, elle ressemblait à celle où il avait séjourné, quelques années plus tôt, en compagnie de sa mère et de sa sœur, lors d'un séjour à Disney World, en Floride. Il n'avait pas la moindre idée de l'endroit où il se trouvait. C'était une chambre individuelle équipée d'une télé, d'une bouilloire électrique et d'un réfrigérateur. Il se souvenait que Jennifer Mitchum, la psychologue, l'avait convoqué dans son bureau à son retour du poste de police, puis plus rien. Le trou noir.

Il jeta un coup d'œil sous la couette et réalisa qu'il était nu. Il s'assit au bord du lit et regarda par la fenêtre. La chambre, située à un étage élevé, dominait une piste d'athlétisme où des enfants de son âge, chaussés de baskets à pointes, pratiquaient des étirements. Plus loin, d'autres pensionnaires assistaient à une leçon de tennis sur un cours en terre battue. À l'évidence, s'il se trouvait dans un orphelinat, c'était un établissement infiniment plus luxueux que le trou à rats où il avait passé ces derniers jours.

Des vêtements étaient posés sur le carrelage : des chaussettes et un caleçon blancs, un T-shirt orange impeccablement repassé, un pantalon de treillis kaki et une paire de rangers. Il se pencha pour examiner ces dernières. Elles sentaient le cuir. Les semelles étaient noires et brillantes. Elles étaient neuves.

Aux yeux de James, l'aspect militaire de la tenue était inquiétant. Il se demandait s'il ne se trouvait pas dans un centre de redressement destiné aux jeunes délinquants récidivistes. Il enfila les sous-vêtements et étudia le logo imprimé sur le T-shirt : un bébé ailé assis sur un globe où l'on devinait les contours de l'Europe et du continent américain. Au-dessous figurait l'inscription *CHERUB*. Ce mot n'éveillait rien dans son esprit.

Il quitta la chambre et s'aventura dans un couloir arpenté par des pensionnaires vêtus de la même tenue. Leurs T-shirts frappés du logo CHERUB étaient noirs ou gris.

Il s'adressa à jeune homme qui marchait dans sa direction.

— Où est-ce que je suis ? demanda-t-il.

— Je n'ai pas le droit de parler aux *orange*, dit le garçon, sans ralentir le pas.

James aperçut deux jeunes filles au bout du couloir.

— Salut, dit-il. Je viens d'arriver. Je ne sais pas ce que je suis censé faire.

— Je n'ai pas le droit de parler aux *orange*, répliqua l'une d'elles.

Sa camarade lui adressa un sourire.

— Je n'ai pas le droit de parler aux *orange*, dit-elle à son tour.

Sur ces mots, elle désigna un ascenseur puis tendit l'index vers le bas.

— J'ai compris, lâcha James.

D'autres garçons et filles se trouvaient dans l'ascenseur, accompagnés d'un adulte portant la tenue réglementaire et un T-shirt blanc.

— Pouvez-vous me dire où…

— Je n'ai pas le droit de parler aux *orange*, dit l'homme en pointant un doigt vers le sol.

Jusqu'alors, James avait cru qu'il s'agissait d'un rituel d'initiation réservé aux nouveaux venus, mais il n'imaginait pas qu'un adulte puisse participer à un tel canular. Soudain, il comprit que son geste signifiait qu'il devait se rendre au rez-de-chaussée.

Les portes s'ouvrirent sur un vaste hall de réception. Derrière les baies vitrées, il aperçut, au centre d'une pelouse, une fontaine d'où s'élevait un jet d'eau, une sculpture représentant un globe terrestre surmonté d'un bébé ailé, semblable au logo figurant sur son T-shirt. Il s'approcha du guichet d'accueil où se tenait une femme d'âge mûr.

— S'il vous plaît, ne me dites pas que vous n'avez pas le droit de parler aux *orange* ! Je veux juste savoir où...

Il ne put achever sa phrase.

— Bonjour, James. Le docteur McAfferty t'attend dans son bureau.

Sans ajouter un mot, elle le guida vers un couloir et frappa à une double porte.

— Entrez, fit une voix qui trahissait un léger accent écossais.

James pénétra dans une pièce dont les murs, à l'exception de deux hautes fenêtres et d'une cheminée, étaient entièrement recouverts de livres reliés de cuir. Un homme au crâne dégarni, grand et mince, d'une soixantaine d'années, se leva de son bureau pour lui serrer la main avec énergie.

— Bienvenue au campus de CHERUB, James. Je suis le docteur McAfferty, directeur de cet établissement. Mais tout le monde m'appelle Mac. Assieds-toi, s'il te plaît.

James tira l'une des chaises placées devant le bureau.

— Non, pas ici. Installons-nous près de la cheminée. Nous avons beaucoup de choses à nous dire.

Ils s'installèrent dans de profonds fauteuils de cuir. James ne s'attendait pas à un tel traitement. Il se demandait si son hôte n'allait pas poser une couverture sur ses genoux et lui servir une tasse de thé.

— Je sais que ça peut paraître dingue, mais je vous avoue que je n'ai pas la moindre idée de la façon dont je suis arrivé ici.

Mac sourit.

— La personne qui t'a conduit jusqu'à nous t'a administré une piqûre sédative pour t'aider à dormir. C'était plutôt agréable, non ? Je suppose que tu ne ressens aucun effet secondaire.

James haussa les épaules.

— Je me sens reposé. Mais pourquoi vous m'avez drogué ?

— Laisse-moi d'abord t'expliquer ce qu'est CHERUB. Ensuite, tu pourras me poser toutes les questions qui te viennent à l'esprit.

— Comme vous voudrez.

— Alors, quelles sont tes premières impressions ?

— On dirait que certains établissements reçoivent plus de dons que d'autres, dit James. Cet endroit est génial.

Le docteur McAfferty éclata de rire.

— Je suis heureux que tu t'y plaises. Nous hébergeons deux cent quatre-vingts pensionnaires. Nous disposons, entre autres, de quatre piscines, six courts de tennis couverts, un terrain de football, un gymnase, un stand de tir. Nous avons notre propre établissement scolaire. Les classes ne comptent pas plus de dix élèves. Chacun d'eux étudie au moins deux langues étrangères. Nous avons davantage d'étudiants admis dans les grandes universités que les meilleures écoles privées du pays. Penses-tu que tu aimerais vivre ici ?

— Oui, c'est sympa, le parc, et tout ça. Mais je suis un cancre.

— Racine carrée de quatre cent quarante et un ?

— Vingt et un, répondit James après une demi-seconde de réflexion.

— Je connais des gens très brillants qui seraient incapables de répondre à cette question, dit Mac en souriant. Et j'avoue que j'en fais partie.

— Bon, c'est vrai, je suis fort en maths, admit James, embarrassé. Mais je suis nul dans toutes les autres disciplines.

— Et pourquoi selon toi ? Parce que tu es un idiot ou parce que tu ne travailles pas ?

— Je m'ennuie en cours, et je finis toujours par faire des bêtises.

— Pour être admis parmi nous, chaque pensionnaire doit remplir deux critères. *Primo*, il doit réussir l'examen d'entrée. *Secundo* — et j'admets que c'est plus inhabituel —, il doit accepter de faire partie des services de renseignements britanniques.

— Qu'est-ce que vous dites ? demanda James, persuadé qu'il avait mal entendu.

— De devenir un agent secret, James. CHERUB fait partie de l'Intelligence Service.

— Mais il n'y a que des enfants ici !

— C'est exact. Car ils peuvent se charger de missions que des adultes seraient incapables de remplir. D'ailleurs, c'est ainsi qu'agissent de nombreux criminels. Prenons un exemple, si tu le veux bien : un cambrioleur frappe à la porte d'une vieille dame, au beau milieu de la nuit. Bien entendu, elle se méfie. L'homme a beau supplier, prétendre qu'il a eu un accident, jurer qu'il est à l'agonie, elle appelle une ambulance, peut-être, mais elle ne le laisse pas entrer. Maintenant, imagine que la même vieille dame trouve un jeune garçon en pleurs sur le seuil de sa porte. *Madame, mon père a eu un accident. Il ne bouge plus. S'il vous plaît, aidez-moi.* Crois-moi, la femme ouvre la porte immédiatement. Le père du garçon peut alors bondir de sa cachette, assommer sa victime et dérober les économies cachées sous son matelas. Les gens ne se méfient pas des enfants. C'est pour cette raison que les criminels les emploient. Nous, à CHERUB, nous les prenons à leur propre piège. Nous mettons en œuvre leurs propres techniques pour les jeter en prison.

— Pourquoi vous m'avez choisi ?

— Parce que tu es intelligent, en bonne condition physique et que tu ne crains pas de te fourrer dans les pires situations.

— Vous êtes le premier à me féliciter de collectionner les conneries.

— Nous sommes à la recherche de jeunes gens ayant le goût du risque. Certaines de tes tendances pourraient te valoir la prison dans le monde normal. Ici, nous les considérons comme des qualités.

— Tout ça est plutôt tentant. Mais c'est pas un peu dangereux ?

— La plupart des missions comportent peu de risques. CHERUB est en activité depuis plus de cinquante ans. Au cours de cette période, quatre de nos agents ont perdu la vie, et quelques-uns ont été gravement blessés. Statistiquement, autant d'enfants ont trouvé la mort au cours d'accidents de la route dans les établissements scolaires d'une taille comparable. Mais, bien entendu, de notre point de vue, c'est quatre de trop. Je suis directeur de ce service depuis dix ans, et je n'ai eu à déplorer qu'un vilain cas de malaria et une blessure par balle à la jambe. Tous les ordres de mission sont soumis à l'approbation d'un comité d'éthique. Nous ne confions jamais à un agent une tâche qui pourrait être effectuée par un adulte. Chaque agent est tenu informé de tous les détails de l'opération. Il a le droit de refuser d'y prendre part et de se retirer à toute étape de son déroulement.

— Qu'est-ce qui m'empêche de refuser votre proposition, de sortir d'ici et de parler à tout le monde de votre organisation ?

Mac se raidit dans son fauteuil, visiblement mal à l'aise.

— On dit qu'un secret est fait pour être brisé, James, mais pourquoi ferais-tu ça ?

— Ça ferait un article formidable.

— Sans doute. Maintenant, imagine que tu composes le numéro d'un quotidien national. Tu tombes sur la standardiste. Qu'est-ce que tu lui dis ?

— Hum… Il existe un service d'espionnage qui n'emploie que des enfants. J'ai visité leur centre.

— Très bien. Et où se trouve-t-il ?

— Je ne sais pas… Ah, je vois. C'est pour ça que j'ai été drogué, n'est-ce pas ?

Mac hocha la tête.

— Exactement, James. Question suivante de la standardiste : avez-vous ramené la moindre preuve ?

— Eh bien…

— Tu seras fouillé avant de partir, James.

— Alors je suppose que non.

— Connaissez-vous une personne ayant un lien avec cette organisation ?

— Non.

— Possédez-vous le moindre indice ?

— Non.

— Penses-tu que le journal publierait ton histoire, James ?

— Non.

— Si tu parlais de tout ça à ton meilleur ami, penses-tu qu'il te croirait ?

— C'est bon, j'ai compris. Je n'ai plus qu'à la boucler.

Mac sourit.

— Parfaitement résumé, James. D'autres interrogations ?

— Je me demande ce que signifie CHERUB.

— Excellente question. C'est le premier directeur du service qui a trouvé ce sigle. Il a aussitôt fait imprimer six mille feuilles de papier à en-tête. Malheureusement, ses relations avec sa femme étaient pour le moins orageuses, et elle l'a abattu d'une balle de gros calibre au cours d'une dispute conjugale, avant qu'il ait pu dire à quiconque ce que signifiaient ces initiales. Tout cela se passait juste après la guerre, et il était hors de question de mettre tout ce matériel à la poubelle. Le sigle CHERUB a donc été conservé. Si tu as une idée de ce que ça peut signifier, n'hésite pas à me tenir au courant. C'est un peu embarrassant, dans certaines circonstances.

— Je ne sais pas si je dois vous croire, dit James.

— Tu as peut-être raison. Mais pourquoi te mentirais-je ?

— Peut-être que la signification réelle de ce sigle pourrait me fournir des indices concernant la localisation du campus. Peut-être contient-il le nom de quelqu'un, ou de quelque chose d'important.

— Et tu essaies de me convaincre que tu ne ferais pas un bon agent...

James ne put s'empêcher de sourire.

— Quoi qu'il en soit, James, tu peux passer l'examen d'entrée, si tu le souhaites. Si tu réussis, je t'offrirai une place dans notre organisation. Tu retourneras alors au centre Nebraska, et tu auras deux jours pour prendre une décision définitive. L'examen comporte cinq épreuves et il durera tout le reste de la journée. Es-tu prêt ?

— Oui, je crois.

10. Sur le gril

À bord d'une voiture de golf, Mac conduisit James jusqu'à un bâtiment de style traditionnel japonais. Ils traversèrent un jardin zen de sable et de galets, puis contournèrent un bassin peuplé de poissons rouges.

— Ce bâtiment est récent, dit l'homme. L'une de nos pensionnaires a démantelé un trafic de faux médicaments. Elle a épargné des milliers de vies et permis à une compagnie pharmaceutique japonaise de sauver des milliards de yens. La récompense que cette société a offerte aux services de renseignements britanniques a permis de faire construire ce nouveau dojo.

— Un dojo ?

— C'est un mot japonais qui désigne une salle d'entraînement consacrée aux arts martiaux.

À l'intérieur, une trentaine d'élèves vêtus de kimonos répétaient inlassablement les mêmes prises, adoptant des postures compliquées ou se laissant renverser brutalement sur le sol avant de se redresser d'un bond, sans effort apparent. Une femme asiatique au visage austère marchait parmi eux, s'arrêtant de temps à autre pour adresser des critiques dans un mélange d'anglais et de japonais dont James ne comprenait pas un traître mot.

Mac conduisit son élève jusqu'à une petite pièce au sol recouvert de fins matelas bleus. Un garçon brun et maigre au regard vif, la taille de son kimono serrée par une ceinture noire, y pratiquait des étirements. James le dominait de dix bons centimètres.

— Enlève tes chaussures, dit Mac. As-tu déjà pratiqué les arts martiaux ?

— J'ai pris deux ou trois leçons, quand j'avais huit ans. J'ai trouvé ça ennuyeux. Le gymnase était vieux et sale, pas comme ici.

— Je te présente Bruce, ton partenaire.

Le garçon s'inclina puis lui tendit la main. James serra vigoureusement ses doigts osseux. Il était confiant. Ce gamin devait sans doute connaître une ou deux astuces d'ordre technique, mais sa petite taille et son faible poids jouaient en sa défaveur.

— Voici les règles, annonça Mac. Le premier à gagner cinq manches remportera le combat. Vous avez le droit de mettre fin à une manche en criant *je me soumets* ou en frappant le sol de la paume de la main. En outre, vous pouvez abandonner en déclarant forfait à tout moment. Tous les coups sont permis, à l'exception des attaques au bas-ventre et aux yeux. M'avez-vous bien compris ?

Les deux garçons hochèrent la tête. Mac tendit un protège-dents à James.

— Préparez-vous pour la première manche.

Ils se placèrent au centre de la pièce.

— Je vais te casser le nez, dit Bruce avec le plus grand calme.

James sourit.

— Tu peux toujours rêver, nabot.

— Combattez, lâcha Mac.

Bruce effectua un assaut fulgurant. James n'eut pas le temps d'esquisser un geste. Frappé en plein visage, il chancela vers l'arrière. Un filet de sang jaillit de son nez. Il sentit ses jambes se dérober et roula sur le sol. Son adversaire le retourna sur le ventre, saisit l'un de ses poignets, lui imprima une torsion douloureuse puis plaqua sa main libre sur son visage sanglant.

— Je me soumets, gémit James sans desserrer les mâchoires.

Bruce s'écarta. Le combat n'avait pas duré plus de cinq secondes. James épongea le sang qui coulait de son menton sur la manche de son T-shirt.

— Prêts ? demanda Mac.

James éprouvait des difficultés à respirer.

— Un instant, dit Bruce. Est-il droitier ou gaucher ?

James profita de ces quelques secondes de répit pour s'interroger. Pourquoi diable Bruce avait-il posé cette question ?

— De quelle main écris-tu ? lui demanda Mac.

— De la gauche.

— Entendu. Reprenez le combat.

Cette fois, se refusant à essuyer le premier coup, James bondit sur son adversaire, qui esquiva la charge avec une facilité déconcertante. Il se sentit soulevé par les épaules, puis projeté violemment sur le sol. Bruce s'assit à califourchon sur sa poitrine et referma violemment ses cuisses sur sa cage thoracique. James se débattit en vain, incapable de respirer. Le garçon saisit son bras droit puis tordit son pouce jusqu'à ce qu'il émette un craquement sinistre.

James poussa un hurlement. Bruce brandit un poing menaçant puis cracha son protège-dents.

— Si tu ne te soumets pas, je te frappe au visage une deuxième fois.

James contempla avec effroi la main qu'il avait serrée quelques minutes plus tôt avec tant de confiance.

— Je me soumets, dit-il.

Il se redressa maladroitement en serrant son pouce. Il avait un goût de sang dans la bouche. Le sol était constellé de taches écarlates.

— Veux-tu continuer ? demanda Mac.

Il hocha la tête. Les deux adversaires se firent face pour la troisième fois. James savait désormais qu'il n'avait aucune chance. Le sang l'aveuglait, et sa main droite était si douloureuse qu'il ne pouvait pas bouger un doigt. Mais il était furieux et déterminé à porter un coup, quoi qu'il en coûte.

— S'il te plaît, abandonne, implora Bruce. Je pourrais te blesser gravement.

James passa à l'attaque sans même attendre que Mac donne le signal. Il reçut un coup de talon à l'estomac et se plia en deux, pris de vertiges. Des taches vertes et bleues dansèrent devant ses yeux. Il sentit qu'on lui tordait le bras.

— Je vais le casser, cette fois, dit Bruce. Ce n'est pas ce que je souhaite.

James comprit alors que toute résistance était inutile.

— J'abandonne, murmura-t-il. Je déclare forfait.

Bruce recula puis adressa un sourire à son adversaire.

— Tu t'es bien battu.

— Je crois que tu m'as cassé le pouce.

— Il est juste déboîté. Fais voir.

James tendit la main.

— Ça va faire mal, dit le garçon.

Il pressa violemment l'articulation et l'os regagna son logement en craquant. La douleur fut si vive que James tomba à genoux.

Bruce éclata de rire.

— Tu trouves ça douloureux ? Un jour, quelqu'un m'a infligé neuf fractures à la même jambe.

James n'avait pas le cœur à plaisanter. Son nez le faisait tant souffrir qu'il avait l'impression que sa tête allait s'ouvrir en deux. Mais il était trop fier pour pleurer.

— Es-tu prêt pour l'épreuve suivante ? demanda Mac.

James était assis dans une salle meublée de dizaines de tables identiques. Il comprenait enfin pourquoi Bruce avait tenu à savoir s'il était gaucher ou droitier. Sa main blessée le faisait atrocement souffrir. Il était seul à passer l'examen. Des boules de coton sanglantes dépassaient de ses narines et ses vêtements étaient déchirés.

— Il s'agit d'un simple test scolaire, James. Des questions pour mesurer tes compétences verbales et mathématiques. Tu as quarante-cinq minutes.

Les questions se faisaient plus complexes à mesure qu'il

tournait les pages. En temps normal, elles n'auraient rien eu d'insurmontable, mais James souffrait le martyre et, chaque fois qu'il fermait les yeux, il avait l'impression que la pièce tournoyait autour de lui. À la fin du temps qui lui avait été imparti, il laissa trois pages inachevées.

...

À l'heure du déjeuner, James avait retrouvé l'usage de sa main droite et son nez avait cessé de saigner. Mais il n'était pas d'humeur à se réjouir. Il avait la certitude d'avoir échoué aux deux premières épreuves.

Lorsqu'il pénétra dans la cafétéria bondée, tous les pensionnaires se turent. Il essuya trois « *je ne parle pas aux orange* » avant que l'un d'entre eux ne pointe un index en direction des couverts. James choisit un plat de lasagnes et une appétissante mousse au citron saupoudrée de pépites de chocolat. Il prit place à une table inoccupée et réalisa qu'il n'avait rien mangé depuis la veille. Il mourait de faim. Il constata avec plaisir que la nourriture du campus était infiniment meilleure que les plats surgelés du centre Nebraska.

...

— Tu aimes le poulet, James ?
— Bien sûr.
James et Mac se trouvaient seuls dans une minuscule remise, de part et d'autre d'une table sur laquelle était posée une cage contenant un poulet.
— Tu aimerais manger celui-là ?
— Il est vivant.
— Je ne suis pas aveugle, James. Serais-tu prêt à le tuer ?
— Jamais de la vie.
— Et pourquoi pas ?

— C'est cruel.

— Es-tu en train de me dire que tu es végétarien ?

— Non.

— Ainsi, tu trouves cruel de tuer un poulet mais tu ne vois pas d'objection à ce qu'il atterrisse dans ton assiette ?

— Je ne sais pas. J'ai douze ans, j'avale ce qu'on me sert sans me poser de questions.

— James, je veux que tu tues ce poulet.

— Cette épreuve est complètement débile. Qu'est-ce que je suis censé prouver ?

— Je ne ferai pas de commentaire avant la fin de l'examen. Allez, tue-le. De toute façon, si tu ne le fais pas, un cuisinier s'en chargera. Pourquoi ne pas le soulager de ce sale boulot ?

— Il est payé pour ça.

Mac sortit son portefeuille de sa veste et posa un billet de cinq livres sur la table.

— Voilà ton salaire, James. Maintenant, fais ton travail.

— Je...

James était à bout d'arguments. Il était pressé de se débarrasser au plus vite de cette corvée et de passer à l'épreuve suivante.

— D'accord. Comment je m'y prends ?

Mac lui tendit un stylo-bille.

— Frappe sous la tête. Si tu es habile, tu sectionneras l'artère principale et la trachée. Il devrait mourir en moins de trente secondes.

— C'est atroce.

— Essaye de ne pas te tacher. L'hémorragie peut être impressionnante.

James saisit le stylo et ouvrit la trappe de la cage.

∴

Lorsqu'il aperçut le parcours d'obstacles, James cessa de se préoccuper pour la bouillie de plumes, de sang et de viscères qui couvrait ses vêtements. C'était une succession d'échelles de cordes, de rampes verticales, de plates-formes et de poutres qui surplombaient le vide et se perdaient parmi les arbres du parc. Il constata avec anxiété que la structure s'élevait à une hauteur vertigineuse, et qu'elle n'était pas équipée de filets de sécurité.

Mac lui présenta Paul et Arif, deux garçons d'environ seize ans, d'allure athlétique, qui portaient des T-shirts CHERUB bleu marine. Tous trois se hissèrent sur une large échelle de corde, les deux plus âgés encadrant le plus jeune.

— Ne regarde jamais en bas, conseilla Arif. Sur ce parcours, le vertige sera ton pire ennemi.

Parvenu au sommet de l'obstacle, James posa ses mains sur une rampe et s'y laissa glisser, en s'efforçant d'ignorer son pouce douloureux. Puis, sous les encouragements de ses deux camarades, il franchit d'un bond l'espace d'un mètre qui séparait deux plates-formes. Ils poursuivirent leur ascension le long d'une deuxième échelle et s'engagèrent sur des planches étroites. À ce point du parcours, ils se trouvaient à une vingtaine de mètres au-dessus du sol. James mit prudemment un pied devant l'autre, les yeux fixés sur la ligne d'horizon. Un vent léger faisait craquer toute la structure.

Un mètre et demi séparait les deux plates-formes suivantes. Franchir cet obstacle aurait été un jeu d'enfant au niveau du sol, mais là, face à ces deux planchettes humides, perché à cette hauteur effrayante, James se raidit. Arif prit un pas d'élan et bondit avec aisance au-dessus du vide.

— Tu ne risques rien, dit-il. Allez, nous y sommes presque.

L'attention de James fut attirée par les cris d'un oiseau qui planait au-dessus de sa tête. Instinctivement, ses yeux suivirent sa trajectoire jusqu'au sol. Il réalisa alors dans quelle situation il se trouvait et sentit la panique le gagner. Il se tourna vers le ciel. Des nuages y glissaient lentement, lui donnant l'impression qu'il basculait en arrière.

— Je ne peux pas rester debout, gémit-il. Je crois que je vais vomir.

Paul saisit sa main.

— Allez, saute.

— Je ne peux pas.

— Bien sûr que si. Si tu étais en bas, tu ne prendrais même pas d'élan.

— Mais *je ne suis pas* en bas ! rugit James. Je suis coincé à vingt mètres de haut, avec un mal de crâne insupportable, un pouce en compote et du sang de poulet plein mes vêtements !

Alors il pensa au centre Nebraska, à ses couloirs sinistres, aux prédictions du sergent Davies concernant son avenir de criminel. Ce saut valait la peine d'être tenté. Il pouvait changer sa vie.

Il prit son élan. La planche vibra violemment lorsqu'il se réceptionna. Arif le ceintura pour le stabiliser, puis ils marchèrent jusqu'à la plate-forme finale encadrée de garde-fous.

— Tu t'en sors comme un chef, lui confia le garçon. Encore un peu de courage. Nous n'avons plus qu'un obstacle à franchir.

— Quel obstacle ? s'étonna James. Nous n'avons plus qu'à descendre…

Il s'approcha du bord et remarqua les deux crochets où aurait dû être fixée l'échelle de corde. Mais elle avait été retirée.

— On doit retourner sur nos pas ?

— Non, répondit Arif. Nous devons sauter.

James n'en croyait pas ses oreilles.

— Inutile de t'inquiéter. Contente-toi de te laisser tomber. Le matelas amortira ta chute.

James regarda en bas et aperçut un rectangle bleu taché de boue.

— Et que fais-tu des branches d'arbre sur la trajectoire ?

— Oh, ça ? Ce sont tout juste des branchages. Je te conseille quand même de ne pas t'y frotter. Tu pourrais récolter de méchantes coupures.

Arif plongea le premier.

— Tu peux y aller, cria-t-il après s'être réceptionné vingt mètres plus bas.

James resta hésitant au bout de la planche. Paul le poussa dans le dos avant qu'il n'ait pu prendre sa décision.

La chute dans la frondaison fut vertigineuse. Il atteignit le matelas avec un son mat, l'avant-bras zébré de rouge, là où une branche l'avait violemment fouetté.

James n'avait jamais pu enchaîner deux brasses sans boire la tasse. Il n'avait pas eu de père pour lui apprendre à nager et sa mère n'avait jamais mis un pied à la piscine, à cause de son poids. Elle craignait qu'on ne se moque d'elle si elle osait apparaître en public vêtue d'un maillot de bain. James n'avait pratiqué la natation qu'une fois, dans le cadre d'une sortie scolaire. Deux enfants à qui il avait joué des sales tours l'avaient entraîné à l'endroit le plus profond du bassin et l'avaient abandonné. Le maître nageur avait dû le repêcher puis pratiquer le bouche-à-bouche pour le réanimer. Dès lors, il avait refusé d'enfiler un maillot de bain et passé toutes les leçons de natation à feuilleter des magazines dans les vestiaires.

James se tenait au bord de la piscine, entièrement vêtu.

— Tu dois plonger, attraper la brique qui se trouve au fond et nager jusqu'à l'autre bord, dit Mac.

James regarda la brique sous la surface scintillante et imagina ses poumons remplis d'eau chlorée. Il recula, la peur au ventre.

— Je renonce. Je ne sais pas nager.

James était de retour là où cette longue journée avait commencé, devant la cheminée, dans le bureau du docteur McAfferty.

— Fort bien. Selon toi, au vu de ces tests, crois-tu que nous devrions te proposer une place dans notre organisation ?

— J'imagine que non.

— Tu t'es bien tiré de la première épreuve.

— Je n'ai même pas réussi à le toucher.

— Bruce est un expert en arts martiaux. Bien sûr, tu aurais réussi l'épreuve si tu étais parvenu à le vaincre, mais c'était hautement improbable. Tu as déclaré forfait au moment où Bruce t'a menacé de t'infliger une grave blessure. C'est important. S'infliger une telle punition par orgueil n'a rien d'héroïque. Mieux encore, tu n'as pas exigé de te reposer avant de poursuivre l'examen et tu ne t'es pas plaint de tes blessures. Cette attitude démontre ta force de caractère et un désir sincère de faire partie de CHERUB.

— Ce type faisait de moi ce qu'il voulait. Je n'avais aucune chance.

— C'est exact, James. Au cours d'un combat réel, Bruce aurait pu t'envoyer au tapis en quelques secondes, t'assommer ou t'expédier dans l'autre monde. Tu as également obtenu un résultat honorable dans l'épreuve d'intelligence. Exceptionnel en mathématiques, moyen pour le reste. Comment penses-tu t'être sorti de la troisième épreuve ?

— J'ai tué le poulet.

— Cela signifie-t-il que tu as réussi ?

— J'ai fait ce que vous m'avez demandé.

— Il s'agissait d'éprouver ton courage moral. Dans l'idéal, tu aurais dû tuer le poulet sans te poser de questions, ou refuser tout net. Je pense que tu ne t'es pas montré très brillant. À l'évidence, tu ne voulais pas tuer ce poulet, mais tu t'es laissé forcer la main. Je te mets la moyenne, parce que tu as fini par prendre une décision et mener à bien ta mission. Tu aurais échoué si tu avais tergiversé ou si tu t'étais mis en colère.

James était ravi d'avoir réussi les trois premiers tests.

— Tu as brillamment accompli la quatrième épreuve. Tu as connu quelques moments d'hésitation, mais tu as réussi à rassembler tout ton courage et franchi la totalité des obstacles. À présent, parlons du test final.

— Là, j'ai échoué, c'est certain.

— Nous savions que tu ne savais pas nager. Si tu avais plongé et ramassé la brique, tu aurais obtenu la note maximale. Si nous avions été obligés de te repêcher, tu aurais démontré ton manque de lucidité, et tu aurais échoué. Mais tu as décidé que la tâche dépassait tes capacités, et tu as renoncé avec sagesse. C'est exactement ce que nous attendions de toi. Pour conclure, James, je t'annonce que tu as réussi l'examen. Je suis heureux de t'offrir une place à CHERUB. Pour le moment, nous allons te reconduire au centre Nebraska, et tu nous donneras ta réponse définitive dans deux jours.

11. Basse vengeance

James fut reconduit de nuit à bord d'une camionnette. Enfermé à l'arrière du véhicule, malgré son extrême fatigue et le silence obstiné du conducteur, il ne parvint pas à s'endormir. Au bout de deux heures, ils firent halte à une station-service pour boire une tasse de thé et se rendre aux toilettes. James fut autorisé à effectuer le reste du trajet dans la cabine. Un panneau de signalisation lui apprit qu'ils se trouvaient près de Birmingham et faisaient route vers Londres. Ils devaient avoir parcouru une centaine de kilomètres, mais ces indices étaient insuffisants pour deviner la localisation de CHERUB.

Ils arrivèrent au centre vers trois heures du matin. La porte d'entrée était fermée à clef. James actionna la sonnette puis patienta de longues minutes. Un éducateur braqua une lampe torche vers son visage avant de le laisser entrer.

— Où est-ce que tu étais passé, bon sang ?

James n'avait pas imaginé que CHERUB ait pu l'enlever sans prévenir le personnel de l'orphelinat. Pris de cours, il bredouilla une excuse.

— Je suis allé me balader.

— Pendant vingt-six heures ?

— Ben…

— Au lit, James. On s'occupera de ton cas demain matin.

Après la journée qu'il avait passée dans les installations de CHERUB, James trouva le centre plus sale et plus triste que jamais. Il regagna sa chambre en silence, mais Kyle se réveilla lorsqu'il referma la porte.

— Salut, Einstein. T'étais passé où ?

— T'occupe, rendors-toi.

— J'ai entendu parler de tes exploits dans la boutique d'alcool. Tu as vraiment le chic pour te mettre dans les pires situations.

James sortit de sa poche le spray antidouleur que lui avait donné l'infirmière de CHERUB, s'administra une pulvérisation dans chaque narine, puis commença à se déshabiller.

— Je ne peux pas dire que tu ne m'avais pas prévenu, dit-il.

— Vince flippe comme un malade. Il pense que tu l'as balancé et qu'ils t'ont envoyé dans un autre centre pour assurer ta protection.

— Je ne suis pas une balance. Je trouverai un autre moyen de me venger.

— Laisse tomber, James. Ne lui donne pas l'occasion de te faire du mal.

∴

Rachel réveilla James en le secouant violemment par les épaules.

— Tu es encore au lit ? Il est dix heures trente. Tu devrais déjà être au collège.

Il s'assit et se frotta le visage. Son nez le faisait souffrir mais sa migraine s'était dissipée.

— Je suis rentré à trois heures du matin.

— Tu ne crois pas que tu es un peu jeune pour traîner en boîte de nuit ?

— J'ai juste, comment dire…

Il ne parvenait toujours pas à trouver une excuse crédible pour justifier son escapade.

— Je veux te voir en uniforme devant la porte dans vingt minutes.

— Je suis crevé.

— La faute à qui ?

— J'ai mal, ajouta-t-il en désignant son nez.

— Encore une bagarre, je suppose ?

— Non.

— Alors, qu'est-ce qui s'est passé ?

— Je crois que j'ai dormi dans une position bizarre.

Rachel éclata de rire.

— James, c'est l'excuse la plus bidon que j'aie jamais entendue. Ton nez a doublé de volume et tu as un œil au beurre noir.

— Un œil au beurre noir ?

James posa les doigts sur sa paupière gonflée. Il avait toujours rêvé d'avoir un cocard qui lui donnerait l'air d'un vrai dur.

— Je peux voir l'infirmière ? demanda-t-il.

— Tu verras celle de West Road.

— S'il te plaît, Rachel. Ne m'envoie pas au collège. Je crois que j'en mourrai.

— Tu es ici depuis trois semaines, James. Tu as eu un avertissement de la police, tu as été arrêté pour vol, nous avons reçu une plainte du collège concernant ton comportement en classe, et maintenant, tu disparais pendant un jour et demi. On est plutôt coulants ici, mais notre patience a des limites. Mets ton uniforme. Si tu as un problème avec mes méthodes, prends rendez-vous avec le directeur.

∴

James était en train de préparer son sac de classe lorsque Jennifer Mitchum fit irruption dans sa chambre.

— Tu n'es pas trop fatigué pour aller au collège ?

— Ordre de Rachel.

La psychologue verrouilla la porte et s'assit sur le lit de James.

— Ces tests sont épuisants, n'est-ce pas ?

— Qu'est-ce que vous dites ?

— Je sais où tu te trouvais, James. Je suis l'une des personnes qui t'ont recommandé auprès du docteur McAfferty.

— La dernière chose dont je me souviens, c'est d'être monté dans votre bureau, après ma convocation au poste de police. C'est vous qui m'avez fait une piqûre ?

La femme sourit.

— Je plaide coupable. Alors, envisages-tu de rejoindre CHERUB ?

— Ce campus est génial. Je ne vois aucune raison de refuser.

— C'est une formidable opportunité. J'ai adoré les années que j'ai passées là-bas.

— Vous faisiez partie de CHERUB ?

— Oh, ça remonte à l'âge de pierre. Mes parents sont morts dans l'explosion d'une conduite de gaz. J'ai été recrutée dans un orphelinat, tout comme toi.

— Vous avez participé à des missions ?

— Vingt-quatre. Largement assez pour obtenir mon T-shirt noir.

— De quoi parlez-vous ?

— Tu n'as pas remarqué que les résidents du campus portent des T-shirts de couleurs différentes ?

— Si. Là-bas, personne ne m'a adressé la parole sous prétexte que je portais un T-shirt orange.

— C'est la couleur réservée à ceux que nous appelons les invités. Il faut obtenir l'autorisation de Mac pour leur parler. Le T-shirt rouge est réservé aux pensionnaires les plus jeunes. Dès l'âge de dix ans, ils reçoivent un T-shirt bleu ciel, ce qui signifie qu'ils sont prêts à passer le programme d'entraînement initial qui leur permettra de devenir des agents opérationnels. Une fois ces épreuves franchies, ils reçoivent un T-shirt gris. Les agents ayant accompli une performance exceptionnelle au cours d'une mission peuvent se voir décerner le T-shirt bleu marine. Les plus brillants portent le T-shirt noir, qui récompense un travail irréprochable au cours d'un grand nombre d'opérations.

— Combien ?

— Il faut avoir mené à bien trois ou quatre missions particuliè-rement délicates, parfois une dizaine. C'est le directeur qui décide. Enfin, le T-shirt blanc est réservé aux membres du personnel et aux grandes filles comme moi.

— Vous travaillez toujours pour CHERUB ?

— Non, je travaille pour la mairie de Camden, mais quand je

croise quelqu'un comme toi, j'en informe Mac. Mais je dois te mettre en garde.

— Je vous écoute.

— La vie sur le campus est difficile, au début. Tu devras acquérir un grand nombre de compétences en un minimum de temps, car CHERUB souhaite que tu puisses les mettre en œuvre avant d'être trop vieux. Lors des premiers jours, tu constateras que tes camarades te surclasseront dans tous les domaines. Tu crois que tu pourras le supporter ?

— Je veux essayer. Quand je me suis fait arrêter, l'autre nuit, le flic m'a dit que les garçons comme moi finissaient toujours par pousser le bouchon trop loin et par atterrir en prison. Ça m'a foutu la trouille. Ce type avait raison. Ma vie, c'est comme une spirale. D'une façon ou d'une autre, sans le vouloir, je m'attire les pires ennuis.

— Veux-tu que je te laisse du temps pour réfléchir ou préfères-tu que j'appelle CHERUB pour leur annoncer que tu acceptes leur proposition ?

— Ma décision est prise.

. . .

Le départ de James avait été fixé à trois heures, ce qui lui laissait largement le temps de faire ses bagages. Il se sentait un peu désolé pour Kyle. C'était un type sympa qui méritait mieux qu'une chambre minable au centre Nebraska et trois livres d'argent de poche par semaine. James tira cinquante livres de son magot et les glissa sous l'oreiller de son ami. Puis il gribouilla un court message :

Kyle,
Content de t'avoir connu. Je suis transféré vers un autre pensionnat.
James.

Au même moment, Kyle entra dans la chambre. James se sentit gagné par la panique. Trouver des excuses n'était pas son fort.

— À quelle heure ils viennent nous chercher ? demanda le garçon.

— Quoi ?

— À quelle heure passe le bus pour CHERUB ?

— Ils t'ont recruté, toi aussi ?

— Oui, quand j'avais huit ans.

— Attends, je ne comprends pas, là.

Kyle commença à vider sa penderie.

— Il y a quatre mois, j'étais en mission pour CHERUB dans les Caraïbes. J'ai replacé un objet au mauvais endroit, un truc que je n'étais pas censé avoir touché. Les types que je surveillais s'en sont aperçus, et ils ont mis les voiles sans demander leur reste. Nous avons perdu leur trace. J'ai foutu en l'air deux ans de travail d'une douzaine d'agents du MI5[1].

— Mais quel rapport avec ta présence ici ?

— Mac n'a pas vraiment apprécié ma boulette, alors il m'a chargé d'une mission de recrutement.

— Ici ?

— Tu as tout compris. Il m'a envoyé dans ce trou à rats pour repérer des recrues. Ton dossier scolaire a attiré l'attention de Jennifer. Elle a fait en sorte que nous soyons logés dans la même chambre pour que je puisse t'évaluer.

— Alors, tout ce que tu m'as raconté à propos de tes parents, c'était des bobards ?

Kyle sourit.

— Cent pour cent bidon. Désolé. Tiens, pour me faire pardonner, je veux bien t'aider à te venger de Vince. Tu as un plan ?

— Tu m'as conseillé de laisser tomber.

— Je sais, mais je hais ce type. Un jour, dans une famille d'accueil, il a flanqué une dérouillée à un gamin de sept ans. Il l'a

---

1. Le MI5 est la branche adulte des services de renseignements britanniques.

poussé du toit, et le môme s'est cassé les vertèbres. Il est dans une chaise roulante pour le reste de ses jours.

— Quelle ordure !

— Tu sais où ils rangent le sable de rechange pour l'aire de jeu des petits ? demanda Kyle.

— Sous la cage d'escalier.

— Prends deux sacs. Je te retrouve devant la chambre de Vince.

— Elle sera fermée à clef.

— T'inquiète, je m'en occupe.

James eut toutes les peines du monde à monter les deux sacs de sable à l'étage. Kyle se trouvait déjà dans la chambre.

— Et dire que je pensais que tu étais le type le plus sale de l'univers, lâcha-t-il.

Vince et son petit frère Paul n'étaient pas à proprement parler des fées du logis. Des vêtements crasseux, des magazines et des CD jonchaient le sol.

— Bof, dit James. Pour moi, c'est une chambre de garçon parfaitement normale.

— OK, faisons vite. Mets du sable partout. Je vais trouver de quoi arroser tout ça.

James répandit du sable sur les lits, dans les tiroirs et sur les bureaux. Kyle revint avec deux grandes bouteilles de Pepsi dérobées dans la cuisine. Ils les secouèrent si longtemps que les bouchons finirent par sauter. Lorsqu'ils eurent achevé leur forfait, la chambre était entièrement recouverte d'une boue brunâtre.

James se tordait de rire.

— Qu'est-ce que je donnerais pour voir sa tête !

— On sera partis depuis longtemps. Eh, si on regardait ce qu'il y a dans son casier ?

Kyle sortit un instrument étrange de sa poche, une sorte d'agrafeuse d'où sortaient de fines tiges de métal.

— Qu'est-ce que c'est ? demanda James.

— Un pistolet à aiguilles. Ça marche sur presque toutes les serrures. Tu apprendras à t'en servir, à CHERUB.

— Cool.

Kyle glissa les tiges dans le cadenas de Vince et actionna rapidement la détente de l'outil. La porte s'ouvrit aussitôt.

— Des magazines érotiques, dit Kyle avant de les jeter sur le sol. Oh, attends une minute.

— Quoi ?

— Regarde un peu ça.

Des poignards aux formes agressives étaient alignés au fond du casier.

— Confisqué, s'exclama Kyle. Trouve quelque chose pour les envelopper.

— Tout est couvert de boue.

— Cherche bien. Je ne peux pas me promener dans le couloir avec ces engins de mort.

James trouva un sweat-shirt intact sous le lit de Paul. Kyle y enroula les couteaux.

— OK. À quelle heure on décolle ?

— Dans dix minutes.

— C'est dix minutes de trop. Bon sang, James, je déteste vraiment cet endroit.

12. Home, sweet home

James, vêtu d'un uniforme CHERUB assorti d'un T-shirt bleu ciel, était assis dans le bureau de Meryl Spencer, sa responsable de formation. Médaillée aux Jeux olympiques d'Atlanta, cette jeune fille aux yeux superbes, à la peau noire, à la haute stature et aux muscles saillants, enseignait l'athlétisme sur le campus.

Elle tenait la clef du box individuel au creux de sa main.

— Peu de pensionnaires arrivent chez nous avec de tels objets, dit-elle.

— Je l'ai récupérée à la mort de ma mère. Je ne sais pas ce que contient ce box.

— Je vois, dit Meryl, l'air suspicieux. Je la garde pour le moment. Que peux-tu me dire au sujet de l'argent que Kyle a trouvé dans ta chambre ?

James s'était préparé à affronter les questions concernant son magot. Il avait compris que Kyle avait inspecté ses affaires au moment même où il l'avait vu crocheter le casier de Vince.

— Il était à ma mère.

— Combien y avait-il ?

— Quatre mille livres, mais j'en ai dépensé quelques centaines.

— Quatre mille ? Seulement ?

Meryl ouvrit le tiroir de son bureau et en sortit un circuit imprimé et une pelote de fils électriques. James reconnut les composants électroniques qu'il avait ôtés du corps de sa minichaîne.

— Oh. Vous êtes au courant.

Meryl hocha la tête.

— Kyle a trouvé tout ça dans la poubelle, le lendemain de ton arrivée. Puis il a déniché ton argent liquide, et nous avons découvert qu'il venait du coffre de ta mère. Tu en as mis un peu partout, dans des lieux évidents, pour tromper ton beau-père, si jamais il s'avisait de venir perquisitionner ta chambre. Ici, tout le monde a été très impressionné par ta stratégie. C'est l'une des raisons pour lesquelles nous t'avons proposé de rejoindre CHERUB.

— Je n'arrive pas à croire que vous ayez réussi à savoir tout ça sans que je m'en aperçoive.

Meryl éclata de rire.

— James, notre métier consiste à rassembler des informations sur des cartels de narcotrafiquants et des groupes terroristes. Comment pouvais-tu t'imaginer que nous nous laisserions berner par un garçon de douze ans ?

Il sourit, un peu mal à l'aise.

— D'accord, j'ai menti. Je n'y avais pas réfléchi.

— Tu vois cette piste d'athlétisme, par la fenêtre ? demanda la jeune femme.

— Oui.

— Si tu me mens encore une fois, tu risques d'y passer des moments difficiles. Joue-la réglo avec moi, c'est compris ?

James hocha la tête.

— Alors, qu'allez-vous faire de mon argent ? Le remettre aux flics ?

— Oh non. Tu crois vraiment que nous tenons à ce que la police s'intéresse à ton cas ? Mac et moi en avons discuté avant ton arrivée. Je pense que nous avons trouvé une solution raisonnable.

La jeune femme posa deux petits livrets rouges sur le bureau.

— Ce sont des comptes épargne. La moitié pour toi, la moitié pour ta sœur, disponibles à votre majorité. Tu pourras retirer trente livres par mois, et cent de plus à ton anniversaire et à Noël. Ça te paraît correct ?

James hocha la tête.

— Quel est le nom de ta sœur ?

— Lauren Zoe Onions.

— Et le tien ?

— James Robert Choke.

— Je te demande ton nouveau nom.

— Qu'est-ce que vous racontez ?

— Mac ne t'a pas demandé de réfléchir au nouveau nom que tu souhaites porter ?

— Non.

— Tu peux conserver ton prénom si tu veux, mais tu dois te trouver un nouveau nom de famille.

— C'est moi qui choisis ?

— Dans les limites du raisonnable, James. Choisis un nom crédible, et qui colle à tes origines ethniques.

— Comment ça ?

— Tu es blond, ta peau est blanche. Ça veut dire que tu ne peux pas t'appeler James Balakrishnan ou James Ben Saïd.

— Je peux réfléchir deux minutes ?

— Désolée, mais j'ai des formulaires à remplir.

James était excité à l'idée d'adopter un nouveau nom de famille, mais son esprit était étrangement vide.

— Bon, s'impatienta Meryl. Quel est ta pop star ou ton footballeur préféré ?

— J'adore Avril Lavigne.

— James Lavigne, alors.

— Ah non, je sais. Tony Adams, l'ancien joueur d'Arsenal. Je veux m'appeler James Adams.

— Très bien, allons-y pour James Adams. Veux-tu conserver Robert comme second prénom ?

— James Robert Tony Adams, c'est possible ?

— Tony est un diminutif d'Anthony. Que dirais-tu de James Robert Anthony Adams ?

— Parfait.

James Robert Anthony Adams trouvait son nouveau nom absolument irrésistible.

— Kyle va te montrer ta chambre. Le programme d'entraîne-ment initial débute dans trois semaines. Pour y participer, tu devras être déclaré apte lors de la visite médicale et apprendre à nager.

— Quoi ?

— Tu m'as bien entendue. Tu dois pouvoir nager au moins cinquante mètres. Tu prendras deux leçons par jour.

...

Kyle conduisit James à l'étage.

— Bruce Norris a dit qu'il voulait te voir, annonça-t-il avant de frapper à une porte.

— C'est ouvert.

James suivit son ami à l'intérieur. Il remarqua une étagère où trônait une impressionnante collection de trophées sportifs. L'un des murs était entièrement recouvert de posters d'arts martiaux.

— Salut, dit Bruce, en se levant sur son lit. Je voulais être certain que tu ne m'en voulais pas pour ce que j'ai dû faire pen-dant le test.

— T'inquiète.

— Tu veux un verre ? demanda-t-il en désignant son réfrigé-rateur.

— Il n'a pas encore vu sa chambre, dit Kyle.

— Elle est au même étage que les nôtres ?

— Ouais, en face de la mienne.

— Cool, dit Bruce. Alors, on se retrouve pour le dîner ?

James et Kyle regagnèrent le couloir.

— Il me fait un peu peur, dit James. Ça fait bizarre de se trouver dans la même pièce qu'un mec capable de te tuer à mains nues.

— Oh, alors tu devrais avoir peur de la plupart des résidents, moi y compris. Bruce me fait rigoler. Il joue les durs, mais, en fait, c'est un vrai bébé. Après avoir passé le programme d'entraîne-ment et reçu son T-shirt gris, il a appris qu'une chasse aux œufs était organisée, le dimanche de Pâques, pour les T-shirts rouges. Quand ils ont refusé qu'il y participe, il a chialé sur son lit pendant à peu près trois heures. Et c'est pas tout.

— Quoi ?

— Il dort avec un ours en peluche.

— Tu rigoles.

— Je te jure. Une nuit, il a oublié de fermer sa porte. Tout le monde a défilé dans sa chambre pour admirer son ravissant petit ours bleu.

Kyle s'arrêta à l'entrée d'une chambre. Une clef était glissée dans la serrure.

— Voilà, c'est chez toi.

Des sacs contenant les affaires de James les avaient précédés. Tous les objets présents dans la pièce semblaient parfaitement neufs, de la télé grand format au lecteur-enregistreur de DVD, en passant par l'ordinateur, la bouilloire, le micro-ondes, le frigo, le lit double, la couette épaisse et la pile d'uniformes CHERUB impeccablement repassés.

— Je vais te laisser t'installer. Je viendrai te chercher pour le dîner.

James ouvrit les rideaux. Des garçons et des filles de tous âges disputaient une partie de football sur un terrain en surface synthétique. Ils ne semblaient pas prendre cette compétition très au sérieux. Ils ne se disputaient pas. Les plus petits étaient juchés sur les épaules des plus grands.

James avait envie de se joindre à eux, mais sa nouvelle chambre méritait un examen approfondi. Il décrocha le téléphone situé près du lit et se demanda à qui il pourrait passer un coup de fil. Un message enregistré mit un terme à ses réflexions : *Les appels vers l'extérieur sont actuellement suspendus.*

L'ordinateur disposait d'un écran LCD et d'un accès Internet. Il fit coulisser une porte et crut défaillir de bonheur : pour la première fois de sa vie, il avait sa propre salle de bains. Un peignoir en éponge était suspendu à la porte, des serviettes de toutes tailles empilées sur une étagère. La baignoire était si grande que James aurait pu s'y étendre de tout son long.

Il examina les flacons et les sachets alignés sur la tablette au-dessus du lavabo : savon, shampooing, brosse à dents électrique, déodorant, et même une boîte de boules de bain parfumées au chocolat.

Il se laissa tomber sur le lit puis plongea sous la couette. Il rebondit doucement sur le matelas pour estimer sa fermeté et sourit de façon incontrôlable.

•••

Le dîner aurait dû être inoubliable. La nourriture était délicieuse. Le self-service proposait un large choix de viande et de poisson, de la nourriture chinoise et indienne, et des desserts à tomber par terre. James s'assit en compagnie de Bruce, Kyle et d'autres résidents inconnus. Ils avaient tous l'air très sympa, et il trouvait certaines filles mignonnes à croquer dans leurs uniformes CHERUB. Le seul point noir, c'est qu'à la vue de son T-shirt bleu ciel, tout le monde se mit à raconter des horreurs concernant le programme d'entraînement initial : le froid, la boue, la faim, les fractures, les blessures recousues à vif, les exercices poussés jusqu'à la perte de connaissance. Tout cela lui faisait froid dans le dos.

•••

Les rayonnages de l'entrepôt croulaient sous les friandises et les packs de soda.

— Tu peux prendre tout ce que tu veux pour remplir ton frigo, annonça Kyle. C'est gratuit.

James jeta un regard consterné sur les réserves, incapable de décrocher un mot.

— Ils t'ont pourri le moral, c'est ça ?

Il hocha la tête.

— C'est aussi dur qu'ils le disent ?

— Je ne vais pas te mentir. Ce programme d'entraînement, ça a été les pires cent jours de ma vie. C'est le but recherché. Une fois que tu en auras fini, tu n'auras plus peur de grand-chose. Et puis, dis-toi qu'il te reste trois semaines pour te préparer.

James regagna sa chambre. Un emploi du temps avait été glissé sous sa porte pendant le dîner. Au programme du lendemain, un examen dentaire et deux leçons de natation.

13. Le principe d'Archimède

Le réveil sonna à six heures. James remarqua que deux maillots de bain et un plan du campus avaient été déposés sur son bureau pendant son sommeil. Les couloirs du bâtiment étaient vides et silencieux. Il marcha vers le réfectoire où deux instructeurs prenaient leur petit déjeuner. Il consulta les pages sportives d'un quotidien en dégustant un bol de céréales.

Le plan était parfaitement clair, mais James hésita lorsqu'il lut l'inscription sur la porte de la piscine : *Bassin d'apprentissage réservé aux enfants de moins de 10 ans.*

Il passa la tête par la porte. La piscine était déserte, à l'exception d'une fille blonde d'une quinzaine d'années qui effectuait des longueurs. Lorsqu'elle l'aperçut, elle nagea dans sa direction puis posa ses coudes sur le rebord du bassin.

— Tu es James ?

— Oui, c'est moi.

— Je m'appelle Amy Collins. C'est moi qui suis chargée de t'apprendre à nager. Va te changer.

Ébloui par la beauté de la jeune fille, il rejoignit les vestiaires, se dévêtit puis enfila son maillot de bain. Sur un banc, il remarqua le T-shirt noir d'Amy. Ses yeux glissèrent vers ses sous-vêtements suspendus à une patère.

Avant de rencontrer la jeune fille, il s'était imaginé un instructeur taillé comme une armoire à glace, un gros dur habitué à brailler des ordres. Tout bien considéré, il était encore plus inquiet à l'idée de se ridiculiser devant elle. Il sortit des vestiaires et se plaça en haut des marches, à l'extrémité la moins profonde de la piscine.

— Viens de l'autre côté, dit Amy.

Tout en marchant le long du bassin, James déchiffra les marques indiquant la profondeur. Arrivé à destination, il lut : *trois mètres cinquante*.

— Mets-toi tout au bord, avec les orteils recourbés.

Il obéit. Il avait l'impression de se tenir au bord d'un précipice. L'odeur du chlore lui rappelait le jour où il avait failli se noyer.

— Prends ta respiration, saute et retiens ton souffle jusqu'à ce que tu remontes à la surface.

— Je ne vais pas couler ?

— Les êtres humains flottent, James. Surtout lorsque leurs poumons sont remplis d'air. Tu connais le principe d'Archimède ?

Il fléchit les genoux. Le souvenir de l'eau inondant ses poumons revint à sa mémoire.

— Je ne peux pas.

— Je te rattraperai. N'aie pas peur.

Il se refusait à faire preuve de faiblesse devant la jeune fille, il rassembla son courage et bondit. Lorsque sa tête s'enfonça sous l'eau, le silence et le calme étrange qui régnaient autour de lui le remplirent d'effroi. Ses pieds touchèrent le fond du bassin, et il donna un coup de talon pour regagner la surface. Lorsque son visage émergea, il remplit ses poumons puis se mit à battre des bras. Il ne voyait pas Amy. Il se sentit gagné par le sentiment de terreur qu'il avait éprouvé lorsque ses camarades de classe avaient essayé de le noyer.

Amy le saisit par le cou puis, en quelques battements de jambes, le tira vers le bord de la piscine. James se hissa hors du bassin et se plia en deux en toussant.

— C'est parfait, James. Tu viens d'apprendre la chose la plus importante : lorsque tu sautes dans l'eau, tu remontes à la surface.

— Tu avais dit que tu me rattraperais.

Il essaya d'adopter une expression furieuse, mais il laissa échapper un profond sanglot au milieu de sa phrase.

— Pourquoi es-tu en colère ? Tu t'en es très bien sorti.

— Je n'y arriverai jamais. Je sais que c'est ridicule, mais j'ai peur de l'eau. Ma sœur de neuf ans sait nager, mais moi, j'en suis incapable.

— Calme-toi, James. C'est ma faute. Je n'étais pas au courant. Je n'aurais jamais dû te demander de sauter dans le grand bain.

Amy conduisit James vers le côté le moins profond. Ils s'assirent côte à côte, les pieds dans l'eau, et elle lui murmura des paroles rassurantes.

— Tu dois me prendre pour un trouillard, dit-il.

— Tout le monde a peur de quelque chose. J'ai appris à nager à une foule de gens. Avec toi, je mettrai peut-être un peu plus de temps qu'avec un élève confiant, mais j'y arriverai, je te le promets.

— J'aurais dû rester à l'orphelinat. Le niveau est trop élevé, sur ce campus.

Amy passa un bras autour de ses épaules. Il était mal à l'aise. Il se sentait trop vieux pour être consolé de cette façon, mais cette fille était vraiment adorable.

...

— Descends du tapis de course, ordonna le médecin.

Il s'exprimait avec un accent germanique très prononcé, comme les méchants dans les films sur la Seconde Guerre mondiale.

James portait un short et des baskets. La sueur ruisselait sur son visage. Une infirmière décolla les patchs posés sur sa poitrine. Chacun d'eux était relié par un fil électrique à un dispositif de contrôle. Le médecin enfonça un bouton et une bande de papier de cinquante centimètres sortit d'une imprimante. Il examina le document en secouant la tête.

— Tu regardes beaucoup la télé, James ?

— Je ne peux pas dire le contraire.

— Tu n'as couru qu'un kilomètre, et tu es complètement épuisé. Tu fais du sport ?

— Pas beaucoup.

Le docteur pinça un bourrelet de graisse qui dépassait de son short.

— Regarde-moi ces bouées. On dirait que tu as quarante ans.

Le médecin souleva son propre T-shirt et frappa ses abdominaux parfaitement dessinés.

— Mon ventre est dur comme du béton. Et j'ai soixante ans.

James n'avait jamais réalisé qu'il souffrait d'un problème de poids. Mais à y regarder de plus près, il constatait que son ventre était un peu trop rebondi.

— Quand ta session de programme d'entraînement commence-t-elle ?

— Dans trois semaines. Si j'ai réussi à apprendre à nager.

— Ah, parce que, en plus, tu ne sais pas nager ? Mon Dieu, c'est pathétique. Mais tu vas sans doute me dire que c'est inutile lorsqu'on reste planté toute la journée devant la télévision, n'est-ce pas, James ? Je vais avertir le département athlétisme et te prescrire un peu d'entraînement. À dater de ce jour, oublie les pâtisseries et le chocolat. La bonne nouvelle, à part cet excès de graisse, c'est que tu es en bonne condition physique. Maintenant, passons aux vaccins.

L'infirmière ouvrit la porte d'un réfrigérateur et en sortit un plateau de plastique sur lequel étaient alignées des dizaines de seringues.

— Qu'est-ce que c'est ? demanda James, paniqué.

— Les agents de CHERUB peuvent être envoyés dans n'importe quel point du globe du jour au lendemain. Tu dois être vacciné contre la grippe, le choléra, la typhoïde, les hépatites A et C, la rubéole, la fièvre jaune, la fièvre de Lassa, le tétanos, l'encéphalite japonaise, la tuberculose et la méningite.

— Vous allez me faire toutes ces piqûres maintenant ?

— Non, ton système immunitaire n'y résisterait pas. Aujourd'hui, nous nous contenterons de sept injections. Tu en recevras cinq au cours des deux jours à venir et quatre autres durant la semaine.

— Vous allez me faire seize piqûres ?

— Vingt-trois, en fait, en comptant les rappels dans six mois.

Avant que James n'ait pu prendre conscience de l'horreur de la situation, l'infirmière frotta son bras avec une solution stérile. Le médecin arracha l'enveloppe en plastique d'une seringue et la planta sans ménagement. Il ne sentit presque rien.

— Influenza, dit l'homme. Je préfère commencer par une facile. La suivante est une intramusculaire. Ça va peut-être pincer un petit peu.

Le docteur retira la capsule d'une seringue, dévoilant une aiguille de cinq centimètres de long.

Le hurlement de James résonna longuement dans les couloirs du bâtiment.

···

Assis dans les vestiaires en maillot de bain, James attendait l'arrivée d'Amy pour sa leçon de l'après-midi. La jeune fille se présenta avec quelques minutes de retard, jeta son sac de classe sur le sol et commença à délacer ses rangers.

— Désolée, je discutais et je n'ai pas vu l'heure tourner. Comment s'est passée ta journée ?

— Atroce.

— Tu as une voix bizarre, James.

— Dentiste. Quatre plombages. Je sens plus ma langue.

— Ça fait mal ? demanda-t-elle en ôtant son short.

— Pas aussi mal que les deux seringues que le médecin a plantées dans mes fesses. En plus, il dit que je suis gros. Je dois faire quinze tours de piste cinq jours par semaine et je suis privé de dessert.

Amy sourit.

— Pour résumer, c'est pas vraiment ton jour.

14. De la sueur et des larmes

James ne tarda pas à réaliser que quinze tours de piste représentaient très exactement six kilomètres. L'instructeur ne lui fixa aucune limite de temps. S'il le souhaitait, il pouvait les parcourir en marchant, mais il était pressé de se débarrasser de cette corvée. Le premier jour, il démarra comme une flèche et se retrouva vidé de toute énergie au bout de trois tours. Il acheva l'exercice en titubant, les jambes chancelantes et les poumons en feu, en près d'une heure et quart. Le lendemain matin, ses chevilles étaient gonflées, et chacun de ses pas constituait une véritable torture.

Meryl Spencer lui enseigna quelques techniques d'échauffement et de récupération. Elle lui conseilla de ne courir qu'un tour sur trois, puis d'augmenter graduellement la difficulté : courir un tour et demi sur trois, puis deux sur trois, jusqu'à ce qu'il soit capable de parcourir six kilomètres sans marcher.

Le troisième jour, il pleuvait si fort qu'il pouvait à peine apercevoir la piste entre les mèches de cheveux blonds détrempées qui tombaient sur ses yeux bleus. Meryl et l'instructeur s'étaient tenus à l'abri du déluge. Persuadé que personne ne l'observait, il regagna les vestiaires après avoir parcouru treize tours, et se précipita vers les douches.

— Tu es sûr que tu as fait quinze tours ? demanda Meryl.

Au son de sa voix, James comprit aussitôt qu'il s'était fait pincer.

— Allez, quoi, gémit-il, il pleut des cordes.

— Tu as triché, James. Tu recommences depuis le début. Quinze tours. Exécution.

— Quoi ?

— Tu as parfaitement entendu. Et si tu continues à discuter, tu m'en feras trente.

À la fin de l'épreuve, James avait l'impression que ses poumons étaient sur le point d'exploser. Sa mésaventure amusa beaucoup Kyle et Bruce. Amy, elle, affirma que cette expérience douloureuse lui avait permis de prendre conscience que la discipline en vigueur à CHERUB était plus stricte que celle des établissements qu'il avait fréquentés auparavant.

∴

Au bout de quinze jours, James commença à observer des résultats encourageants. Il était désormais capable de parcourir deux tours consécutifs en courant et de trottiner le troisième. Ce vendredi-là, il sentait les veines de son cou battre à tout rompre. Tout son corps le suppliait de renoncer, mais il était décidé à terminer l'exercice en moins d'une demi-heure pour la première fois. Il n'allait pas s'arrêter si près du but.

En abordant le virage final, James aperçut deux garçons blonds rigoureusement identiques qui s'échauffaient près de la zone d'arrivée. Il sprinta dans leur direction. En franchissant la ligne, il consulta sa montre chronomètre : vingt-neuf minutes, quarante-sept secondes. Vingt secondes de mieux que son précédent record. Alors, il sentit le sol se dérober sous son pied droit, perdit l'équilibre et s'étala de tout son long. Il s'assit pour mesurer l'ampleur des dégâts : l'un de ses genoux saignait, son épaule gauche le faisait horriblement souffrir et il avait déchiré son T-shirt. Mais il s'en moquait. Tout ce qui comptait à ses yeux, c'était d'avoir parcouru les six kilomètres en moins de trente minutes.

Les jumeaux accoururent pour l'aider à se relever.

— Rien de cassé ? demanda l'un d'eux.

— Tout va bien, mentit James.

Il ne les avait jamais rencontrés auparavant. Il remarqua qu'ils portaient des T-shirts bleu ciel, assortis à leurs yeux.

— Vous commencez le programme d'entraînement la semaine prochaine ?

— Oui. Moi, c'est Callum, et lui, c'est mon frère Connor. Tu as besoin d'un coup de main pour rentrer aux vestiaires ?

— Merci, mais je crois que je peux y arriver tout seul.

∴

— Aujourd'hui, c'est mon anniversaire, annonça Amy au début d'une énième leçon de natation.

James sauta dans l'eau chlorée et sentit sa plaie au genou se réveiller.

— Ça te fait quel âge ?

— Seize ans.

— Tu aurais dû me le dire avant. Je t'aurais au moins écrit une petite carte.

— Ce soir, j'organise une fête dans ma chambre, avec quelques amis. Tu veux venir ?

— Pourquoi pas ?

James s'efforça d'adopter une expression détachée, mais il était fou de joie à l'idée de se rendre à cette soirée. Amy lui plaisait beaucoup. Il la trouvait sublime et pleine d'humour. Il pensait qu'elle avait de l'affection pour lui, mais de celle qu'on éprouve pour un petit frère. Il savait qu'il n'avait aucune chance.

— Mais tu devras d'abord faire quelque chose pour moi, ajouta-t-elle.

— Je t'écoute.

— Nage de l'échelle du milieu de la piscine jusqu'au coin opposé.

— Ça fait presque une longueur.

— Oui, presque. Tu peux le faire, James. Ton coup de bras s'améliore de jour en jour. Le programme d'entraînement commence dans neuf jours. Si tu n'atteins pas tes objectifs, tu devras patienter trois mois avant la nouvelle session.

— Ça me va. Ça me laissera plus de temps pour apprendre à nager.

— Ils te forceront à porter un T-shirt rouge.

— J'ai douze ans. Les T-shirts rouges sont réservés aux enfants.

— Non, James. Les T-shirts rouges sont réservés aux résidents qui ne sont pas encore qualifiés pour participer au programme. En général, c'est parce qu'ils sont trop jeunes. Mais dans ton cas, ce serait juste parce que tu ne sais pas nager.

— Eh, j'ai au moins deux ans de plus que le plus âgé de ces gamins. Tu imagines la honte ?

— James, je ne te dis pas ça pour te mettre la pression, mais si tu dois passer trois mois en T-shirt rouge, ta vie va devenir un enfer.

— Moi, je crois que tu essaies de me faire peur.

— Vois le bon côté des choses. Les T-shirts rouges sont autorisés à posséder un hamster ou un cochon d'inde.

— Très amusant, Amy.

La situation était grave. Il ne pouvait pas se permettre d'apparaître en T-shirt rouge devant Kyle, Bruce et les autres résidents de son âge. Il se dirigea vers l'échelle du milieu, déterminé à nager plus loin qu'à l'ordinaire.

Lorsqu'il atteignit, à bout de forces, le coin opposé, Amy le prit dans ses bras.

— Génial. Je suis sûre que tu vas y arriver.

Mais James ne partageait pas son enthousiasme.

.:.

Le couloir et la chambre d'Amy grouillaient de garçons et de filles portant des vêtements civils qui se déhanchaient au son d'une stéréo poussée à plein volume. Au cours des deux semaines qu'il avait passées sur le campus, à ne croiser que des résidents en pantalons kaki et rangers, James avait fini par oublier que les jupes existaient.

Amy portait un rouge à lèvres rose clair coordonné à sa mini-jupe. James remarqua que tous les invités étaient plus âgés que lui. Il ne connaissait personne.

Elle vint aussitôt à sa rencontre, cigarette dans une main et bouteille de bière dans l'autre. Elle déposa un baiser sur sa joue et y laissa une trace brillante.

— Salut, James. Je pense que je ne serai pas en état d'assurer ta leçon de demain matin.

— C'est le petit qui ne sait pas nager ? demanda à haute voix un garçon assis sur le sol.

Toute l'assistance l'avait entendu. James sentait des regards braqués sur lui. Il craignait qu'on ne le prenne pour une poule mouillée.

— Tu veux une bière ? lui demanda un type en ouvrant le réfrigérateur.

Il hésita. S'il acceptait, tout le monde allait rire de lui parce qu'il était trop jeune. S'il refusait, il passerait pour un gamin.

— D'accord, lâcha-t-il.

Il n'essuya aucune moquerie. Il saisit la bouteille et dévissa la capsule. Aussitôt, Amy la lui arracha des mains.

— Ne lui donne pas d'alcool, Charles. Il n'a que douze ans.

— Excellent, répondit ce dernier. J'aimerais bien le voir bourré. La première fois, c'est toujours à mourir de rire.

La jeune fille sourit puis rendit la bouteille à James.

— Une seule, c'est tout. Et n'en parle à personne.

∴

Un jour, James avait chipé deux bières de l'oncle Ron dans le réfrigérateur. Il avait ressenti une légère ivresse, mais rien de comparable avec ce qu'il éprouvait, perdu parmi les copines d'Amy qui tourbillonnaient autour de lui. Elles lui avaient offert d'autres bouteilles. L'une d'elles l'embrassa sur la joue, et il rougit. Intriguées par le phénomène, elles entreprirent de couvrir son visage de rouge à lèvres. L'alcool aidant, elles décidèrent qu'il serait amusant de lui faire un suçon. Elles le chatouillèrent jusqu'à ce qu'il abandonne toute résistance. James savait qu'il n'était à leurs yeux qu'un petit animal de compagnie ivre et innocent, mais il adorait être le centre de toutes les attentions.

Aux alentours de minuit, quelques pensionnaires de l'étage s'étant plaints du tapage, les convives décidèrent de continuer la fête à l'extérieur. Le parc du campus était plongé dans l'obscurité, et il faisait un froid glacial. James se repéra aux sons provenant du poste stéréo portable d'Amy.

— Attendez-moi, cria-t-il. Un besoin pressant.

Il s'enfonça dans un buisson et sentit aussitôt le sol se dérober sous ses pieds. Il atterrit deux mètres plus bas, à plat ventre dans un fossé boueux.

Il se redressa, recracha une gorgée d'eau sale et constata avec agacement qu'il avait de nouveau déchiré son T-shirt. Il appela à l'aide, mais Amy et ses camarades, abrutis par la musique, ne l'entendirent pas. Il gravit la paroi et réalisa qu'il était seul.

Le parc était plus vaste qu'il ne l'avait imaginé. Durant de longues minutes, il chercha en vain le bâtiment principal. La bière lui faisait mal au ventre, et il commença à paniquer. Enfin, par hasard, il trouva la piste d'athlétisme et se dirigea vers les vestiaires.

Il jeta un œil à la fenêtre. Il y faisait noir. Il constata avec soulagement que la porte n'était pas verrouillée et entra. Le chauffage ne fonctionnait pas, mais le froid était moins vif qu'à l'extérieur. Ses doigts engourdis rencontrèrent une série d'inter-rupteurs. Il actionna l'un d'eux et un plafonnier illumina le vestiaire des garçons. Il préféra laisser les autres lampes éteintes. Toute lueur filtrant par les vitres recouvertes de givre aurait pu attirer l'attention d'un membre du personnel. Il ôta ses chaus-sures pour éviter de laisser des traces sur le sol.

Consterné, il contempla son reflet dans le grand miroir fixé au-dessus des lavabos. Il avait mis ses vêtements préférés pour se rendre à la fête. Sa paire de Nike neuve et le bas des jambes de son jean Diesel étaient maculés de boue. Il savait quel chemin emprunter pour rejoindre sa chambre, mais l'état dans lequel il se trouvait risquait d'attirer l'attention. Il décida de faire un brin de toilette.

La peur de se faire pincer l'avait dégrisé. Il flottait dans la pièce une forte odeur de sueur et le carrelage était parsemé de vêtements sales. James trouva un T-shirt CHERUB gris roulé en boule sous un banc. Il sentait mauvais, mais il était moins suspect que son T-shirt déchiré. Il chercha en vain un pantalon de survêtement pour remplacer son jean souillé, puis dut se résoudre à baisser son Diesel sur ses hanches et à retrousser le bas des jambes pour dissimuler les taches de boue. Il ne lui restait plus qu'à trouver des chaussures qui ne laisseraient pas d'empreintes sur son passage. Il dénicha quelques paires de baskets d'athlétisme, mais il ne pouvait pas traverser le hall du bâtiment principal chaussé de pointes.

Anxieux, il s'aventura pour la première fois dans le vestiaire des filles. Le contraste avec celui des garçons était frappant. Il y flottait un parfum agréable. Des produits de toilette et des flacons de parfum étaient disposés sur une étagère. James découvrit deux paires de baskets posées sur un casier. L'une était à sa pointure mais de couleur rose. L'autre était trop petite, mais il préférait souffrir en parcourant les quelques centaines de mètres qui le séparaient du bâtiment principal que de se faire surprendre chaussé de baskets de fille.

Il se regarda de nouveau dans le miroir et réalisa à quel point son visage était sale. La mort dans l'âme, il renonça à montrer à Kyle les traces de rouge à lèvres qui constellaient son visage. Il se frotta avec une serviette humide, vaporisa du déodorant sur son T-shirt, puis se gargarisa avec du dentifrice pour masquer l'odeur de la bière.

Il jeta un dernier coup d'œil dans la glace et s'estima satisfait du résultat. Si quelqu'un lui demandait ce qu'il faisait debout à une heure aussi tardive, il dirait qu'il n'avait pas réussi à s'endormir, était allé faire une promenade et s'était égaré. Le seul souci, c'était ce T-shirt gris qu'il n'avait pas le droit de porter.

James regagna l'entrée. Une main se referma autour de son poignet. Il crut que son cœur allait s'arrêter de battre.

— Qu'est-ce que tu fabriques dans le vestiaire des filles, sale petit pervers ? fit une voix féminine qu'il ne reconnaissait pas.

Une lampe torche éclaira son visage. Amy et la fille qui lui avait fait un suçon éclatèrent de rire. Elles avaient ôté leurs vêtements civils et revêtu leur uniforme.

— Je t'ai posé une question, insista Amy.

La situation était extrêmement embarrassante.

— Je suis tombé dans un fossé. Je ne pouvais pas retourner au bâtiment principal couvert de boue, alors je suis venu réparer les dégâts.

— Détends-toi, je rigole. Quand on a réalisé que tu n'étais pas dans ta chambre, on est parties à ta recherche. On a aperçu de la lumière. En fait, ça fait cinq minutes qu'on t'observe par la fenêtre.

James poussa un soupir de soulagement.

— Je pensais que tu allais raconter à tout le monde que je traînais la nuit dans le vestiaire des filles.

— Nous n'avons pas dit notre dernier mot, gloussa l'autre fille.

— J'ai trop bu. Je m'excuse, Amy. Ça ne se reproduira pas.

— Qu'est-ce qui te fait dire que tu seras de nouveau invité ? Allez, suis-moi, je connais un raccourci pour rentrer. Ne traînons pas ici.

— Tu m'as sauvé la vie.

La jeune fille éclata de rire.

— Si on t'avait trouvé ivre mort alors que la moitié du campus t'a vu à ma fête, on aurait été deux à avoir de sérieux problèmes.

15. Clandestins

James se jura de ne plus jamais boire une goutte d'alcool de toute sa vie. Il avait passé une nuit épouvantable. Saisi de vertiges, il avait vomi tripes et boyaux, multipliant les allers-retours entre son lit et les toilettes jusqu'à trois heures du matin. Enfin, il avait plongé dans un sommeil agité, peuplé de rêves absurdes et inquiétants.

— James ! cria Kyle. Réveille-toi. Il est sept heures.

Il s'assit sur son lit et se frotta les yeux. Sa bouche était sèche et sa langue semblable à du papier de verre.

— Tu as picolé, c'est ça ?

— Ouais.

— Cette chambre empeste la bière.

— Je crois que je vais crever. Comment tu es entré ?

— J'ai frappé à la porte pendant dix minutes. Comme tu ne répondais pas, j'ai dû crocheter la serrure.

— Tu peux me laisser mourir en paix ?

— Écoute-moi, James. Nous sommes neuf à partir en mission pour Londres, aujourd'hui. Tu n'es pas censé nous accompagner, mais tout s'est décidé à la dernière minute et on nage en pleine improvisation. En plus, c'est Dennis King qui supervise l'opération. Nous n'aurons aucun mal à te faire monter dans le train avec nous.

— Qui est Dennis King ?

— L'un de nos contrôleurs de mission. Un vieux type très sympa, mais un peu aux fraises. Il ne remarquera pas un agent de plus ou de moins.

— J'ai une gueule de bois atroce. Et je suis fatigué de m'attirer des ennuis.

— Tu veux dire que tu ne veux pas revoir ta sœur ?

James bondit du lit.

— Tu crois que c'est possible ? Jamais Ron ne me laissera entrer.

— On trouvera un moyen. Je voulais t'aider à voir Lauren, lorsqu'on était au centre Nebraska, mais je ne pouvais pas dévoiler ma couverture. Tu devrais saisir ta chance. Quand le programme d'entraînement aura commencé, tu seras coupé du monde pendant trois mois.

— On part quand ?

— Dans vingt minutes. Prends une douche et mets des vêtements civils. Je t'attends en bas.

...

C'était bizarre de revoir Londres. Cette ville où il avait vécu depuis sa naissance lui semblait désormais sale et bruyante. Dès l'arrivée du train en gare de King's Cross, les agents se noyèrent dans la foule. Un groupe de filles partit faire du shopping dans Oxford Street ; la plupart des garçons se rendirent à la Namco Station, une grande salle de jeux vidéo située en face de Big Ben. Ils s'étaient donné rendez-vous à dix-huit heures à la station de métro Edgware. Malgré son désir évident de suivre ses copains, Bruce insista pour accompagner Kyle et James. Il les avait entendus parler de leur petite opération clandestine, et leurs projets avaient aiguisé sa curiosité.

— Ce n'est pas la peine, dit Kyle. On va juste faire un tour dans l'ancien quartier de James pour essayer de voir sa petite sœur.

— Vous n'avez pas besoin d'un garde du corps ?

— On ne part pas en mission suicide. Tu peux venir avec nous, si tu y tiens, mais ne te plains pas si l'action n'est pas au rendez-vous.

Bruce n'avait jamais pris le métro. Il effectua le trajet les yeux rivés sur le plan, à compter les stations en remuant la tête comme un enfant de cinq ans. Ron vivait près du métro Kentish Town, à deux rues de l'ancien domicile de James.

— Vous avez une stratégie ? demanda James lorsqu'ils atteignirent le palier de l'appartement.

— Appuie sur la sonnette, dit Bruce.

— Ron refusera de me laisser entrer. Je n'aurais pas eu besoin de vous s'il me suffisait de sonner pour entrer.

— Oh, je vois. Et si je défonçais la porte ?

— Tu n'as rien trouvé de plus discret ? répliqua Kyle d'un ton sarcastique. James, tu penses que ta sœur est à l'intérieur ?

— Je crois. Elle passe ses samedis à dessiner ou à regarder la télé.

— Et Ron ?

— Il a dû se soûler toute la nuit, comme d'habitude. Il se lève rarement avant une heure de l'après-midi.

Kyle introduisit l'extrémité de son pistolet à aiguilles dans la serrure. Il tourna la poignée, mais la porte ne bougea pas d'un millimètre.

— Le verrou a été fermé de l'intérieur, expliqua-t-il.

— La sonnette, répéta Bruce.

— Bon sang, protesta James. Je croyais t'avoir déjà expliqué.

— Écoute-moi, pour une fois. Toi et Kyle, vous allez vous cacher à l'étage du dessus. Moi, je vais sonner. Vu que ton beau-père est sans doute endormi, je parie que c'est ta sœur qui viendra ouvrir. Si c'est Ron qui se pointe, je lui dirai que c'est une erreur.

Kyle et James approuvèrent ce plan. Bruce pressa le bouton de la sonnette. Quelques secondes plus tard, les yeux de Lauren apparurent derrière la fente de la boîte aux lettres.

— Combien de paquets ? demanda-t-elle.

— Je suis un ami de ton frère. Est-ce que ton père est réveillé ?

— Vous ne voulez pas de cigarettes ?

Bruce fit signe à James de sortir de sa cachette. Ce dernier s'accroupit devant la fente.

— Laisse-nous entrer, dit-il.

— James ! s'exclama Lauren, tout sourire. Il vaudrait mieux que papa ne te trouve pas ici. Chaque fois que je prononce ton nom, j'ai l'impression qu'il va tout casser.

Elle tira le verrou.

— Il dort ?

— Il se lève tous les jours à l'heure du tiercé, dit Lauren en entrouvrant la porte.

— Emmène-nous dans ta chambre.

La petite fille guida les garçons jusqu'à une pièce exiguë. Elle était coupée en deux par une cloison constituée de milliers de paquets de cigarettes.

— Qu'est-ce que c'est que ça ? demanda James. Tu t'es mise à fumer ?

— Papa les achète en Espagne à prix réduit, puis il les fait entrer en fraude. Il se fait un paquet de fric.

— C'est toi qui as construit ce mur ?

— Je m'ennuyais.

— Eh, c'est génial, lâcha Bruce.

— Elle s'est toujours amusée avec trois fois rien, expliqua James. Quand elle a eu la rougeole, elle a construit une pyramide avec des boîtes de CD et de cassettes vidéo.

Lauren s'assit sur son lit.

— Alors, quoi de neuf ? demanda son frère.

— Oh, pas grand-chose. Je traîne avec les enfants de l'appartement du dessous. Ron donne de l'argent à leur mère pour qu'elle m'emmène à l'école et me fasse à dîner.

— Et tu vas bien ?

— Bof. Ça pourrait être pire. Et toi, tu t'es encore attiré des ennuis ?

— Non, non, ça roule.

Kyle et Bruce échangèrent un sourire entendu.

— Tu veux qu'on aille faire un tour ?

— Super. Je vais laisser un mot à papa pour lui dire que je suis chez une copine.

∴

James emmena sa petite sœur faire du shopping. Il lui offrit le jean de ses rêves chez *Gap Kids*, l'emmena déjeuner chez *Pizza Hut* puis ils disputèrent une partie de bowling contre Bruce et Kyle. Lorsque la nuit commença à tomber, il leur restait une heure à tuer avant de retrouver les autres agents à la station Edgware.

Ils traînèrent dans le petit parc de jeux situé près de l'ancienne maison de James. Il n'y était pas retourné depuis le jour où il avait trouvé refuge dans le tunnel de béton, le jour où sa mère était morte. Kyle et Bruce s'amusèrent à éprouver leur résistance à la nausée sur le tourniquet. Lauren et James s'assirent côte à côte sur des balançoires, oscillant doucement, leurs baskets traînant dans le gravier. Ils se sentaient tous les deux un peu tristes, car la journée touchait à sa fin et il leur fallait se séparer.

— Maman nous emmenait ici quand on était petits, dit James.

Lauren hocha la tête.

— On s'amusait bien avec elle, quand elle avait le moral.

— Tu te souviens quand tu escaladais le toboggan à l'envers ? Tu n'arrivais jamais à redescendre et je devais venir à ton secours.

— Non, je ne me souviens pas. J'avais quel âge ?

— Deux ou trois ans, je crois. Tu sais, je ne pourrai pas revenir à Londres avant Noël.

— Ah.

Elle évita son regard et sentit une boule grossir dans sa gorge.

— Ça ne t'empêche pas de m'envoyer un cadeau.

James lui adressa un sourire.

— Je veux bien, mais c'est donnant donnant.

— Je peux t'offrir une cartouche de clopes, si ça te dit.

— Tiens, tiens, fit une voix dans leur dos. Ce bon vieux James Choke. Ça fait un bail. Où est-ce que tu te planquais ?

James et Lauren firent volte-face. Greg Jennings et deux de ses copains se tenaient derrière eux.

— Je t'ai cherché partout, poursuivit-il. Je savais bien que tu finirais par montrer ta sale face de rat.

Les trois garçons formèrent un cercle autour de James. Ils le dominaient tous d'au moins une tête. Greg plaqua la semelle de sa chaussure sur sa cuisse, le maintenant cloué à la balançoire.

— Grâce à toi, ma sœur est défigurée. La seule chose qui lui remonte un peu le moral, c'est de savoir que ta mère est crevée.

— Laisse ma mère en dehors de tout ça ! hurla James, fou de rage, en serrant les poings.

— Au secours, les gars, dit Greg d'une voix de fausset. Cette petite fiotte perd le contrôle de ses nerfs. Je suis vraiment mort de trouille.

Alors un caillou l'atteignit à la tempe.

— Eh, connard, cria Bruce. Ça t'excite de t'en prendre à plus petit que toi ?

Greg se retourna. Il n'arrivait pas à croire qu'un garçon aussi maigre ose lui parler sur ce ton.

— Toi, tu dégages ou je te pète les jambes, répliqua-t-il en pointant vers son interlocuteur un doigt menaçant.

Ce dernier lança un nouveau caillou qui atteignit sa cible en plein visage. James éclata de rire. Greg lui flanqua une gifle puis s'adressa à ses deux complices.

— Corrigez-moi ce petit con.

James savait que Bruce était un combattant hors pair, mais il n'avait que onze ans, et ses deux adversaires le dominaient de la tête et des épaules. Kyle, lui, semblait avoir pris la fuite.

Bruce recula jusqu'au tourniquet en roulant des yeux terrifiés, les mains levées en signe de soumission. Puis, avec une rapidité inouïe, il empoigna les barres de la structure et jeta ses deux pieds en avant. Frappé en pleine poitrine, l'un des garçons s'effondra en gémissant. Profitant de l'effet de surprise, Kyle surgit du tunnel de béton et se jeta sur le second agresseur. Il le renversa puis lui adressa un violent coup de coude sur l'arête du nez, le laissant inconscient.

Bruce bondit sur l'adversaire resté au sol. Ce dernier, plus puissant, parvint à le retourner sur le dos et à plaquer ses deux mains sur ses épaules. Bruce le frappa au bas-ventre puis le pinça à la nuque, lui écrasant une artère du cou. Le soudain afflux de sang au cerveau lui fit aussitôt perdre connaissance. Bruce repoussa le corps inerte, se redressa d'un bond et courut droit vers Greg Jennings.

Ce dernier maintenait toujours James assis sur la balançoire. Une lueur étrange brillait dans son regard. Il semblait ne pas croire à la scène qui se déroulait sous ses yeux. Il glissa une main dans la poche intérieure de son manteau. James comprit aussitôt qu'il allait en tirer une arme. Avec l'énergie du désespoir, il bascula en arrière, échappant à son ennemi, et tira Lauren à l'écart.

Greg brandit un poignard. Bruce se planta devant lui.

— Si tu ne lâches pas ce couteau, dit ce dernier, je serai obligé de m'en servir contre toi.

Greg fit siffler la lame dans les airs. Bruce recula. Voyant son adversaire faire un pas dans sa direction, il glissa les doigts dans sa poche de son jean, s'empara d'une pièce de monnaie et la lui lança au visage. Par réflexe, ce dernier se protégea les yeux de sa main libre. Bruce en profita pour saisir son poignet, lui tordre le pouce et s'emparer du couteau. Les deux ennemis se retrouvèrent de nouveau face à face, mais l'arme avait changé de propriétaire.

— Cours, lâcha Bruce. Cours ou je te charcute.

Greg était trop fier pour se plier à cet ordre, mais il s'éloigna d'un pas vif, la tête baissée. Lauren courut féliciter son sauveur.

— On se serait crus dans un film de Jackie Chan. Tu es le plus grand combattant de tous les temps.

— Il m'arrive de le penser, répondit le garçon d'un ton détaché, glissant la pièce de monnaie dans sa poche. En tout cas, ce qui est clair, c'est qu'aucun mec de mon âge ne m'arrive à la cheville.

James était sidéré. Il débordait de reconnaissance envers ses amis. L'un avait pris des risques pour lui permettre de revoir sa sœur, l'autre lui avait permis d'échapper à son pire ennemi.

— Vous êtes géniaux, les mecs. Je ne sais vraiment pas comment vous remercier.

— Quelques billets feront l'affaire, dit Kyle en considérant son pantalon couvert de poussière. Bon sang, j'ai flingué un Billabong à soixante livres.

— Moi, dit l'autre garçon, je voudrais des cartes de visite avec l'inscription : *Vous avez eu l'honneur de vous faire botter le cul par Bruce Norris.* Je pourrai les laisser sur le corps des types que j'ai assommés, histoire de leur rafraîchir la mémoire à leur réveil.

— Bruce, dit Kyle, ce dont tu as vraiment besoin, c'est d'un long séjour dans un hôpital psychiatrique.

...

Les agents étaient réunis dans un coin désert du parking de la station d'Edgware. Dennis King distribua à chacun d'eux un exemplaire de l'ordre de mission.

— Vous connaissez la procédure, dit-il. Lisez le document et signez en bas si vous acceptez de participer à l'opération.

— Ne signe pas, James, chuchota Kyle. Souviens-toi que tu n'es pas censé te trouver ici.

ORDRE DE MISSION CONFIDENTIEL

LOCALISATION :
Bishops Avenue, Londres. Domicile de Solomon Gold, propriétaire de Armaments Exchange. Gold est soupçonné de vendre illégalement des missiles antichars de fabrication américaine à des groupes terroristes en Palestine et en Angola.

OBJECTIFS :
Solomon Gold sera absent pendant tout le week-end. Sa villa est protégée par deux gardes postés dans un local de sécurité à l'entrée de la propriété. Ces employés seront neutralisés à l'aide d'un gaz soporifique

par un agent du MI5 avant le début de l'opération. Les effets du produit dureront environ trois heures.

M. Gold se montre extrêmement soupçonneux. Sa propriété est équipée de trente-six caméras de surveillance. Tout intrus adulte serait suspecté d'être un agent du MI5 ou de la police secrète. C'est ce qui a motivé la décision de faire appel aux agents de CHERUB. Ils devront se comporter comme des vandales afin de minimiser les soupçons.

Ils pénétreront dans la propriété par la porte principale. Trois d'entre eux fouilleront le bureau situé au premier étage à la recherche de preuves et effectueront des copies à l'aide de scanners de poche. Les six autres seront équipés de bombes de peinture, de battes et de masses. Ils devront procéder à des dégradations sur les murs et le mobilier, afin de créer l'impression que les intrus n'étaient motivés que par un vanda-lisme gratuit.

Une fois leur mission accomplie, les agents de CHERUB quitteront la propriété et se rassembleront à un point convenu à l'avance, à deux kilomètres de là.

La police locale n'a pas été tenue informée de cette opération. Si l'un des agents venait à être appréhendé, il déclinera une fausse identité et attendra sa remise en liberté.

Les villas de Bishops Avenue étaient si luxueuses que les habitants des alentours l'avaient surnommée « Boulevard des Millionnaires ». La plupart d'entre elles étaient protégées par des murs de six mètres de haut. Des caméras de surveillance étaient braquées dans toutes les directions.

Malgré la pluie battante, le bus déposa les dix agents à un quart d'heure de marche de leur objectif. James, Bruce et Kyle mar-chaient à l'arrière du groupe.

— Tu es excité ? demanda ce dernier.

— Nerveux, répondit James. Si jamais je suis arrêté, Mac saura que j'ai participé à la mission.

— On fera en sorte que tu ne te fasses pas pincer. Bruce restera à tes côtés.

— Et toi ?

— Je serai à l'étage, pour scanner les documents.

— Le sale boulot, quoi, dit Bruce. Nous, on va tout casser. Ça va déchirer.

La correction infligée à Greg Jennings et à ses amis l'avait mis d'excellente humeur.

— Je pensais que les missions consistaient à se faire le plus discret possible, dit James. Pas à défoncer des portes et à détruire des meubles.

— Sans blague ? s'étonna Kyle. Tu imaginais qu'on allait se pointer avec des gants et des cagoules, pour désactiver les systèmes d'alarme et entrer en découpant les vitres ? Ce serait le meilleur moyen de se faire repérer. La première chose que tu apprendras lors du programme d'entraînement, c'est qu'un agent de CHERUB doit toujours se comporter comme quelqu'un de son âge.

Bruce éclata de rire.

— CHERUB, c'est cinquante ans d'expérience dans le domaine du chaos et de la destruction.

— Je ne voyais pas les choses comme ça, dit James. C'est cool.

La chef de mission, une fille rousse de quinze ans prénommée Jennie, s'arrêta devant un portail métallique.

— C'est parti, dit-elle.

James fut le dernier à franchir la grille. Il remarqua au passage les gardes endormis dans le poste de sécurité. Deux agents étaient en train de les fouiller pour récupérer leurs clefs.

— Nous avons vingt minutes, chuchota Jennie. Entrez sans faire de bruit et tirez les rideaux avant d'allumer la lumière. Il n'y a pas de sortie de secours. Nous devrons quitter la propriété par le portail d'entrée. Si la police se pointe, nous passerons tous la nuit en cellule.

Une allée d'une centaine de mètres encadrée de buissons taillés menait à la villa. Le hall d'entrée était immense. Kyle sortit un scanner de poche de son sac à dos et gravit les escaliers pour rejoindre le bureau. James et Bruce pénétrèrent dans la cuisine. Ce dernier inspecta le contenu du réfrigérateur. Il dénicha un paquet de gâteaux à la crème et un brick de lait.

— Alléluia, s'exclama-t-il en fourrant un gâteau entier dans sa bouche puis en avalant une gorgée de lait. J'étais mort de faim.

James ôta le capuchon de sa bombe de peinture et inscrivit le mot ARSENAL en lettres d'un mètre de haut sur les placards. Bruce ouvrit le vaisselier, vida son contenu sur le sol, puis foula du pied les rares assiettes qui avaient échappé à l'hécatombe. Une fille fit irruption dans la cuisine.

— Bruce, James, on a besoin d'aide.

Ils la suivirent jusqu'à une luxueuse piscine couverte. Quelques chaises flottaient déjà à la surface. Deux agents poussaient un piano à queue vers le bassin.

— Vous pouvez nous filer un coup de main ? gémit l'un d'eux.

Ils ne furent pas trop de cinq pour faire basculer l'instrument dans le bassin. Il souleva une énorme gerbe d'eau puis percuta le fond, créant une large fissure dans le carrelage. Alors, à la surprise générale, il remonta à la surface. Bruce bondit sur le piano flottant, baissa l'élastique de son survêtement, et commença à uriner dans la piscine. Soudain, une gigantesque bulle d'air jaillit du couvercle et le radeau improvisé se retourna majestueusement. Bruce tomba à l'eau et dut regagner le bord à la nage. Les agents qui avaient assisté à la scène se tordaient de rire.

Ils rejoignirent leurs camarades qui avaient commencé à dévaster le salon. La pièce empestait la peinture aérosol. James fourra quelques DVD dans les poches de sa veste, jeta une petite table basse dans l'écran du téléviseur plasma, puis entreprit de réduire en poussière tout ce qui passait sous sa main. Il se sentait gagné par une étrange folie destructrice lorsqu'un signal d'alarme assourdissant retentit. Un instant plus tard, un nuage de fumée violette commença à se répandre dans la pièce.

— On évacue ! hurla Jennie depuis le vestibule.

— Reste près de moi, James, lui ordonna Bruce.

La chef de mission compta les agents tandis qu'ils franchissaient le portail.

— Dispersez-vous, dit-elle. Courez.

James et Bruce remontèrent Bishops Avenue en sprintant. Deux fourgons de police roulaient à tombeau ouvert dans leur direction.

— Marche, dit Bruce. Ne nous faisons pas remarquer.

Les véhicules passèrent à leur hauteur sans ralentir. Les vêtements et la peau de James étaient constellés de taches violettes.

— Qu'est-ce que c'est que ce truc ? demanda-t-il.

— C'est la première fois que je vois ça. Du colorant alimentaire, sans doute. Ne t'inquiète pas, c'est inoffensif. Mais l'agent du MI5 qui était censé désactiver le système de sécurité va se faire remonter les bretelles.

— C'est bizarre, tu n'as aucune trace.

— C'est parce que j'étais trempé, je suppose.

— Et Kyle ? Tu l'as vu sortir ?

— Il était à l'étage. Il n'a pas eu le temps. Je crois qu'on ferait mieux de se remettre à courir. Les flics nous ont aperçus. Quand ils verront l'état de la villa, je te parie qu'ils vont se lancer à notre recherche.

16. Sanctions

— Cette fois, vous avez dépassé les bornes. Cette mission est un fiasco absolu. Franchement, les mots me manquent. Vous êtes les pires crétins de la création.

Furieux, Mac faisait les cent pas derrière son bureau. Kyle, Bruce et James, recroquevillés sur leur chaise, fixaient honteusement la pointe de leurs baskets.

Kyle avait un énorme cocard et un bras en écharpe. Il avait frappé une femme policier au cours de son arrestation. Les trois collègues de sa victime le lui avaient fait chèrement payer, lorsqu'il s'était retrouvé menotté à l'arrière du fourgon.

— Le système de sécurité aurait dû être neutralisé, plaida-t-il. C'est le MI5 qui n'a pas fait son boulot.

— Toutes les mesures avaient été prises, répliqua Mac. Seulement, vous avez eu la brillante idée de jeter un piano à queue au fond de la piscine. Vous avez causé une fuite qui a provoqué un court-circuit dans le système électrique de la villa.

James et Bruce s'affaissèrent sur leurs chaises.

— Fort bien. À présent, venons-en aux sanctions. Voyons… Kyle, mon petit, on peut dire que tu les collectionnes. Tu as fait avorter la mission dans les Caraïbes, tu t'es fait remarquer au centre Nebraska et tu t'es comporté comme un voyou lors de ta dernière opération.

— Eh, vous m'avez félicité pour mon travail au centre, protesta le garçon.

— Lorsque tu es revenu, j'admets que j'étais satisfait.

Seulement, deux jours plus tard, Jennifer Mitchum m'a informé que les éducateurs s'étaient plaints de ton comportement. Une histoire de chambre, de sable et de Coca-Cola, je crois.

— Oh, ça ? Ce type était une ordure.

— James et toi étiez censés quitter cet établissement discrètement. À présent, le personnel exige que tu sois puni. Ils veulent savoir où tu as été transféré. Je déteste perdre mon temps à régler ce genre de problèmes. Je me vois contraint de te confier une nouvelle mission de recrutement.

— Non, par pitié.

— Tu pars pour l'Écosse. Tu séjourneras dans un charmant orphelinat situé dans un quartier défavorisé de Glasgow. À ce qu'on dit, les pensionnaires à l'accent anglais y sont particulièrement impopulaires.

— Je refuse cette mission.

— Obéis, ou je te place dans une famille d'accueil.

Kyle en resta bouche bée.

— Vous ne pouvez pas me virer.

— Si, j'en ai le droit, et j'en ferai usage si nécessaire. Fais tes bagages. Si tu ne prends pas le train pour Glasgow demain matin, je te fous à la porte pour de bon. Maintenant, venons-en au cas de notre cher Bruce.

Ce dernier se redressa sur sa chaise.

— Peux-tu me dire pourquoi tu as approuvé l'idée de Kyle d'emmener James en mission ?

— Parce que je suis un crétin.

— Réponse exacte. Tu aimes passer du temps dans le dojo, n'est-ce pas ?

— Oui.

— Parfait. Tu vas être satisfait. Au cours des trois prochains mois, tu ne participeras à aucune mission. Je veux que tu occupes tout ton temps libre au dojo. Le soir, tu nettoieras le sol. Tu briqueras les miroirs. Tu balaieras les vestiaires. Tu laveras les serviettes et les kimonos. Le matin, tu les feras sécher, tu les repasseras et tu les plieras. Ça ne devrait pas te prendre plus de trois heures par jour, si tu travailles vite.

— Compris, Docteur, lâcha Bruce en baissant les yeux.

— Au tour de notre jeune recrue, à présent.

James se tortillait nerveusement. Il n'osait pas croiser le regard de Mac.

— J'ai conscience que tu es nouveau parmi nous et que tu cherches à te faire des amis. Tu t'es laissé entraîner par deux agents opérationnels, et je ne te tiens pas pour responsable. Cependant, je te rappelle que le programme d'entraînement initial débute dans quelques jours, et je te conseille vivement de te reprendre. Je ne t'infligerai pas de punition pour cette fois, mais je t'invite à te tenir à carreau. Tu m'as bien compris ?

— Oui, Mac.

— Appelle-moi *Docteur*. Je ne suis pas dans un bon jour.

— Oui, Docteur.

James lui adressa un sourire reconnaissant. Kyle et Bruce lui lancèrent un regard noir.

— Vous deux, vous pouvez partir.

Les garçons obéirent en silence.

— J'ai appris que tu étais allé à Londres pour revoir ta sœur, dit Mac.

— Je sais que j'ai mal agi, mais je tenais vraiment à la voir avant Noël.

— Je ne savais rien de tes problèmes, James. Je tâcherai d'y remédier.

— Mon beau-père fait tout pour nous séparer.

— Sache que je peux me montrer extrêmement persuasif. Je ne te promets rien, mais je ferai de mon mieux.

— Merci beaucoup. Si je peux me permettre, Docteur, je pense que vous êtes trop dur avec Kyle. Il voulait juste m'aider à voir Lauren.

— Il a presque quatorze ans. Il devrait porter un T-shirt bleu marine et participer aux opérations les plus délicates. Au lieu de cela, il persiste à commettre de lourdes erreurs de jugement. Si tu étais venu me parler de tes problèmes, je t'aurais autorisé à te rendre à Londres. Tu aurais pu patienter à la gare pendant que les autres agents remplissaient leur mission. À propos, es-tu parvenu à nager cinquante mètres ?

— Non, Docteur.

— Il ne te reste que cinq jours, James. Un échec de ta part me mettrait de très mauvaise humeur.

17. En eaux troubles

James marchait dans le parc en compagnie d'Amy.

— J'ai parlé au responsable des maîtres nageurs, dit la jeune fille. Il m'a conseillé d'employer une autre méthode. C'est un peu radical, mais il ne nous reste plus que deux jours. Selon moi, ton niveau technique est convenable. Ton seul problème, c'est ta peur de l'eau.

Lorsqu'ils atteignirent le bâtiment qui abritait la piscine, James se dirigea vers l'entrée du bassin des débutants.

— Non, dit Amy. Pas ce matin.

Elle le conduisit vers une autre porte où figurait l'inscription : *Danger — L'accès au bassin n'est autorisé qu'en présence d'un instructeur qualifié.*

Cette piscine-là mesurait cinquante mètres de long. James remarqua une tenue de plongée et une bouteille d'oxygène suspendues à une patère. L'eau était légèrement trouble et ne sentait pas le chlore. Il examina les marques de profondeur : six mètres du côté le moins profond, quinze mètres à l'autre extrémité.

— Il est hors de question que je plonge là-dedans, dit-il, glacé d'effroi.

— Désolée, mais l'heure n'est plus aux méthodes douces.

Paul et Arif firent leur apparition, vêtus de shorts de bain et de T-shirts rouge vif portant l'inscription *Instructeur de plongée.* James les avait croisés à plusieurs reprises sur le campus, mais il ne leur avait pas adressé la parole depuis le jour où ils l'avaient aidé à franchir le parcours d'obstacles.

— Approche, lâcha Paul. Dépêche-toi.

James obéit. Il jeta un regard suppliant vers Amy et surprit une expression anxieuse sur son visage. Les deux garçons le conduisirent jusqu'à l'extrémité la plus profonde du bassin.

— Voici les règles, expliqua Paul. Soit tu plonges, soit on te jette à l'eau. Chaque fois que tu sortiras du bassin avant d'avoir nagé cinquante mètres, tu disposeras d'une minute pour y retourner. Si tu dépasses cette limite, nous nous en chargerons. Au bout d'une demi-heure, tu auras droit à une pause de dix minutes, puis tu recommenceras l'épreuve. N'essaie pas de te défiler. Ne te débats pas. Ne pleure pas. N'oublie pas que nous sommes plus grands et plus forts que toi. Ça ne te mènerait nulle part et tu gâcherais inutilement tes forces. Tu as bien compris ?

— Je n'y arriverai jamais.

— Tu n'as pas le choix.

— Plonge, ordonna Arif.

James resta hésitant au bord du bassin. Les deux garçons le saisirent par les bras et les jambes, et le jetèrent à l'eau.

Elle était froide et extrêmement salée. Il se positionna à l'horizontale et commença à nager. Sa tête disparut sous la surface. Il but la tasse et sentit la panique le gagner. Le bord latéral de la piscine n'était qu'à quelques mètres. Il parvint à l'atteindre, se hissa hors du bassin et s'efforça de reprendre son souffle.

— Une minute, lâcha Arif, en consultant sa montre de plongée.

— S'il te plaît, ne me force pas à y retourner.

Le garçon resta muet, puis lança :

— Trente secondes.

— Par pitié. Je ne peux pas.

Paul saisit James par le bras et le tira vers le bassin.

— Si tu plonges, l'élan te fera gagner quelques mètres. Si on te jette, tu devras remonter à la surface et tu y laisseras des forces.

— Temps écoulé, dit Arif.

James essayait de ne pas penser à la profondeur effrayante de la piscine. S'il se contentait d'aligner mécaniquement les battements de bras et de ne pas boire la tasse, il pouvait y arriver. Il parcourut dix mètres, puis, aveuglé par l'eau salée, dut renoncer à nouveau.

À la quatrième tentative, il commença à s'habituer au contact de l'eau froide et salée. Il franchit la moitié de la distance, pulvérisant son record personnel.

— Génial ! s'exclama Amy. Tu vas y arriver.

Insensibles à son état de fatigue, Paul et Arif se montrèrent impitoyables. Ils le laissèrent reprendre son souffle pendant soixante secondes, puis le poussèrent à l'eau. Lors de la tentative suivante, victime de crampes aux épaules, il parvint à peine à nager quelques mètres.

— C'était minable, gronda Arif. Tu ne mérites pas de prendre une pause.

James, le cœur battant et le souffle court, sentit qu'on le traînait vers le bassin. Cette fois, il préféra sauter que de subir une fois de plus l'humiliation d'être jeté à l'eau. Son épuisement était tel qu'il ne ressentait plus la peur. Il nagea quelques mètres mais, ne parvenant plus à coordonner les mouvements de ses bras, il avala une grande quantité d'eau salée. Paul dut le tirer hors de la piscine. Il se plia en deux et vomit de la bile sur le carrelage. Arif lui jeta une serviette.

— Essuie. Vite.

Exténué, James se mit à quatre pattes et nettoya le sol. Lorsque Paul voulut le traîner vers le bassin, il se débattit et essaya de lui porter un coup de poing.

— Fous-moi la paix ! hurla-t-il.

Paul bloqua le coup avec autorité puis lui tordit violemment le bras dans le dos. James éclata en sanglots.

— Qu'est-ce que tu croyais, petit ? Je pèse vingt kilos de plus que toi. Je suis ceinture noire de judo et de karaté. Si tu veux vraiment que ça s'arrête, fais ce qu'on te demande. Tu n'as pas d'alternative.

Sur ces mots, il le poussa une nouvelle fois à l'eau.

— Alors comme ça, tu as voulu me frapper ? cria-t-il. Nage au moins vingt mètres, cette fois, ou c'est moi qui t'en colle une.

James était anéanti, mais il craignait la correction qui lui avait été promise. Il parcourut vingt-deux mètres puis nagea vers le bord. Paul se pencha pour le repêcher. Il saisit sa main en tremblant.

— Pas mal, dit le garçon. La demi-heure est écoulée. Tu as droit à une pause de dix minutes.

James s'écroula au bord de la piscine. Amy lui tendit un brick de jus d'orange. Arif et Paul s'assirent en silence sur un banc, à quelques mètres de là.

— Tu te sens bien ? demanda la jeune fille.

— Je suis en pleine forme, répondit James en ravalant un sanglot.

— Ne pleure pas. Je sais que c'est dur. Montre-leur que tu as du cran.

— Je ne pleure pas. J'ai juste un peu froid.

Il engloutit le jus d'orange en trois longues gorgées puis s'accorda un peu de temps pour réfléchir. S'il avait la moindre chance de parcourir cinquante mètres d'une seule traite, c'était juste après la pause. S'il n'y parvenait pas immédiatement, il devrait affronter une nouvelle demi-heure d'humiliations. Cette perspective lui semblait pire que celle de la noyade. Il était prêt à tout pour en finir avec cette séance de torture.

— Temps écoulé, lança Arif.

James s'avança vers le bassin. Malgré ses bonnes résolutions, la piscine lui inspirait toujours le même effroi. Il s'y jeta et se mit à nager frénétiquement. Il avala une gorgée d'eau salée et la recracha sans perdre son rythme. Pour la première fois, il parvint à dompter sa peur. Trente mètres. Nouveau record personnel.

Cinq mètres de plus. Il perdait progressivement de la vitesse. Il éprouvait les pires difficultés à garder la tête hors de l'eau. Quarante mètres. Ses épaules étaient à l'agonie. Amy hurlait des encouragements dont il ne comprenait pas un traître mot.

— Tu y es presque, James. Accroche-toi.

Il parcourut les derniers mètres dans un état second. Il ne

parvenait plus à coordonner les mouvements de ses bras. Il but la tasse une dernière fois, bloqua sa respiration et ferma les yeux. Enfin, sa main toucha le bord du bassin.

Il se hissa hors de l'eau et put enfin respirer à pleins poumons.

Amy, en larmes, accourut pour le serrer dans ses bras. Il éclata en sanglots. Paul et Arif s'approchèrent à leur tour.

— Merci, dit James. Bon sang, je n'arrive pas à croire que je dis ça.

— Excuse-nous, dit Paul, mais tu devais avoir plus peur de nous que de l'eau. Ce n'était pas une partie de plaisir, mais on a réussi.

18. Bienvenue en enfer

James avait reçu l'ordre de se présenter au camp d'entraînement à cinq heures du matin. Anxieux, il se retourna dans son lit pendant des heures avant de parvenir à s'endormir. Lorsqu'il s'éveilla, il faisait jour. À cette époque de l'année, le soleil se levait à sept heures passées. Il bondit de son lit, complètement paniqué.

Il n'avait pas entendu le réveil sonner. Il ne l'avait pas mal réglé, ni fait tomber accidentellement au cours de la nuit. Quelqu'un s'était introduit dans sa chambre pendant son sommeil et l'avait fait disparaître. Kyle l'avait mis en garde à de nombreuses reprises. Les instructeurs chargés de l'entraînement avaient pour habitude de jouer de tels tours à leurs élèves, mais il ne s'attendait pas à se faire piéger avant même le début du programme.

Au pied de son lit, il découvrit un sac à dos et un uniforme. Le chiffre sept était cousu sur le T-shirt et le pantalon de treillis. Contrairement aux vêtements réglementaires qu'il était habitué à porter, ils étaient tachés et rapiécés. Le caleçon et les chaussettes étaient crasseux et les rangers avaient visiblement servi à d'autres agents en formation. Il souleva le sac à dos. Il pesait une tonne, mais il n'avait pas le temps d'en examiner le contenu.

Il se demanda s'il devait porter ses propres caleçons et rangers, au risque d'être puni pour avoir désobéi à un ordre tacite, ou enfiler les sous-vêtements sales et les bottes usées, et essuyer les railleries de ses camarades. Il jeta un dernier coup d'œil au caleçon et opta pour la première solution.

Il n'eut pas le temps de se laver les dents, de se coiffer ou de prendre une douche. Dans l'ascenseur, il rencontra un pensionnaire plus âgé que lui. Le regard du garçon se posa sur les chiffres cousus sur son uniforme.

Il consulta sa montre.

— Premier jour du programme d'entraînement ?

— Oui.

— Tu sais qu'il est sept heures et demie ?

— Je sais, dit James. Je suis en retard.

Le garçon éclata de rire.

— En retard pour l'enfer, lâcha-t-il en secouant la tête.

Le centre d'entraînement était un cube de béton, sans fenêtre ni chauffage, posé au milieu d'un champ de boue. Une clôture de cinq mètres séparait la zone du reste du campus. À sa vue, James fut saisi d'effroi.

Il franchit l'unique porte et déboucha dans un dortoir aux murs nus. Trois filles et quatre garçons étaient accroupis devant des lits de métal, les mains sur la tête. Ils avaient conservé cette position pendant deux heures et demie, en attendant son arrivée.

L'instructeur en chef et ses deux assistants, tous trois vêtus d'un T-shirt blanc, vinrent à sa rencontre. Il frémit devant ce colosse d'une quarantaine d'années, au physique de culturiste, au crâne rasé et à la moustache rousse soigneusement taillée.

— Bonjour, James, dit-il d'un ton posé. Je m'appelle Norman Large. C'est gentil à toi de nous rendre visite. Tu as pris un bon petit déjeuner ? Rien de tel pour commencer une journée, pas vrai ? J'imagine que tu as eu le temps de lire les journaux. Quelles sont les nouvelles du monde ? Comme tu le vois, je ne voulais pas commencer sans toi. J'ai donc demandé à tes petits camarades de t'attendre dans cette position extrêmement inconfortable. Tu crois que je peux leur permettre de se relever, à présent ?

— Oui, répondit James d'une voix à peine audible.

— Très bien, mes enfants. Levez-vous. James, pourquoi tu ne serres pas la main de tes camarades ? Je crois qu'ils t'adorent déjà.

Les muscles des jambes tétanisés, les élèves se redressèrent en gémissant. James salua chacun d'eux, mais ne récolta que des regards haineux.

— À présent, place-toi devant le lit numéro sept. Oh, mais je constate que tes rangers sont impeccables.

Il souleva ses bas de pantalon.

— Tout comme tes chaussettes, à ce que je vois. Y en a-t-il d'autres parmi vous qui portent des rangers et des sous-vêtements neufs ?

James vit avec soulagement quelques mains se lever.

— Excellente initiative, dit l'instructeur. J'ignore pourquoi on vous a fourni des sous-vêtements et des bottes usagés. Il doit s'agir d'une terrible méprise. Quoi qu'il en soit, sachez que vous devrez porter les mêmes pendant cent jours.

James sourit. Une fille aux cheveux roux, chaussée de rangers dans un état déplorable, lui lança un coup d'œil assassin.

— Laissez-moi maintenant vous présenter les deux merveilleux amis qui m'assisteront au cours des cent jours paradisiaques que nous allons passer ensemble. Voici Mr Speaks et Miss Smoke.

Les adjoints, tous deux âgés d'une vingtaine d'années, étaient presque aussi musclés que Mr Large. Speaks, un homme noir au crâne rasé portant de grosses lunettes de soleil, était l'incarnation de la brute épaisse. Miss Smoke avait des yeux bleus, de longs cheveux blonds et raides, mais sa carrure d'athlète la rendait à peu près aussi séduisante et féminine qu'un camion poubelles.

— Miss Smoke, auriez-vous l'obligeance de m'apporter un seau ? James, je te prie d'avoir la gentillesse de te mettre en équilibre sur un pied.

Il obéit. La jeune femme tendit à Norman Large un seau de métal.

— J'espère que ceci t'apprendra à te montrer plus ponctuel à l'avenir.

Large enfonça le récipient sur la tête de James, qui se retrouva aussitôt aveuglé et assailli par une forte odeur de désinfectant. Il pouvait entendre les autres élèves ricaner. Large tira une matraque de sa ceinture.

— Est-ce que tu m'entends, numéro sept ? demanda l'instructeur.

— Oui, monsieur.

— Fort bien. Chaque fois que ton pied touchera le sol, je me permettrai de te rappeler à l'ordre, comme ceci.

Large frappa sur le seau de toutes ses forces. À l'intérieur, le fracas était insoutenable. James ne tarda pas à réaliser que se tenir en équilibre sur un pied était plus délicat lorsqu'on était plongé dans le noir.

— Mes chers petits, vous êtes tout à moi pour les cent jours à venir. Chacune de ces journées sera également réjouissante. Pas de congé. Pas de week-end. Réveil à cinq heures quarante-cinq. Douche froide pour tout le monde, habillement, puis parcours-combat. Sept heures, petit déjeuner suivi d'exercices physiques. Neuf heures, début des cours. Au programme, techniques d'espionnage, langues étrangères, maniement d'armes et entraînement à la survie en milieu hostile. Quatorze heures, parcours-combat. Quinze heures, déjeuner. Seize heures, exercices physiques. Dix-huit heures, retour au dortoir.

Le pied de James effleura le sol. Large écrasa la matraque sur le seau. Il crut que son crâne allait exploser.

— Garde-moi ce foutu pied en l'air, mon petit. Où en étais-je ? Ah oui. Dix-huit heures, retour au dortoir, douche, chaude si vos performances ont été satisfaisantes. Vous en profiterez pour laver et suspendre vos vêtements, afin qu'ils soient secs le lendemain matin. Ensuite, vous cirerez vos rangers. Dix-neuf heures, dîner. De dix-neuf heures trente à vingt heures trente, travail scolaire individuel. Vingt heures quarante-cinq, brossage des dents, puis extinction des feux. Nous vous offrirons quelques excursions à l'extérieur du campus. Des stages de survie, pour vous changer les idées. Le dernier d'entre eux aura lieu en Malaisie, un pays très, très ensoleillé. À tous ceux qui, au cours de ce programme, trouveraient mes méthodes cruelles, je rappelle que les clôtures qui entourent ce camp d'entraînement ne sont pas là pour vous retenir, mais pour empêcher vos petits camarades restés à l'extérieur de vous donner un coup de main ou de vous faire passer de la nourriture en douce. Vous êtes libres de renoncer à tout moment, mais si vous voulez devenir un agent de CHERUB, il vous faudra recommencer le programme depuis le début. Même punition pour ceux qui auraient la mauvaise idée de se blesser et d'être immobilisés plus de trois jours. James, pose le pied par terre et retire-moi ce seau ridicule.

Il s'exécuta et mit quelques secondes à s'habituer à la clarté du dortoir.

— Tu étais très en retard ce matin, n'est-ce pas ?

— Oui, monsieur.

— Écoutez-moi bien, vous tous. Vu que James a fait la grasse matinée et pris un petit déjeuner un peu trop lourd, je crois qu'il est préférable de nous abstenir de déjeuner. Rassurez-vous. Il ne vous reste que onze heures et demie à patienter avant le dîner.

Les huit élèves furent répartis en binômes. Le premier d'entre eux était constitué des numéros un et deux, Shakeel et Mo. À dix ans, Shakeel était déjà aussi grand et puissant que James. Né en Égypte, il vivait au campus depuis trois ans et avait déjà acquis un grand nombre de compétences utiles lors du programme d'entraînement. James réalisa qu'il serait désavantagé par rapport aux résidents qui avaient porté le T-shirt rouge depuis leur petite enfance.

Mo était un autre vétéran de dix ans et trois jours. Un policier l'avait trouvé errant dans l'aéroport d'Heathrow à l'âge de quatre ans. Ses parents n'avaient jamais été identifiés. C'était un garçon rondouillard, extrêmement nerveux, qui ne tenait pas en place et agitait perpétuellement les bras en tous sens, comme s'il essayait de chasser les mouches.

Connor et Callum, les jumeaux que James avait croisés sur la piste d'athlétisme, s'étaient vu attribuer les numéros trois et quatre. Il avait bavardé avec eux à plusieurs reprises et il les trouvait très sympas.

Les numéros cinq et six étaient Gabrielle O'Brien et Nicole Eddison. Gabrielle était une grande et mince métisse originaire des Caraïbes. Ses parents avaient perdu la vie quelques mois plus tôt au cours d'un accident de voiture. Elle avait onze ans, et tout d'une dure à cuire. Nicole était plus petite. Elle avait douze ans, des cheveux roux, et souffrait d'un léger embonpoint.

Le numéro huit, la partenaire de James, se nommait Kerry Chang. C'était une petite Asiatique de onze ans, au visage un peu plat et aux yeux noirs comme du charbon. Ses cheveux bruns avaient été passés à la tondeuse, ce qui lui donnait l'air d'un garçon manqué. James l'avait remarquée quelques jours plus tôt, mais elle portait alors un T-shirt rouge et de longs cheveux tombant sur les épaules. Elle semblait totalement différente, à présent, et affichait un calme olympien.

•••

Large les mena au pas de course jusqu'au parcours-combat.

— Fais exactement ce que je te dis, souffla Kerry à l'oreille de James.

— T'es qui, toi, pour me donner des ordres ?

— Je vis sur le campus depuis l'âge de six ans. J'ai suivi ce programme pendant soixante-quatre jours, l'année dernière, avant de me fracturer la rotule. Tu es là depuis quand, toi ? Deux semaines ?

— Presque trois, précisa James. Pourquoi as-tu coupé tes cheveux ?

— Plus faciles à laver, plus rapides à sécher, et ils ne se baladent pas devant mes yeux à longueur de journée. Ici, chaque minute de repos gagnée sur l'emploi du temps peut faire toute la différence. Je ferai tout mon possible pour te rendre la vie plus facile, James, mais je voudrais que tu fasses quelque chose pour moi.

— Je t'écoute.

— Aide-moi à épargner mon genou. Il est rafistolé à l'aide de broches en titane. Pendant les cours de karaté, essaie de ne pas me viser à cet endroit-là. Si nous devons transporter des sacs un peu lourds, donne-moi un coup de main. Tu es d'accord ?

— Tout ce que tu veux. Nous sommes partenaires, maintenant. Pourquoi ils te laissent effectuer le parcours-combat si ton genou est si fragile ?

— Ils ne sont pas au courant. Je leur ai dit que je n'avais plus mal. Tous les garçons et les filles avec qui j'ai grandi vivent aujourd'hui dans le bâtiment principal et participent à des opérations. Moi, je passe ma vie avec des gosses de six ans. Cette fois, je suis décidée à aller au bout du programme, quoi qu'il en coûte.

...

Kerry connaissait toutes les astuces permettant de franchir aisément les obstacles du parcours-combat. Elle avait remarqué que l'un des côtés du tunnel était moins boueux que l'autre. Elle savait où saisir la corde avant de se balancer au-dessus du lac. Elle connaissait l'emplacement des caméras cachées. Lorsqu'un élève était convaincu de tricherie lors de l'examen des bandes vidéo, les instructeurs le tiraient du lit à trois heures du matin et lui faisaient refaire l'ensemble du parcours. Enfin, au grand soulagement de James, elle avait repéré un banc de sable immergé qui permettait de franchir une bonne partie de la rivière en marchant.

— Tu nages comme un gamin de cinq ans, lui dit-elle.

Ils étaient couverts de boue et glacés jusqu'aux os, mais ils avaient achevé le parcours dix minutes avant les autres élèves.

Kerry tourna un robinet, retira son T-shirt et le mit sous le filet d'eau.

— Je te conseille de faire comme moi. Je l'utilise pour m'essuyer, puis je le lave une seconde fois. Évidemment, quand je le remets, il est glacé, mais ça m'évite d'avoir le corps couvert de boue séchée pour le reste de la journée. Tu ne peux pas imaginer à quel point ça gratte.

— Et pour le pantalon ?

— Pas le temps. Mais chaque fois que je le peux, je retire mes rangers et j'essore mes chaussettes. Tu as faim ?

— Je n'ai pas pris de petit déjeuner, contrairement à ce que prétend Large. Je ne tiendrai jamais jusqu'à ce soir.

Kerry fouilla dans la poche latérale de son pantalon et en tira une énorme barre de Mars.

— Cool, dit James. Je suis désolé. C'est ma faute si nous sommes privés de nourriture.

— Tu n'y es pour rien. Large trouve toujours des excuses pour nous affamer, nous obliger à refaire le parcours-combat, ou nous tirer du lit au milieu de la nuit pour nous faire dormir à la belle étoile sans couverture. Il essaie de créer des tensions entre nous. Ne te fais pas d'illusions, chacun de nous se retrouvera tôt ou tard en position d'accusé.

Elle coupa la barre de chocolat en deux.

— Tu en veux la moitié ?

— Par pitié.

— Mais d'abord, tu dois promettre de veiller sur mon genou.

— Je le jure.

— Ouvre la bouche.

Elle y glissa le morceau de Mars.

.··.

Shakeel et Mo étaient en train de franchir le dernier obstacle. Callum et Connor les suivaient de près. Au loin, James entendait Large hurler sur Nicole.

— Bouge tes grosses fesses de rouquine, numéro six, avant que je n'y colle la semelle de mes rangers.

Il se sentait à la fois navré et soulagé. Tant que les instructeurs s'en prenaient à Nicole, ils ne s'occupaient pas de son cas.

⁂

La journée se poursuivit par une séance d'exercices physiques en plein air. Abdominaux, tractions, pompes, flexions. Après une heure de ce régime, James ne sentait plus ni la douleur ni le froid. Son uniforme n'était plus qu'une masse de boue informe.

Nicole était allongée sur le sol, à bout de forces. Miss Smoke posa un pied sur sa joue et écrasa son visage dans la terre.

— Lève-toi, grosse vache, dit-elle.

Étant parvenue à se redresser, la jeune fille tituba vers le portail.

— Si tu franchis la clôture, c'est terminé pour toi, cria l'instructrice.

Restant sourde à cet avertissement, elle quitta le camp d'entraînement et se dirigea vers le bâtiment principal.

Quinze minutes plus tard, elle était de retour, pleurant toutes les larmes de son corps et implorant qu'on lui offre une dernière chance.

— Reviens nous voir dans trois mois, mon petit ange, dit Large. En attendant, débarrasse-moi tes grosses fesses de là, ou je te fais chasser définitivement du campus.

⁂

Les élèves n'avaient pas imaginé une seule seconde être réduits à sept dès le premier jour. L'échec de Nicole alimenta toutes les conversations. Tous clamaient haut et fort qu'elle avait manqué de courage, mais l'enviaient secrètement. Ils auraient payé cher pour retrouver leur chambre, prendre un bain brûlant et se prélasser devant la télé.

Ils prirent une douche chaude puis se réunirent autour de la table de la salle à manger, impatients de voir arriver leur dîner. James se félicitait d'avoir Kerry pour partenaire. Voir tous les autres commettre les erreurs contre lesquelles elle l'avait mis en garde était un régal.

Un membre du personnel entra en poussant un chariot. Smoke distribua un plateau métallique à chaque élève. James souleva son couvercle. Le riz était un peu sec, mais il était si affamé qu'il le trouva délicieux. Kerry fut la dernière servie. James sentit que quelque chose clochait au son que fit son plateau en touchant la table.

Elle ôta le couvercle. Son plat contenait un emballage de Mars. Les traits de son visage s'affaissèrent. Large posa son énorme main sur son épaule.

— Ma petite Kerry, tu n'es pas la première à effectuer un deuxième séjour parmi nous. Tu penses peut-être connaître toutes les ficelles, mais je peux t'assurer que tu n'as aucune chance de nous avoir à ce petit jeu.

Elle contempla son assiette vide. James ne pouvait pas la laisser mourir de faim après tout le mal qu'elle s'était donné pour lui. Il traça une ligne au milieu de son assiette et offrit la moitié de son repas à sa nouvelle amie.

— Merci, partenaire, dit-elle.

19. Que du bonheur !

Imaginez que vous venez d'acquérir un nouveau jeu vidéo. Vous êtes au premier niveau, et vous éprouvez les pires difficultés. Les ennemis se déplacent trop vite, vous maîtrisez mal les commandes, mais vous finissez tant bien que mal par accéder au niveau suivant. Puis, de point de sauvegarde en point de sauvegarde, vous parvenez à terrasser le dernier boss.

Un jour, par curiosité, vous rejouez le premier niveau. Ce qui vous apparaissait si difficile est devenu un jeu d'enfant.

C'est sur ce principe de progression qu'est fondé le programme d'entraînement initial. En accomplissant des épreuves difficiles sous une forte pression physique et psychologique, vous atteindrez un niveau de compétences que vous n'auriez jamais osé imaginer. Lorsque votre formation sera achevée, votre esprit et votre corps seront capables de performances exceptionnelles.

(Extrait de la préface du *Manuel d'entraînement initial de CHERUB.*)

Callum quitta le programme au vingt-sixième jour, le poignet gauche fracturé sur le parcours-combat. Les obstacles ne présentaient aucune difficulté insurmontable, mais l'épuisement des élèves rendait les accidents fréquents. Comme si les activités éprouvantes de la journée ne suffisaient pas, Large prenait un malin plaisir à les priver de sommeil, n'hésitant pas à arroser leurs lits en pleine nuit avec une lance d'incendie.

Associé à Gabrielle au sein d'un nouveau binôme, Connor, qui n'avait jamais été séparé de son frère jumeau plus de quelques heures, envisagea d'abandonner.

Les exercices physiques étaient éreintants. Lors de la première séance, James avait vomi de douleur. Kerry lui avait ordonné de continuer à courir, mais il était en état de choc. Speaks lui avait lancé un violent coup de pied dans le dos.

— Tant que tu ne seras pas inconscient ou mort, tu vas me faire le plaisir de continuer à courir, avait-il lâché.

Ce jour-là, James avait été à deux doigts d'abandonner.

Il avait fini par s'habituer à cette existence infernale. Un jour, il avait dénombré sur son corps douze plaies et vingt-six ecchymoses. Il se douchait deux fois par jour, mais n'avait pas le temps de se débarrasser de la terre accumulée aux endroits les plus difficiles d'accès, comme les ongles et les oreilles. Ses cheveux avaient la consistance de la paille, et des particules de boue séchée en tombaient chaque fois qu'il y passait la main. Il regrettait amèrement de ne pas s'être rasé la tête.

La sensation permanente de froid était pire que la fatigue. La nuit, ils ne disposaient que d'une fine couverture, et le dortoir n'était pas chauffé. Au matin, le sol de béton était glacé, mais les instructeurs les forçaient à prendre une douche froide. Le petit déjeuner n'était composé que de céréales et de jus de fruits. Leurs vêtements n'avaient jamais le temps de sécher. Les enfiler était une torture, mais ce n'était qu'un mauvais moment à passer. Au bout de cinq minutes sur le parcours-combat, tous les élèves étaient trempés jusqu'à l'os et couverts de boue pour le reste de la journée.

Les occasions de se réchauffer étaient rares : boissons chaudes à l'heure du déjeuner, douche en fin d'après-midi et dîner. Ils vivaient ces instants dans un état proche de l'extase. Tous souhaitaient recevoir une blessure légère, un simple bobo n'impliquant pas une exclusion du programme, afin de passer quelques heures à l'infirmerie, une pièce chauffée à 22 °C. Une occasion inespérée de boire un thé bien chaud et d'y tremper quelques délicieux biscuits au chocolat. Shakeel et Connor avaient eu cette chance. Pour James, cela restait un rêve inaccessible.

Les cinq heures de cours constituaient le moment le plus reposant de la journée. James adorait le maniement d'armes. L'entraînement au tir n'en constituait qu'une petite partie. Il savait désormais démonter et nettoyer un revolver, neutraliser une cartouche, rétablir le fonctionnement d'une arme enrayée et saboter une culasse pour que la balle explose dans le canon et blesse son utilisateur.

En cours d'espionnage, il apprit à utiliser toute une panoplie de gadgets, des dispositifs d'écoute électroniques, de piratage informatique, de crochetage, de photographie et de numérisation. Ce n'était pas aussi excitant que dans les films. Mrs Flagg, l'instructrice, un ancien agent du KGB, ne quittait jamais ses bottes fourrées, son épais manteau, sa chapka et son écharpe en renard, tandis que les élèves frissonnaient dans leurs T-shirts humides. Parfois, elle allait jusqu'à frapper ses mains gantées l'une contre l'autre en pestant à haute voix contre le froid qui, selon elle, n'améliorait pas l'état de ses varices.

Mr Large en personne se chargea de leur enseigner le maniement des explosifs. Abandonnant pour quelques heures son personnage de dangereux psychopathe, il jongla avec un plaisir enfantin avec les bâtons de dynamite et les pains de plastic. Il fit exploser tout ce qui lui tombait sous la main, allant jusqu'à poser une charge directionnelle sur la tête de James. Le projectile décolla à la verticale et fit un trou de la taille d'une balle de golf dans le plafond.

— Comme vous l'avez compris, nous aurions dû dire adieu à notre cher petit James si j'avais placé la charge à l'envers, ou si un incident s'était produit pendant la préparation du dispositif.

James se demanda s'il plaisantait. Il leva les yeux vers le plafond et estima que c'était peu probable.

Les cours de survie donnaient lieu à des excursions en forêt, hors du camp d'entraînement. C'était une discipline passionnante, consistant essentiellement à construire des abris et à connaître les parties comestibles des animaux et des plantes. Les élèves apprirent à faire du feu. James suivit cette leçon avec beaucoup d'attention, car il était décidé à manger chaud en toute occasion, même s'il devait se contenter d'un rôti d'écureuil ou de hérisson.

En revanche, il détestait les cours de langue étrangère. Il était en retard sur les élèves qui avaient passé plusieurs années à CHERUB. Kerry parlait couramment l'espagnol et se débrouillait en français et en arabe. Lors du programme, chaque élève devait étudier une nouvelle langue correspondant à ses caractéristiques ethniques et mémoriser un millier de mots de vocabulaire avant la fin de la session. Mo et Shakeel apprirent l'arabe, Kerry le japonais, Gabrielle le swahili, James et Connor le russe, autant d'idiomes qui n'utilisaient pas l'alphabet latin. Il leur fallait apprendre à déchiffrer des caractères inconnus avant de pouvoir prononcer le moindre mot.

Deux heures par jour, James et Connor durent supporter les hurlements et les insultes de leur professeur de russe. Mr Grwgoski ne cessait de briser des crayons entre ses doigts, de les frapper avec sa règle et de les bombarder de postillons. Les deux garçons finissaient chaque leçon dans un état d'épuisement total, les mains douloureuses et l'esprit confus. James n'avait pas la sensation de faire des progrès, mais il savait désormais que le russe donnait la migraine. Grwgoski se plaignait fréquemment de leur comportement auprès des autres instructeurs et exigeait des punitions exemplaires, ce qui leur valait généralement de passer deux heures en caleçon dans le froid, aux dépens de leur précieux sommeil, ou d'être réveillés au milieu de la nuit par le jet glacé de la lance d'incendie de Large.

Mais, plus que toute autre discipline, James détestait le karaté.

...

— Vingt-neuvième jour, s'exclama Large.

Contrairement à ses habitudes, il était coiffé d'une casquette de base-ball verte. Pour la première fois depuis le début du programme, ses deux acolytes ne se trouvaient pas à ses côtés. Il était cinq heures cinquante, et les six élèves rescapés se tenaient debout au pied de leur lit.

— Quelqu'un peut me dire ce que ce jour a de particulier ?

Ils avaient appris à se méfier de Large. Toute réponse, bonne ou mauvaise, pouvait avoir des conséquences désastreuses. Mieux valait croiser les doigts et tâcher de ne pas attirer l'attention.

— Numéro sept, peux-tu répondre à ma question ?

James maudit sa malchance.

— C'est le jour de Noël.

— Exact, mon petit lapin. Le jour de Noël. L'anniversaire de Notre-Seigneur Jésus-Christ. Selon toi, James, que devrions-nous faire pour célébrer cet événement exceptionnel ?

C'était exactement le genre de questions perfides qu'il redoutait.

— Vous pourriez peut-être nous offrir un peu de repos, monsieur.

— Excellente idée. Vous serez heureux d'apprendre que j'ai accordé un jour de congé à Miss Smoke et à Mr Speaks, ainsi qu'à tous vos professeurs. Nous sommes enfin seuls, mes petits chéris. Vous allez pouvoir profiter pleinement de votre bon vieux Large. Nous allons commencer la journée par une petite fête, puis nous nous adonnerons aux joies du karaté et de l'exercice physique, sans qu'aucune de ces ennuyeuses leçons ne vienne ternir notre bonheur.

Sur ces mots, il appuya sur un bouton à l'arrière de sa casquette. Des diodes clignotantes en forme de sapin s'illuminèrent au-dessus de la visière. Une insupportable version électronique de *Jingle Bells* résonna dans le dortoir.

— Doux Jésus, c'était si émouvant que j'ai failli essuyer une larme, dit l'instructeur en retirant son couvre-chef. Maintenant que cette petite célébration est terminée, je suggère que nous nous mettions au travail.

Les élèves n'étaient pas habitués au sol élastique du dojo. Jusqu'à ce jour, ils s'étaient entraînés pieds nus dans le champ de boue qui entourait le bunker du camp d'entraînement. Ces séances étaient assommantes. L'instructeur détaillait un ou deux mouvements, puis les élèves les répétaient jusqu'à ce qu'ils soient capables de les exécuter à la perfection. Ensuite, ils passaient en revue les enchaînements appris lors des leçons précédentes. Chaque cours s'achevait par un combat entre partenaires de binôme.

James n'avait rien contre le karaté. Il avait toujours eu envie de s'inscrire à un club, mais il n'avait jamais eu le courage de mener à bien ce projet. À raison de cinq leçons par semaine, il progressait rapidement. Mais Kerry était déjà ceinture noire, et l'avoir pour adversaire n'était pas une partie de plaisir. Elle accomplissait chaque mouvement avec une facilité déconcertante. Elle lui prodiguait des conseils et lui évitait souvent d'être puni par les instructeurs, mais il détestait le ton supérieur sur lequel elle soulignait ses erreurs et la façon dont elle le dominait au cours de leurs affrontements.

Il était censé anticiper et bloquer les attaques de sa camarade, mais elle était trop rapide et maîtrisait des enchaînements qui lui étaient inconnus. Il se retrouvait au sol à la fin de chaque assaut, alors qu'elle parait tous ses mouvements. James était trop fier pour admettre qu'il se sentait humilié. Elle était plus petite et plus jeune que lui. Et, comble d'horreur, c'était une fille.

∴

La journée de Noël se poursuivit par six heures d'entraînement physique impitoyable. Les élèves finirent sur les rotules, les mains si engourdies par le froid qu'ils ne parvenaient plus à essuyer la boue qui dégoulinait sur leur visage. James avait mal à une côte, souvenir d'un coup porté par Kerry au cours de la leçon de karaté. Insensible à leurs souffrances, Large les avait une fois de plus privés de petit déjeuner.

À treize heures précises, il les conduisit à l'extérieur du terrain d'entraînement et se dirigea vers le bâtiment principal. Ils étaient tout excités. Même s'ils étaient habitués aux coups tordus de leur instructeur, ils se demandaient s'ils n'allaient pas enfin bénéficier de quelques moments de repos en récompense des efforts accomplis au cours du mois écoulé.

Il leur ordonna de s'arrêter à quelques mètres des fenêtres du réfectoire. Un arbre de Noël de quatre mètres de haut, décoré de guirlandes électriques, y avait été dressé. Les tables, recouvertes de nappes en papier doré, avaient été déplacées pour former un ample U. Des couverts en argent et des assiettes en porcelaine y avaient été disposés. James restait insensible à cet étalage de luxe. Il ne pensait qu'à la chaleur qui devait régner dans la pièce.

— Mes chers petits, je vous offre une chance de quitter le programme, annonça Large. Si vous vous décidez immédiatement, vous aurez le temps de regagner votre chambre, de prendre une bonne douche et d'être de retour au réfectoire pour profiter du déjeuner de Noël.

James savait que Connor envisageait sérieusement de se retirer depuis la défection de son frère. Il craignait que cette provocation ne le pousse à franchir le pas. Large ordonna à ses élèves d'effectuer une série d'abdominaux. Derrière les vitres, des pensionnaires prenaient place à la table de banquet. Quelques-uns les saluèrent d'un geste de la main. James chercha vainement Kyle, Bruce et Amy du regard.

— Allez, laissez-vous tenter, cria l'instructeur. De toute façon, aucun d'entre vous n'a la moindre chance de tenir jusqu'au centième jour. Rompez les rangs, mes mignons. Profitez du festin. Discutez avec vos amis. Je sais que vous en mourez d'envie. Que diriez-vous de vingt pompes pour vous aider à prendre votre décision ?

Lorsqu'ils se relevèrent après avoir accompli cet exercice, Bruce et Callum se trouvaient derrière les vitres. Ce dernier avait un plâtre au poignet. Il entrouvrit une fenêtre.

— Tiens bon, petit frère ! cria-t-il. La prochaine fois qu'on se voit, tu as un intérêt à porter un T-shirt gris.

Connor hocha la tête.

— Je ferai ce que je peux. Joyeux Noël.

Bruce poussa Callum de la fenêtre.

— Ne vous laissez pas impressionner par ce malade ! hurla-t-il. C'est un raté, un vieux sadique qui adore s'en prendre aux plus faibles que lui.

James esquissa un sourire. Large courut vers le réfectoire.

— Fermez cette fenêtre, c'est un ordre.

— Comme tu voudras, espèce de nazi, lâcha Bruce.

Large fit volte-face, le visage écarlate.

— Très bien, vous tous. Vous avez gagné. Direction le parcours-combat, et au trot.

•··

James et Kerry furent les premiers à s'élancer. Ils étaient habitués à franchir la ligne d'arrivée avec une avance considérable sur les autres binômes. Large avait regagné son bureau chauffé pour avaler son déjeuner de Noël en les regardant souffrir sur les écrans de surveillance.

La dernière partie du parcours était une étendue de deux cents mètres constituée de rochers aux arêtes tranchantes. À bout de souffle, Kerry trébucha et posa une main au sol. En un éclair, James se souvint des humiliations subies au cours des leçons de karaté. Submergé par un accès de colère incontrôlable, il écrasa volontairement les doigts de sa partenaire. La jeune fille hurla de douleur.

— Pourquoi tu as fait ça, espèce de salaud ?

— Je n'ai pas fait exprès.

— Si, je t'ai vu viser ma main. Tu as changé de trajectoire au dernier moment.

— Tu es complètement folle, Kerry.

Elle le poussa en arrière.

— On est censés faire équipe, James. C'est quoi ton problème ?

— Calme-toi, tu veux ? Tu crois que tu ne me fais pas mal, toi, pendant les cours de karaté ?

— Tu as mal parce que tu es nul.

— Tu pourrais retenir tes coups. Tu n'as pas besoin de me réduire en bouillie à chaque leçon.

— Mais mon pauvre James, je retiens *déjà* mes coups.

James souleva son T-shirt et dévoila son abdomen couvert de bleus.

— Ah oui, vraiment ?

Elle lui lança un coup de pied qui l'atteignit à l'aine. Il se plia en deux, en proie à une douleur indescriptible.

— Voilà ce que je pourrais te faire, si je le voulais. Tu n'as rien compris, pauvre imbécile. Si je retenais vraiment mes coups, les instructeurs m'accuseraient de ne pas me donner à fond et nous serions punis tous les deux.

James savait que Kerry avait raison. Il s'était comporté comme le pire des idiots. Mais, aveuglé par la colère, il bondit sur elle. Déséquilibrée, elle s'effondra parmi les rochers. Il commença à la bourrer maladroitement de coups de poing. Elle le frappa à l'arête du nez. Il se sentit soulevé de terre.

— Arrêtez ! hurla Gabrielle.

Connor accourut pour les séparer. Large jaillit du bâtiment.

— Est-ce que quelqu'un pourrait me dire ce qui se passe ?

Les élèves restèrent muets.

— Connor et Gabrielle, retournez au dortoir. Kerry, montre-moi ta main.

L'instructeur examina sa blessure.

— À l'infirmerie.

Puis il s'accroupit devant James et inspecta son nez.

— Tu ferais bien de l'accompagner. Profitez-en bien, mes amours, et préparez-vous à en baver à votre retour.

...

James se cala confortablement dans un fauteuil de la salle d'attente de l'infirmerie, un gobelet de thé brûlant dans une main, un biscuit au chocolat dans l'autre. Kerry s'assit en face de lui sans même croiser son regard.

20. La guerre du feu

— Bienvenue, mes petits lapins ! s'exclama Large. Vous avez passé l'après-midi bien au chaud ? L'infirmière vous a fait un gros câlin ? Je vous ai réservé un traitement spécial, mes oiseaux d'amour. Enlevez votre T-shirt, votre pantalon et vos rangers. Ne gardez que vos sous-vêtements. Vous passerez la nuit dehors. Dans l'hypothèse fort improbable où vous seriez encore en vie demain matin, je vous laisserai entrer. Et n'oubliez pas qu'une chambre douillette vous attend dans le bâtiment principal.

James et Kerry lui adressèrent un regard implorant.

— Joyeux Noël, ajouta-t-il en claquant la porte.

L'obscurité les enveloppa. Un vent glacial balayait le champ de boue dure comme de la pierre. La jeune fille éclata en sanglots.

— Je suis désolé, dit James. Tout est de ma faute.

Elle resta muette.

— Parle-moi, je t'en prie. Je sais que j'ai été stupide. Voir tous les autres assis au chaud dans le réfectoire m'a rendu dingue.

Kerry était inconsolable. James posa une main sur son épaule. Elle le repoussa violemment.

— Ne me touche pas.

C'étaient les premières paroles qu'elle prononçait depuis l'incident.

— Qu'est-ce que je peux faire pour me faire pardonner ? Tu veux que je te supplie, c'est ça ? Que je me mette à genoux et que je te baise les pieds ?

— C'est foutu, gémit-elle. Tu peux bien te rouler par terre si ça te chante, nous allons être obligés d'abandonner.

— On peut y arriver. Il faut trouver un moyen de nous réchauffer. Elle lâcha un petit rire nerveux.

— Nous réchauffer ? Tout ce que je vois autour de nous, c'est un champ de boue et un parcours-combat. Dans une heure, nos doigts et nos orteils seront gelés. Si nous nous endormons, nous mourrons. Tu te rends compte qu'il nous faut tenir quatorze heures ?

— Tu ne mérites pas ça, Kerry. Je vais aller voir Large et lui expliquer que je suis seul responsable de ce qui est arrivé. Je suis prêt à déclarer forfait pour que tu puisses poursuivre le programme.

— On ne marchande pas avec ce type. Il va te rire au nez.

— On pourrait faire du feu.

— Il pleut, le vent est déchaîné et il fait nuit noire.

— Mettons-nous à l'abri sous le pont qui enjambe la rivière. On n'aura qu'à installer des branchages sur les côtés pour se protéger du vent.

— On peut toujours essayer. On devrait fouiller les poubelles. On y dénichera peut-être quelque chose d'utile.

Ils marchèrent jusqu'à la clôture et soulevèrent le couvercle des containers. Ils n'y virent que des sacs remplis de déchets.

— Rien que des ordures, dit James.

— Je me fiche de l'odeur, dit Kerry. Traînons-les jusqu'au pont. Avec un peu de chance, on y trouvera de quoi faire du feu. Les sacs nous permettront de résister au froid.

Les poubelles pesaient une tonne. James essaya de faire rouler la sienne, mais sa progression était sans cesse entravée par des mottes de terre gelée. Kerry était gênée par sa main bandée. L'obscurité était si profonde qu'ils mirent de longues minutes à trouver le pont. À chaque pas, ils craignaient de fouler un caillou tranchant. Déjà, ils ne sentaient plus leurs orteils. Des photos effrayantes de pieds noirs et gelés aperçues dans le manuel d'instruction lui revinrent en mémoire. Un frisson les parcourut.

James se glissa sous le pont de bois du parcours-combat.

— On a du bol, dit-il. La berge est bétonnée. Elle est à peu près sèche.

Kerry déchira l'un des sacs et plongea la main dans un mélange de détritus alimentaires et de chiffons souillés de cirage. Une puanteur immonde lui monta aux narines. Elle commença à mettre de côté tout ce qui était susceptible de s'enflammer.

Pendant ce temps, James effectua des allers-retours entre le pont et le sous-bois voisin, apportant des brassées de branchages destinés à les protéger du vent.

Une fois son tri achevé, Kerry enroula des chiffons autour de ses pieds et les fixa à l'aide de bandes déchirées dans les sacs-poubelles. Puis elle confectionna deux longs ponchos dans le même matériau. Ils ressemblaient à deux épouvantails, mais ils étaient désormais protégés du froid. James acheva de transformer le pont en abri et se glissa dans l'espace étroit.

— Bon appétit, dit Kerry en lui tendant un brick de jus d'orange et une petite boîte de céréales.

— Tu as trouvé ça dans la poubelle ?

— La chance est avec nous. Il y en a cinq autres. Large a dû les jeter ce matin, quand il nous a privés de petit déjeuner.

James planta la paille dans l'opercule et en avala le contenu en deux longues gorgées. Puis il ouvrit le paquet de corn-flakes.

— Nous avons des vêtements, de la nourriture et un abri. On devrait tenir jusqu'à demain matin.

— Peut-être, dit Kerry, mais je me sentirais plus rassurée si on arrivait à faire du feu. J'ai mis de côté tous les déchets combustibles, mais je ne connais qu'un moyen d'allumer un feu. Il nous faudrait deux bouts de bois sec.

Ils se pelotonnèrent l'un contre l'autre, se frottant sans cesse les bras et les jambes pour se réchauffer.

— J'ai une idée, dit James. Il suffit d'utiliser l'une des caméras de surveillance du parcours-combat.

— Je ne vois pas où tu veux en venir.

— Il doit être possible de produire des étincelles avec le câble d'alimentation.

— James, tu ne devrais pas jouer avec ça. Tu risques d'être électrocuté.

Il se leva.

— Fais-moi confiance, Kerry.

— Reste ici. Tu es complètement inconscient.

Il quitta l'abri malgré les protestations de sa camarade. Les bottes improvisées que lui avait confectionnées Kerry le protégeaient du froid, mais elles rendaient sa progression extrêmement glissante. Il plaça quelques morceaux de tissu et de carton dans le couvercle d'une poubelle puis inspecta les alentours du parcours-combat. Il aperçut une petite lumière rouge à quelques mètres du pont. En s'approchant, il découvrit une caméra de surveillance dissimulée parmi les fourrés.

Il écarta le câble de sortie vidéo, arracha le câble d'alimentation, puis contempla les deux fils dénudés. Le doute l'envahit. Son plan, qui lui avait paru si génial quelques minutes plus tôt, lui sembla soudainement insensé et suicidaire.

Il s'accroupit près du couvercle, sépara les deux brins du câble et toucha un morceau de chiffon. Une gerbe d'étincelles jaillit et une flamme bleue illumina son visage. Un coin du tissu s'embrasa, mais un coup de vent l'éteignit aussitôt. Il sentit son sang se glacer dans ses veines. Il craignait que sa première tentative n'ait définitivement endommagé le circuit électrique. Il recommença l'opération et une nouvelle flamme s'éleva au centre du tissu. James le couvrit de morceaux de carton et, cette fois, le feu prit pour de bon.

Il lui fallait regagner le pont avant que sa réserve de combustibles ne soit épuisée. Il dérapait sur le sol gelé et le vent semblait redoubler de violence, comme s'il s'acharnait à réduire à néant tous ses efforts.

— Kerry, cria-t-il. Amène-moi d'autres trucs à brûler.

La jeune fille accourut et jeta quelques morceaux de papier dans le feu. Le couvercle de métal était brûlant entre les mains de James. Ils eurent les plus grandes peines à descendre la pente boueuse qui menait au pont. Ils regagnèrent l'abri, livrèrent aux flammes le reste de leurs réserves, s'assirent côte à côte et se laissèrent bercer par la lueur vacillante du foyer. La fumée leur brûlait les yeux, mais ils étaient heureux de pouvoir profiter d'un peu de chaleur. Kerry posa la tête sur l'épaule de James.

— Je n'arrive toujours pas à croire que tu m'aies volontairement écrasé la main, dit-elle en examinant son bandage. Je pensais qu'on formait une équipe.

— Tu ne peux pas savoir à quel point je suis désolé. Je ferais n'importe quoi pour me racheter. Tu n'as qu'à demander.

— Oublions cette histoire pour le moment. Mais lorsque le programme sera terminé, nous nous battrons dans le dojo. Je te frapperai jusqu'à ce que tu implores mon pardon. Et là, je continuerai à te frapper, encore et encore.

— Marché conclu, dit James, espérant qu'elle le faisait marcher. Franchement, c'est tout ce que je mérite pour nous avoir fourrés dans ce pétrin.

...

Au petit matin, Mr Speaks passa la tête à l'intérieur de l'abri. Le feu s'était consumé. James et Kerry dormaient profondément dans les bras l'un de l'autre.

— Debout là-dedans ! cria-t-il.

Les deux partenaires semblèrent tout étonnés de s'éveiller dans leurs vêtements de plastique. Ils avaient longuement lutté contre le sommeil, préférant rester alertes afin d'éviter les gelures. Mais l'abri était si tiède qu'ils avaient fini par s'assoupir.

— Je vous aime de tout mon cœur, s'exclama Speaks.

Il tira de la poche de son pantalon deux barres de céréales et les leur tendit. James ne parvenait pas à comprendre pourquoi l'instructeur se montrait si amical.

— Vous vous en êtes tirés comme des chefs. Large était certain que vous aviez abandonné. Les caméras sont tombées en panne. Il vous a cherchés toute la nuit.

— Quelle heure est-il ? demanda Kerry, la bouche pleine.

— Six heures trente. Vous feriez bien d'aller vous habiller. Large va être furieux quand il va vous voir.

— Pourquoi il nous déteste à ce point ? demanda James. Je sais bien qu'il hait tout le monde, mais là, il fait vraiment une fixation.

— Vous n'y êtes pas du tout. Nous avons fait un pari. Cinquante livres qu'il n'arriverait pas à pousser un élève à l'abandon le jour de Noël. Il a d'abord essayé avec Connor en l'emmenant devant le réfectoire, mais son frère l'a persuadé de tenir bon. Votre bagarre lui a donné une seconde chance. Il était certain d'avoir gagné. Bon sang, j'ai hâte de voir sa tête.

— Après tout ça, j'ai bien peur qu'il ne nous rende la vie encore plus difficile, soupira Kerry.

21. Cinq étoiles

Les six élèves et leurs trois instructeurs volaient vers la Malaisie. James n'avait pris l'avion qu'une seule fois, à l'occasion d'un voyage à Disney World, en Floride. Cette fois, il voyageait en première classe.

La pointe de ses baskets n'atteignait pas le siège situé devant lui. Le fauteuil de cuir, qu'il pouvait incliner et transformer en couchette, était équipé d'un écran permettant de jouer à la Nintendo Gamecube et de visionner des films. Avant le décollage, l'hôtesse servit des amuse-gueule et des jus de fruits. Après treize semaines de souffrance ininterrompues, il avait l'impression de rêver.

Le 747 acheva son ascension dans le ciel de l'aéroport d'Heathrow. Un voyant lumineux s'éteignit, l'informant qu'il pouvait désormais détacher sa ceinture. Il posa les écouteurs sur ses oreilles et explora les chaînes musicales. Il tomba sur une chanson d'Elton John, *Rocket Man*, que sa mère adorait. Il réalisa qu'il n'avait pratiquement pas pensé à elle depuis son arrivée à CHERUB et se sentit un peu coupable.

Une chaussette vola par-dessus le paravent amovible qui le séparait du fauteuil voisin et atterrit sur ses cuisses. Kerry fit glisser la cloison. Il ôta ses écouteurs.

— Qu'est-ce qu'il y a ? demanda James.

— Tu voulais savoir combien de temps durait le vol ? Branche-toi sur le canal cinquante.

James pressa un bouton et une carte du monde apparut sur son écran. On pouvait y voir deux points rouges. L'un représentait

Londres, l'autre Kuala Lumpur. Une série de chiffres indiquaient la distance parcourue, la vitesse, la température extérieure et le temps de vol restant.

— Treize heures et huit minutes, dit-il. Cool. Réveille-moi quand on aura atterri.

Kerry semblait déçue.

— Tu ne veux pas jouer à Mario Kart ?

— D'accord, mais pas longtemps. J'ai quelques heures de sommeil à rattraper.

•••

James déchiffra le panneau fixé au-dessus de la porte du terminal : *Bon séjour en Malaisie*. Il jeta son sac à dos sur son épaule et respira l'air extérieur. Au moment où l'avion s'était posé, l'écran indiquait une température extérieure de 40 °C, mais, en plein soleil, la chaleur dépassait l'imagination.

— Vous croyez qu'il est possible de courir par une telle canicule ? demanda Kerry.

— On va pas tarder à le savoir, répliqua Gabrielle.

Large, vêtu d'un short blanc et d'une chemise hawaïenne, conduisit le groupe jusqu'à un minibus garé sur le parking de l'aéroport. Speaks tendit quelques billets au chauffeur tandis que les élèves prenaient place à bord du véhicule.

Ils roulèrent pendant une demi-heure sur une autoroute presque déserte, à contresens des embouteillages du début d'après-midi. À première vue, Kuala Lumpur était une ville moderne comme les autres. Mais James ne tarda pas à remarquer que les trottoirs bordés de palmiers étaient inhabituellement haut perchés. Il en déduisit que la région devait être frappée par des orages diluviens. Pas de doute, ils se trouvaient bel et bien sous les tropiques.

•••

Au cours des trois mois passés, les élèves ne s'étaient pas beaucoup parlé. Ils avaient profité de la moindre minute de répit pour dormir. Ils n'avaient guère pu discuter qu'à l'heure du dîner, et leurs rares conversations avaient systématiquement tourné autour du programme d'entraînement.

Les instructeurs sanctionnaient toute faute individuelle par une punition générale. Les élèves avaient développé un esprit d'entraide qui les poussait à secourir leurs camarades défaillants. Kerry et Shakeel se tenaient prêts à repêcher James lorsqu'ils devaient évoluer en eaux profondes. En échange, ce dernier portait le sac de sa partenaire dès que son genou donnait des signes de faiblesse. Mo, trop corpulent, avait souvent besoin d'assistance pour se hisser sur les obstacles les plus élevés. Ils avaient peu à peu pris conscience qu'ils avaient besoin les uns des autres.

James n'était pas inquiet à l'idée de passer quatre jours dans la jungle. Il savait que des épreuves difficiles l'attendaient, mais il n'avait plus peur de souffrir. L'entraînement avait porté ses fruits. Il avait tant de fois repoussé ses limites qu'il abordait désormais les défis les plus effrayants sans plus d'émotion qu'une visite chez le dentiste ou un cours de chimie.

...

L'hôtel était luxueux. La chambre de James et Kerry était équipée de deux vastes lits et d'un balcon qui surplombait la piscine. Il était neuf heures du soir, mais les élèves avaient passé tout le voyage à dormir et ils se sentaient au meilleur de leur forme. Les instructeurs les avertirent qu'ils ne souhaitaient pas être dérangés. Ils leur donnèrent quartier libre, pourvu qu'ils ne quittent pas l'hôtel, et les autorisèrent à commander ce qu'ils voulaient au service d'étage. Enfin, ils leur recommandèrent de se coucher tôt, puis prirent la direction du bar.

Les deux filles et les quatre garçons se rassemblèrent autour de la piscine. Ils n'avaient encore jamais eu l'occasion de se détendre tous ensemble. La nuit était tombée. Un vent léger soufflait, mais la température n'avait baissé que d'une dizaine de degrés. On n'entendait que le chant des grillons et le crépitement des insectes qui se brûlaient les ailes dans les pièges électriques. Un employé vêtu d'un costume blanc leur apporta des peignoirs et des chaussons en éponge.

Cela faisait bien longtemps que James ne s'était senti aussi reposé et rassasié. Pourtant, il éprouvait un malaise. Tandis que ses camarades nageaient, plongeaient, faisaient la bombe et s'éclaboussaient, il restait assis sur le bord, les pieds dans l'eau, à siroter un Coca avec une paille.

— Eh, James, détends-toi ! cria Kerry.

— Je crois que je vais aller me coucher.

— T'es vraiment pas marrant.

James regagna sa chambre. Pour la première fois depuis le début du programme, il surprit son reflet dans le miroir de la salle de bains et eut de la peine à se reconnaître. Ses poignées d'amour avaient disparu. Ses pectoraux et ses biceps étaient saillants. Avec ses cheveux blonds et ras, ses plaies et ses bleus, il se trouvait l'air très viril. Il ne put réprimer un sourire. Il était absolument dingue de lui-même.

Il s'allongea sur le lit et alluma la télé. Il y avait peu de chaînes en anglais. Il finit par tomber sur *BBC World* et réalisa alors à quel point il avait été coupé du monde. Si la troisième guerre mondiale avait éclaté au cours des trois mois qui venaient de s'écouler, il n'en aurait rien su. Les choses ne semblaient pas s'être améliorées. Les gens continuaient à s'entre-tuer sans raison et les politiciens en costumes sinistres persistaient à ne pas répondre aux questions qu'on leur posait. Il apprit avec plaisir qu'Arsenal avait remporté son dernier match à domicile. Puis il zappa sans trouver son bonheur et commença à regretter de ne pas être resté avec ses camarades.

Soudain, la porte de la chambre s'ouvrit.

— Ferme les yeux, dit Kerry, les mains dans le dos.

— Pourquoi ? demanda James.

— J'ai une surprise pour toi.

Il entendit ses autres amis chuchoter dans le couloir.

— Pas question. Qu'est-ce que vous me voulez ?

— Si tu ne fermes pas les yeux, ce ne sera plus une surprise.

Tout ça sentait le coup fourré à plein nez, mais ils avaient l'air de s'amuser comme des fous, et James ne voulait pas casser l'ambiance.

— OK, ils sont fermés.

James entendit des pas discrets sur la moquette, puis des litres d'eau froide inondèrent son torse. Il ouvrit les paupières et se dressa d'un bond. Des glaçons glissèrent dans son peignoir, puis le long de son dos. Callum, Mo, Gabrielle et Shakeel suivaient Kerry, armés de seaux à champagne. Il sauta de son lit et dérapa sur un cube de glace.

— Bande d'enfoirés ! hurla-t-il en se secouant pour chasser les glaçons de son peignoir.

Ses camarades étaient pliés de rire.

— Je pensais qu'on pourrait commander de la bouffe au room service, dit Kerry. Si tu n'es pas trop fâché, bien entendu.

— Excellente idée.

Ils s'assirent en rond sur le balcon et parlèrent une fois de plus du programme d'entraînement en dégustant des spécialités locales. Ce repas achevé, les garçons décidèrent d'impressionner les filles en urinant dans les plantes vertes situées deux étages plus bas. Kerry et Gabrielle se glissèrent à l'intérieur de la chambre et refermèrent la baie vitrée.

— Eh, laissez-nous entrer, protesta Connor.

— Dites-nous à quel point nous sommes belles, dit Kerry.

— Vous n'êtes que des grosses truies, répliqua Shakeel. Ouvrez-nous.

— Oh, très bien. Je vois que vous tenez absolument à passer la nuit sur le balcon.

James se pencha par-dessus la balustrade. Ils se trouvaient trop haut pour sauter. Il s'approcha de la vitre.

— Réflexion faite, je vous trouve absolument sublimes.

— Espèce de lâche, protesta Connor.

— Tu veux dormir à la belle étoile ?

— OK, c'est toi qui as raison. Elles sont irrésistibles.

— Des purs top models, en fait, ajouta Mo.

Les filles se tournèrent vers Shakeel.

— Eh bien ?

Ce dernier haussa les épaules.

— Vous êtes deux rayons de soleil. Allez, ouvrez cette fenêtre.

— Tu crois qu'ils l'ont mérité ? demanda Kerry à Gabrielle, ravie du pouvoir qu'elle exerçait sur les garçons.

Cette dernière posa un doigt sur sa bouche et la considéra d'un air songeur.

— Je voudrais qu'ils embrassent la vitre pour nous prouver à quel point ils nous vénèrent, dit-elle.

Sa camarade éclata de rire.

— Vous avez entendu, les mecs ? Un gros smack sur la baie vitrée, et que ça saute.

Les quatre garçons échangèrent un regard consterné.

— Oh, pour l'amour de Dieu, gémit Connor.

Il s'exécuta le premier. Les trois autres l'imitèrent docilement.

On frappa à la porte.

— Qui est là ? demanda Kerry.

— Votre instructeur adoré. Ouvrez cette putain de porte.

Gabrielle fit coulisser la baie vitrée, puis les garçons se précipitèrent à l'intérieur, espérant ne pas avoir été surpris en train de se soulager dans les plantes vertes. Kerry fit entrer Mr Large. Après plusieurs heures passées au bar de l'hôtel, sa démarche et son élocution étaient maladroites.

— Il est onze heures passées. Je veux vous voir au lit dans cinq minutes.

22. Être ou ne pas être

L'hélicoptère se posa sur le toit de l'hôtel à cinq heures du matin. Les élèves prirent place dans la cabine des passagers et déposèrent leurs sacs à leurs pieds. Ils avaient troqué leurs vêtements civils pour un uniforme adapté aux conditions climatiques : un pantalon de toile légère, un T-shirt bleu sans chiffre ni logo et un chapeau à larges bords destiné à protéger leur visage et leur nuque des rayons du soleil.

Large passa un bracelet électronique au poignet de chaque élève. C'était une bande de plastique souple que l'on ne pouvait retirer qu'à l'aide d'un couteau.

— Ne l'enlevez sous aucun prétexte, hurla Large pour couvrir le vacarme du rotor. En cas d'urgence, dévissez le bouton sur le côté et pressez-le fermement. L'hélicoptère restera en alerte permanente, prêt à rejoindre votre position en moins d'un quart d'heure. Nous atteindrons le premier site de largage dans quelques minutes. Tout ce dont vous avez besoin se trouve dans votre sac à dos. Il est dix heures pile. Au cours des soixante-douze prochaines heures, chaque binôme devra rejoindre trois points de passage. Si vous échouez, vous serez éliminés du programme et vous devrez tout recommencer à zéro. Souvenez-vous qu'il ne s'agit pas d'un terrain d'entraînement. Les erreurs que vous commettrez ici ne feront l'objet d'aucune punition, mais elles pourraient bien vous coûter la vie. Cette jungle est sans doute l'endroit le plus inhospitalier où vous mettrez jamais les pieds.

L'hélicoptère s'immobilisa en vol stationnaire, à quelques

mètres du sol. L'instructeur fit coulisser la porte latérale et un soleil aveuglant envahit la cabine.

— Numéros un et deux, c'est à vous, cria Large.

Mo et Shakeel s'assirent au bord de l'ouverture, les jambes ballantes. Large jeta leurs sacs à dos dans le vide. James vit les deux garçons glisser hors de la cabine, sans savoir s'ils avaient atterri sains et saufs à cause de la poussière soulevée par l'hélice. L'instructeur leva le pouce vers le pilote et l'appareil s'élança vers le point de largage suivant. Kerry semblait anxieuse. Les sauts mettaient son genou à rude épreuve. Gabrielle et Connor furent déposés à leur tour, puis l'hélicoptère rejoignit son dernier objectif.

James s'approcha de la porte et regarda vers le sol. Il découvrit une étendue d'eau peu profonde et s'y laissa tomber. Il avait appris à se réceptionner en roulant sur le côté au moment de l'impact afin que le choc soit absorbé par l'ensemble du corps. S'il se réceptionnait avec trop de raideur, il risquait de se fracturer une hanche ou une cheville. Il effectua un atterrissage convenable puis se releva, trempé mais indemne.

En touchant le sol, Kerry poussa un cri. Il s'accroupit à son chevet.

— Tout va bien ?

Elle se leva lentement puis effectua quelques pas prudents pour tester son genou fragile.

— Ce n'est pas pire que d'habitude.

L'hélicoptère prit de l'altitude. Ils se protégèrent les yeux pour éviter d'être aveuglés par les bourrasques de sable, puis coururent sac au dos vers la plage de sable blanc écrasée par un soleil de plomb.

— Mettons-nous à l'ombre, dit James.

Ils s'installèrent sous un palmier. Kerry sortit de son sac l'enveloppe contenant son ordre de mission et la déchira.

— Et merde.

— Qu'est-ce qui se passe ?

Elle lui tendit le document. Il était rédigé en japonais. James consulta celui qui lui avait été remis.

— Formidable. Tout est en russe. Si j'avais su que ma vie en dépendrait, j'aurais moins fait le con en cours.

Un examen plus approfondi leur apprit que les deux ordres de mission étaient identiques. James comprenait à peine la moitié des informations, mais Kerry était plus douée pour le japonais. En comparant les deux versions et en établissant quelques déductions logiques, ils parvinrent à dissiper la plupart de leurs interrogations.

Une carte était jointe aux feuilles dactylographiées. Le premier point de passage y figurait, mais pas le lieu où ils avaient été déposés. Ils devaient atteindre leur objectif avant dix-huit heures et passer la nuit sur place.

— Je suppose que d'autres indications nous attendent là-bas, dit Kerry.

James inspecta le contenu de son sac à dos. Il était beaucoup trop lourd. À l'évidence, il ne pouvait pas tout emporter. L'utilité de certains objets était incontestable : machette, boussole, citerne gonflable pour recueillir la pluie, rations de survie, gourde, nécessaire de premiers soins, médicaments, tablettes de purification d'eau, crème solaire, moustiquaire, allumettes, couteau suisse. Il décida de conserver le rouleau de sacs-poubelles. Il ne pesait presque rien, et il était bien placé pour savoir qu'il pourrait leur rendre de nombreux services. Il découvrit une tente équipée de piquets métalliques.

— Laissons-la ici, dit Kerry. Elle pèse une tonne. On fabriquera un abri avec des feuilles de palmier.

Ils se débarrassèrent de nombreux accessoires : rangers de rechange, parasols, couverts, parkas. Certains d'entre eux étaient particulièrement insolites. À quoi pouvait bien servir un ballon de rugby ou une raquette de ping-pong ? L'exemplaire des œuvres complètes de William Shakespeare aurait pu les aider à allumer un feu, mais ils le jugèrent trop épais. James jeta un dernier regard à la pile d'objets hétéroclites et espéra qu'ils n'abandonnaient rien d'indispensable.

— Et maintenant ? demanda-t-il.

Kerry consulta la carte puis tendit l'index vers une montagne lointaine.

— Elle figure sur le plan. Le point de passage est situé au bord d'une rivière. Elle prend forcément sa source en un point élevé. Je pense qu'on doit marcher dans cette direction.

— Elle se trouve à quelle distance, selon toi ?

— Impossible à dire. Il n'y a pas d'échelle. On ferait mieux de se mettre en route immédiatement, car on n'aura plus aucune chance de trouver notre objectif une fois la nuit tombée.

Ils décidèrent de longer la côte jusqu'à l'embouchure de la rivière, puis de la remonter jusqu'au point de passage. Ils auraient pu couper à l'intérieur des terres, mais ils n'auraient aucune idée de la direction à prendre après avoir atteint le cours d'eau.

Le soleil implacable rendait toute progression sur la plage impossible. Ils préférèrent marcher à la lisière de la jungle, à environ cent mètres du rivage, sous la canopée peuplée d'oiseaux bruyants. Il y faisait si sombre que la végétation se réduisait à quelques plantes basses et à des plaques de mousse. À l'exception de racines entremêlées et de troncs couchés, le sol était plane et dépourvu d'obstacles.

Les insectes leur donnaient du fil à retordre. Une chenille urticante de dix centimètres de long chatouilla le mollet de Kerry. La jeune fille hurla de douleur, jurant qu'elle aurait préféré être piquée par un frelon. Après cette mésaventure, ils prirent soin de glisser leurs bas de pantalon dans leurs chaussettes.

Après une heure de marche, ils regagnèrent la plage. Ils parvinrent à casser quelques noix de coco et en burent le lait. Ils cueillirent les fruits des arbres qu'ils pouvaient identifier et écartèrent ceux qui leur étaient inconnus, de peur de s'intoxiquer. Enfin, ils se déchaussèrent et se jetèrent tout habillés dans la mer.

Ils craignaient les moustiques plus que tout autre prédateur. Ils se moquaient des piqûres, mais ils savaient que certaines espèces, attirées par la moindre trace d'humidité, étaient porteuses de la malaria. Or, ils n'avaient pas reçu de cachets contre cette affection.

Après chaque baignade, ils se badigeonnaient de lotion insecticide et de crème solaire, puis ils enfilaient un uniforme de rechange. Ils essoraient leurs vêtements mouillés, les mettaient à sécher à l'arrière de leur sac à dos et reprenaient leur route à la lisière de la jungle.

Gavé de lait de coco et de jus de fruits, James ne tarda pas à ressentir de terribles brûlures d'estomac. En fin d'après-midi, les deux partenaires commencèrent à souffrir de la soif, et leur progression s'en trouva ralentie.

Ils n'avaient croisé en chemin que des mares d'eau stagnante grouillantes de moustiques et probablement contaminées par des déjections animales. Ils savaient qu'ils n'avaient aucune chance de trouver une source au niveau de la mer. Leur salut ne pouvait venir que du ciel. Ils étaient confiants, car ils avaient étudié la météorologie de la région. En fin d'après-midi, l'eau évaporée au cours de la journée forma d'énormes nuages noirs. Lorsque le premier éclair illumina la jungle, ils coururent jusqu'à la plage, gonflèrent une citerne et attendirent que le miracle se produise.

Les premières gouttes avaient la taille d'une balle de golf. James renversa la tête en arrière et laissa l'eau de pluie couler au fond de sa gorge. Puis il eut l'impression de se trouver sous la lance d'incendie de Mr Large. L'eau creusait de profonds sillons dans le sable. La citerne s'étant remplie en quelques secondes, ils y plongèrent le visage et burent à grands traits. Lorsque l'averse cessa, ils remplirent leurs gourdes et versèrent l'eau restante dans un sac-poubelle.

Lorsqu'ils atteignirent l'embouchure de la rivière, leur progression se fit plus facile. En suivant le chemin mal entretenu qui longeait le cours d'eau, ils atteignirent le drapeau qui matérialisait leur objectif, soixante minutes avant la limite fixée par leur ordre de mission, après sept heures de marche soutenue.

Un canot à moteur recouvert d'une bâche reposait sur la berge. James la souleva et découvrit du matériel de cuisine et des jerrycans d'essence. Soudain, il perçut un mouvement au fond de la coque. Il crut tout d'abord que la lumière lui jouait des tours, puis il comprit de quoi il s'agissait. Il recula en titubant.

— Un serpent, lâcha-t-il.

Kerry s'approcha du canot.

— Qu'est-ce que tu racontes ?

— Je te dis qu'il y a un énorme serpent au fond de la coque.

— Tu es sûr ? Selon le manuel, les reptiles sont extrêmement rares dans la région.

— Ça doit être un coup des instructeurs. Retirons la bâche et laissons-le s'en aller.

— Il mesure quelle taille ?

— C'est un monstre, dit James en décrivant un cercle de vingt centimètres de diamètre avec ses mains.

— Aucun serpent de cette taille ne vit en Malaisie, dit Kerry, stupéfaite.

— Tu n'as qu'à jeter un œil, si tu ne me crois pas.

— Je ne mets pas ta parole en doute, mais je pense que cette bestiole n'est pas arrivée ici par hasard. Je crois qu'il s'agit de notre dîner.

— Hein ? Ce serpent venimeux ? Notre dîner ?

— James, tu dormais pendant les cours de survie ? Les serpents de cette taille n'ont pas de crochets. Ce sont des constrictors. Ils étouffent leur proie en la serrant entre leurs anneaux. Si on le laisse s'enfuir, il risque de se glisser dans notre abri pendant la nuit et de faire le festin de sa vie.

— Je vois surtout que c'est toi qui meurs d'envie de le bouffer. Très bien. Je te suis. Quel est ton plan ?

— Tu retires la bâche, je l'asticote jusqu'à ce qu'il sorte la tête et tu le décapites avec la machette.

— J'ai une autre idée, Kerry. *Je* l'asticote et *tu* lui coupes la tête.

— Ça marche. Je ferai le sale boulot, mais tu te chargeras de le découper, de le vider et de le cuisiner.

.∙.

Il leur restait beaucoup à faire avant la tombée de la nuit. Kerry aménagea une clairière près de la rivière. James alluma un feu, prépara le serpent puis jeta les restes dans la rivière pour ne pas attirer les charognards.

La jeune fille dressa un abri à l'aide de feuilles de palmier. Tandis que le soleil se couchait, elle protégea le sol avec la bâche du canot et installa les moustiquaires.

Ils dînèrent de viande de serpent, de nouilles précuites et de noix de coco. James posa des pièges dans la rivière, à l'aide de fil de fer, des restes de leur repas et d'une lampe torche, espérant attraper quelques poissons pour le petit déjeuner. Rassasiés mais épuisés, ils s'installèrent dans leur cabane et étudièrent leur nouvel ordre de mission, tout en perçant leurs ampoules avec une aiguille stérile.

Pour atteindre le deuxième point de passage, il leur faudrait naviguer vingt-cinq kilomètres contre le courant, dans un réseau complexe de canaux et d'affluents, jusqu'à un immense lac. Leur objectif était un chalutier échoué sur un banc de sable, près de la rive la plus éloignée. Ils devaient s'y trouver à quatorze heures. Il leur fallait se lever tôt.

.:.

La température déclina à peine au cours de la nuit. Ils passèrent une nuit agitée, bercés par le chant ininterrompu des oiseaux de nuit. Ils laissèrent le feu se consumer pour écarter les rôdeurs et les insectes rampants. Ils se sentaient loin de tout, à des années-lumière du monde civilisé.

James s'éveilla quelques minutes avant l'aube. Les premiers rayons du soleil scintillèrent à la surface de la rivière. En quelques instants, le sol se fit brûlant. Il inspecta l'intérieur de ses rangers pour s'assurer qu'aucun insecte n'y avait trouvé refuge au cours de la nuit, puis il y glissa ses pieds meurtris. Il s'approcha du cours d'eau pour inspecter ses pièges. Deux poissons avaient mordu à l'hameçon, mais l'un d'eux avait été déchiqueté par un prédateur. Il s'empara de sa proie et la tint entre ses mains jusqu'à ce qu'elle cesse de se débattre.

Kerry ranima le feu puis alla chercher de l'eau à la rivière. Elle la fit bouillir pendant dix minutes avant d'y jeter quelques pastilles de chlore. Pendant que le poisson rôtissait, James s'enfonça dans la forêt pour cueillir des mangues. Il en garda deux pour le déjeuner et chargea le reste à bord du bateau.

— Le petit déjeuner est prêt, s'exclama-t-il, de retour au campement.

La jeune fille ne répondit pas. Elle ne se trouvait ni dans les limites de leur bivouac, ni aux abords de la rivière.

— Kerry ? appela-t-il, un peu inquiet.

Il retira le poisson fumant du feu, en sépara les filets puis les disposa sur des assiettes en plastique. Sa partenaire émergea d'un buisson.

— Un besoin urgent, dit-elle. Tous ces fruits que j'ai mangés hier m'ont tordu les tripes.

— Merci pour les détails. Je suis sur le point de me mettre à table.

— Bon sang, je viens de comprendre un truc.

— Quoi ?

— Tu te souviens du bouquin de Shakespeare qu'on a laissé sur la plage ?

— Ouais.

— Je crois que c'était notre papier-toilette.

23. La croisière s'amuse

James et Kerry se placèrent de part et d'autre du moteur puis commencèrent à pousser le canot vers la rivière.

— On aurait dû le vider avant, gémit la jeune fille en épongeant la sueur qui ruisselait sur son visage.

— C'est plus la peine. On y est presque. Tu es prête ?

La proue s'enfonça dans la rivière, soulevant une haute gerbe d'eau boueuse. Le canot tangua quelques secondes avant de s'immobiliser. Ils constatèrent avec effroi que la surface ne se trouvait qu'à quelques centimètres du bord et que la moindre vaguelette s'engouffrait dans la coque. Le cours d'eau n'était pas très profond, mais ils risquaient de perdre le moteur et la moitié de leur équipement, ainsi que toute chance d'atteindre le point de passage dans les délais.

Kerry, de l'eau jusqu'à la taille, s'empara d'un jerrycan d'essence, en s'efforçant de ne pas prendre appui sur le bord, puis le jeta sur la plage.

Lorsqu'ils eurent évacué les sacs, l'équipement et les réserves d'eau, la ligne de flottaison du bateau apparut au-dessus de la surface.

— Ouf, dit James. Il était moins une.

— On a perdu un temps fou, s'exclama Kerry, furieuse. Je t'avais dit qu'on aurait dû vider le canot avant de le mettre à l'eau.

— Quelle mauvaise foi. Tu n'as pas imaginé une seconde qu'il allait couler. Tu voulais juste qu'il soit plus facile à pousser sur le sable.

Ils s'armèrent de récipients de cuisine, écopèrent l'eau qui se trouvait au fond de la coque, puis regagnèrent la plage. Ils considérèrent avec circonspection l'équipement éparpillé sur le sable.

— Nous voilà face au même problème qu'hier, dit Kerry. Il va falloir faire un choix.

•••

Ce n'est qu'une heure plus tard que James prit conscience qu'ils avaient été à deux doigts d'échouer au quatre-vingt-dix-huitième jour du programme. Un frisson glacé le parcourut. Le canot avançait lentement contre le courant. Leurs effets détrempés, éparpillés au fond de la coque, séchaient au soleil.

La rivière semblait changer d'aspect à chaque minute. Par endroits, elle était si peu profonde que Kerry devait manœuvrer à vitesse réduite tandis que James, penché au-dessus du bord, scrutait le fond en criant des indications. De temps à autre, il utilisait une rame pour écarter l'embarcation des zones les plus dangereuses. Dans les portions étroites, le lit du cours d'eau se faisait plus profond et les courants plus forts. Parfois, des branches d'arbres frôlaient la surface.

Lorsque la navigation n'exigeait pas d'attention particulière, Kerry tournait la poignée des gaz et le canot prenait de la vitesse, laissant dans son sillage un nuage de fumée grise. De temps en temps, elle donnait des petits coups de barre pour réajuster sa trajectoire et suivait attentivement leur progression sur la carte. La tâche de James était plus physique. Mais même s'il devait se démener sous un soleil de plomb, il préférait laisser à sa partenaire la responsabilité de la navigation.

•••

Ils atteignirent le lac à l'heure la plus chaude de la journée. Il était si vaste et la brume de chaleur si épaisse qu'ils n'en voyaient pas la rive opposée. James posa sa rame et s'assit sur un bidon d'essence, au centre du canot.

— Essayons de repérer le chalutier, dit Kerry. Selon mon ordre de mission, il est échoué sur un banc de sable, près de la rive nord. Il est signalé par trois bouées rouge vif.

James plissa les yeux, mais le soleil était éblouissant, et il ne possédait pas de lunettes de soleil.

— Je n'y vois rien, dit-il. Le seul moyen de ne pas le rater, c'est de longer le rivage.

Kerry consulta sa montre.

— Il nous reste deux heures, mais plus tôt nous atteindrons le point de passage, plus vite nous nous mettrons en route pour l'objectif suivant.

Aucune autre embarcation ne naviguait sur le lac. À terre, les pontons, les cabanes de pêcheurs et les entrepôts étaient déserts. Ils remarquèrent des routes bien entretenues et même des cabines téléphoniques, mais il n'y avait pas âme qui vive. Des panneaux rédigés en malais, ornés d'éclairs et de bandes jaunes et noires, étaient plantés tous les cent mètres. Malgré leur totale ignorance de ce langage, ils comprirent qu'ils se trouvaient dans une zone interdite.

— Cet endroit me fout la trouille, dit James. Qu'est-ce qui se passe, ici ?

— Selon cette carte, il y a un énorme barrage en construction, en amont de la rivière. Toute la région va être immergée. Les populations ont été évacuées, ce qui en fait le terrain d'entraînement idéal.

Sur ces mots, elle tourna la poignée des gaz, si brutalement que James faillit basculer par-dessus bord.

— Bon sang, protesta-t-il. Tu pourrais prévenir.

— Là-bas ! s'exclama Kerry en tendant un bras droit devant elle.

Le chalutier rouillé était posé sur une langue de sable blanc. Un autre bateau, identique au leur, était amarré au bastingage de l'épave.

Kerry envoya le canot s'échouer sur le banc. James mit pied à terre.

— Il y a quelqu'un ? cria-t-il.

Le visage de Connor apparut derrière un hublot.

— Vous en avez mis du temps ! s'exclama-t-il.

Le pont du chalutier était recouvert de fiente d'oiseau. La cabine était dans un état de délabrement avancé. Les appareils de navigation, les vitres des hublots et le cuir des fauteuils avaient disparu. Connor et Gabrielle semblaient épuisés. Des cartes et des ordres de mission étaient étalés sur le sol métallique.

— Vous êtes là depuis longtemps ? demanda Kerry.

— Une vingtaine de minutes, répondit Gabrielle.

— Aucun signe de Shakeel et de Mo ?

— Ils sont déjà passés, dit Gabrielle. On a retrouvé les enveloppes qui contenaient leurs ordres de mission.

— Nous sommes bons derniers, si je comprends bien, se lamenta James.

— On a déjà jeté un œil aux nôtres, déclara Connor. On pourrait peut-être vous faire gagner du temps.

James accueillit favorablement cette proposition, mais Kerry ne partageait pas son enthousiasme.

— Nous sommes capables de nous débrouiller tout seuls, dit-elle. Nous venons tous de points différents, et il est possible que nous n'ayons pas les mêmes objectifs. Nos temps de passage eux-mêmes ne sont peut-être pas identiques. Il me semble que nous n'avons pas perdu de temps lors de cette dernière épreuve.

— Tu as la mémoire courte, Kerry, objecta James. On a passé une demi-heure à vider le canot pour le sauver du naufrage.

Connor était estomaqué.

— Comment est-ce que vous vous y êtes pris ?

— Il était chargé à ras bord quand on l'a mis à l'eau.

— Vous avez eu chaud, s'étrangla Gabrielle. Si le moteur avait été immergé, vous n'auriez eu aucune chance de remonter la rivière.

— Et si on comparait nos ordres de mission ? proposa Connor. Notre troisième point de passage se trouve à moins de quinze kilomètres d'ici, et nous devons l'atteindre avant vingt-deux heures.

Kerry parcourut rapidement ses documents et hocha la tête.

— Quinze kilomètres. Vingt-deux heures. Exactement comme nous.

— Quinze kilomètres en neuf heures, c'est une promenade de santé, dit James tout sourire.

Connor, Gabrielle et Kerry lui adressèrent le même regard consterné.

— Oh bien sûr, souffla James, réalisant à quel point il s'était montré stupide. Tout ça sent le coup fourré à plein nez.

24. Boum !

— Et si on jouait aux devinettes ? proposa James qui s'ennuyait ferme, tandis que le canot glissait sur les flots verdâtres.

— Ferme-la et garde les yeux ouverts, répliqua Kerry.

— Pourvu qu'on n'ait pas à franchir des rapides. Je n'en sortirais pas vivant.

— Pour la centième fois, les instructeurs ne sont pas inconscients. Ils savent que ce canot n'est pas adapté à de telles conditions de navigation et qu'il serait désintégré en quelques secondes.

La carte étalée sur ses genoux, elle manœuvrait le bateau avec une apparente sérénité. Les mains de James tremblaient. Il imaginait le pire. Il parvenait à peine à surnager dans une piscine. L'idée d'être le jouet de tourbillons déchaînés, sans gilet de sauvetage, le terrifiait.

— Si ça se trouve, il ne se passera rien, murmura-t-il. C'est peut-être ça, la ruse. Ils nous font croire qu'un truc horrible va se produire pour mettre nos nerfs à l'épreuve.

— Reste sur tes gardes, dit sèchement sa camarade. Autant se préparer au pire.

En fin d'après-midi, le ciel s'obscurcit et les premières gouttes commencèrent à tomber. Sachant qu'il était impossible de naviguer en toute sécurité sous la pluie battante, elle manœuvra le canot jusqu'à la berge et James l'amarra à un tronc d'arbre. Ils gonflèrent la citerne, tirèrent la bâche par-dessus le matériel, puis s'y réfugièrent jusqu'à la fin de l'averse.

Avant de se remettre en route, ils enfilèrent des uniformes secs et se badigeonnèrent de lotion insecticide. Le corps de James était entièrement recouvert de piqûres écarlates.

— Trop c'est trop, gémit-il. Même mes piqûres ont des piqûres. Tu crois qu'on va attraper la malaria ?

— Peut-être, répondit Kerry en haussant les épaules, mais on n'y peut rien. Dis-moi, ça te soulage vraiment de te plaindre sans arrêt ?

...

Une heure plus tard, un flash éblouissant illumina la cime des arbres au-dessus de leurs têtes.

— Quelqu'un vient de nous prendre en photo ? s'étonna James.

Aussitôt, un signal d'alarme retentit sous le capot du moteur. Kerry lâcha la manette des gaz et tira de sa poche un couteau suisse.

— Qu'est-ce que c'est que ce bruit ? demanda James.

Kerry haussa les épaules.

— Je vais regarder sous le capot, mais je t'avertis que je ne suis pas mécanicienne.

Elle souleva deux attaches de plastique et retira le couvercle.

— Nom de Dieu, s'étrangla-t-elle. Je crois que nous avons une bombe à bord.

Ils se penchèrent à l'arrière du canot et remarquèrent un cylindre de métal fixé à l'aide de papier adhésif sous le bloc-moteur. James reconnut le dispositif de mise à feu à retardement dont Mr Large leur avait plusieurs fois expliqué le fonctionnement. Il n'avait rien à voir avec les minuteries sophistiquées placées sur les bombes dans les films d'action. Il ne comportait pas de cadran indiquant le temps restant avant l'explosion.

Un fil électrique le reliait au moteur, courant le long du tuyau du réservoir d'essence auxiliaire. James l'avait remarqué auparavant, mais ne s'était pas inquiété de sa présence.

— C'est l'éclair qui a actionné le système de retardement ? demanda-t-il.

— Oui, ce doit être un déclencheur à photons. Large nous a expliqué qu'il était possible d'associer un détecteur de mouvement à une source de lumière pour amorcer une bombe. C'est le meilleur moyen de provoquer l'explosion d'une cible lorsqu'elle atteint une position précise.

— Bon sang, ils veulent nous tuer !

— Ne sois pas débile. C'est sans doute une toute petite charge destinée à faire un trou dans la…

À ce moment précis, le fond de la coque se souleva et une onde de chaleur balaya le visage de James. Il reprit ses esprits dans la rivière, perdu dans une épaisse fumée noire, pataugeant parmi les éclats de bois. Ses oreilles sifflaient et la nappe d'essence qui flottait à la surface lui brûlait les yeux.

— Kerry ! hurla-t-il. Au secours. Je suis aveugle.

Sa gorge était en feu. Il ne pouvait plus respirer.

— Redresse-toi, dit-elle.

James n'entendait plus que des sons sourds et indistincts. Il sentit des mains glisser sous ses aisselles.

— Positionne-toi à la verticale.

Il éprouva un immense soulagement lorsque ses rangers touchèrent le fond de la rivière, un mètre à peine sous la surface.

— J'ai cru que j'allais me noyer, gémit-il.

Kerry le prit par la main et le guida jusqu'à la berge. Il n'entrevoyait que des formes floues et de vagues taches de lumière.

— Assieds-toi un moment, dit-elle. Cligne des yeux jusqu'à ce que ta vision se rétablisse.

— Comment tu vas, toi ?

— Nickel. J'ai sauté du canot et j'ai nagé loin des débris.

Elle aperçut son sac à dos échoué sur un rocher et s'éloigna pour le récupérer. James sentit la brûlure s'apaiser progressivement, et il parvint à garder les yeux ouverts.

— Donne-moi un peu d'eau, dit-il.

Kerry examina son sac trempé.

— Je n'en ai plus. J'avais posé ma gourde sur le pont.

— À quelle distance du camp nous trouvons-nous ?

— Environ trois kilomètres. Mais il va falloir les parcourir à la nage.

— Je n'ai jamais nagé plus de cent mètres, murmura-t-il, atterré.

— Je vais fabriquer une bouée avec mon sac.

— On ne pourrait pas passer par le rivage ?

Elle contempla la végétation impénétrable qui encadrait le lit de la rivière.

— Ça nous prendrait des heures.

— Bordel, tu as raison.

— Tu nageras mieux pieds nus. Enlève tes rangers. Je vais les attacher autour de ma taille.

— Sérieusement, Kerry, je n'y arriverai pas.

Tandis qu'il ôtait ses bottes détrempées, elle se débarrassa de son équipement, ne conservant que son couteau, sa carte, sa lotion insecticide et sa boussole. Puis elle s'empara d'un sac-poubelle et le gonfla jusqu'à ce qu'il occupe toute la place disponible à l'intérieur du sac.

— Accrochons-nous aux courroies et laissons-nous flotter le long de la rivière. Tu n'auras qu'à donner quelques battements de pieds. Le courant fera le reste.

∴

Les instructeurs chargés du programme d'entraînement initial avaient pour mission d'éprouver la résistance de leurs élèves. Ils étaient autorisés à les affamer, à les humilier et à les épuiser pour les pousser à l'abandon, mais pas à mettre leur vie en danger. Le trajet le long de la rivière avait été choisi avec soin afin de réduire les risques de noyade. L'eau était peu profonde, les courants modérés et les deux rives rarement éloignées de plus de vingt mètres.

Cependant, James et Kerry craignaient les poissons venimeux et les requins qui s'aventuraient en eau douce à proximité de la mer ; des animaux de petite taille, mais parfaitement capables de trancher un doigt ou un orteil. À plusieurs reprises, James perdit de vue sa partenaire et céda à la panique. Il s'écorcha la cuisse sur un rocher tranchant, mais ils finirent par atteindre le point de passage à la tombée de la nuit, avec trois heures d'avance sur l'horaire qui leur avait été imposé.

Ils regagnèrent la rive à demi morts de soif et le corps couvert de sangsues. Le point de passage était une baraque métallique dressée au centre d'une clairière. James, craignant d'être victime d'un piège, entrouvrit prudemment la porte et eut la surprise de découvrir Mr Speaks couché dans un hamac, occupé à remplir une grille de mots croisés.

— Vous avez fait bon voyage ? demanda-t-il, en chaussant ses lunettes de soleil.

— Excellent, s'étrangla Kerry.

James aperçut une grande bouteille d'eau minérale sur le rebord de la fenêtre.

— Faites comme chez vous, dit l'instructeur. Il y a des uniformes propres et de l'équipement de rechange dans la remise, de la nourriture plein la glacière et une citerne d'eau sur le toit reliée à une pomme de douche. Quand vous vous serez rafraîchis, je vous suggère de lire vos ordres de mission et d'essayer de faire une petite sieste avant l'arrivée de l'hélicoptère. Vous n'aurez pas d'autre occasion de vous reposer avant trente-huit heures.

— On ne passe pas la nuit ici ? demanda James.

— Si vous voulez atteindre votre quatrième objectif dans les temps, vous ne dormirez ni ce soir ni demain. L'hélico viendra vous prendre à vingt heures et vous serez déposés à cent quatre-vingt-huit kilomètres de votre objectif. C'est la distance exacte qui sépare Londres de Birmingham. Vous aurez jusqu'au centième jour, à dix heures, pour atteindre votre destination finale.

25. Tentacules

Pour parcourir cent quatre-vingt-huit kilomètres en trente-six heures, James et Kerry devaient maintenir une moyenne légèrement supérieure à cinq kilomètres heure. En temps normal, ils n'auraient eu aucun mal à soutenir cette cadence, mais ils devaient s'arrêter pour boire et manger, s'orienter dans une jungle inextricable de jour comme de nuit, et poursuivre leur progression malgré leurs pieds meurtris.

Peu à peu, leur vigilance fléchit. Couverts de sueur et de piqûres d'insectes, ils ne prenaient même plus la peine de changer de vêtements et de s'enduire de lotion insecticide. Leurs gourdes étaient vides, mais ils ne pouvaient pas se permettre de faire halte pour collecter de l'eau de pluie, et ils durent se contenter de lécher les gouttes accumulées au creux de feuilles géantes. Ils se délestèrent progressivement de tout leur équipement, ne conservant que leurs lampes torches, leurs boussoles et leurs cartes.

Ils atteignirent leur objectif moins d'une demi-heure avant l'heure limite. Tandis qu'ils se traînaient vers un baraquement de bois, Gabrielle et Shakeel vinrent à leur rencontre.

— On commençait à s'inquiéter pour vous, dit ce dernier.

La porte était fermée, mais il y avait un robinet à l'extérieur. Kerry remplit un seau rouillé, vida la moitié de son contenu sur James et versa le reste sur sa tête.

À bout de forces, ils s'écroulèrent à l'ombre du bâtiment pour attendre l'arrivée des instructeurs.

— Pourvu qu'on n'ait pas attrapé la malaria, gémit James, en frottant les piqûres qui constellaient son cou.

— Il n'y a aucun cas de malaria signalé dans cette région, affirma Gabrielle, l'air très sûre de son fait.

— Comment tu le sais ? demanda Kerry.

— Quand j'ai vu qu'ils ne nous avaient pas distribué de pilules, ça m'a mis la puce à l'oreille. Lorsqu'on était à l'hôtel, j'ai discuté avec l'employé de la réception et je l'ai persuadé de me laisser surfer sur Internet. Je suis formelle. Pas de malaria dans cette partie de la Malaisie.

— Tu aurais pu nous tenir au courant, protesta Kerry.

— Je l'ai dit à James et à Shakeel, dans l'hélicoptère, juste avant de sauter.

— N'importe quoi, protesta James.

— Elle dit la vérité, dit Shakeel. Je t'ai même vu hocher la tête.

— Ah, je comprends. Il y avait tellement de bruit. J'ai cru que tu nous souhaitais bonne chance, Gabrielle, alors je t'ai fait un signe de tête.

Kerry lui donna un coup de poing dans le bras.

— Espèce de crétin. Imagine un peu le temps qu'on aurait gagné si on n'avait pas eu à se changer si souvent. En plus, je me suis fait un sang d'encre à l'idée d'attraper cette saloperie.

— Je suis désolé. Mais ce n'est pas une raison pour me frapper.

— Ah, tu crois ? Personnellement, je suis impatiente de me retrouver seule avec toi dans le dojo.

— Quoi ?

— Tu as oublié notre accord ? Tu te souviens de la fois où tu m'as écrasé la main ? Dès que nous serons de retour au campus, je t'infligerai la correction que tu mérites.

— Eh, je pensais que tu plaisantais.

Kerry secoua la tête. Les autres élèves éclatèrent de rire.

— Elle va te réduire en purée, dit Connor. J'ai hâte de rentrer pour assister au massacre.

— Ah, parce que tu crois qu'on en a terminé ? ricana James.

Moi, je suis prêt à parier que les instructeurs n'ont pas dit leur dernier mot.

∴

Large et ses adjoints les firent entrer dans le baraquement, qui ne contenait que six chaises de bois. Devant chacune d'elles étaient posés deux seaux métalliques. L'instructeur leur ordonna de s'asseoir. Mr Speaks leur banda les yeux et Miss Smoke leur attacha les chevilles.

— Bienvenue à l'épreuve finale, mes petits anges ! s'exclama l'instructeur en chef. Cette épreuve me permettra de m'assurer que vous êtes capables de supporter la pire épreuve à laquelle un agent puisse être confronté au cours d'une mission. Numéro huit, sais-tu de quoi je parle ?

— Le pire, c'est d'être tué, non ? répondit Kerry.

— La mort n'est rien en comparaison de la torture. Dans l'exercice de vos fonctions, vous courrez le risque d'être capturés, et vos ravisseurs feront tout pour vous arracher des informations. N'attendez d'eux aucune pitié. Vous avez beau n'être encore que des enfants, ils vous couperont les orteils, vous arracheront les ongles et les dents, ou vous enverront des décharges de plusieurs milliers de volts. Je vous souhaite de ne jamais connaître une telle expérience, mais je dois m'assurer que vous serez capables de supporter la douleur si nécessaire. Cette dernière épreuve durera une heure. Deux seaux sont posés devant vous. Miss Smoke a placé une méduse dans celui de gauche. Ses tentacules sont pourvus de centaines de dards microscopiques extrêmement venimeux. Quelques minutes après avoir touché ces appendices, vous commencerez à éprouver une sensation de brûlure. Dix minutes plus tard, la douleur atteindra son point culminant. Il y a quelques années, l'un de nos agents, qui s'apprêtait à franchir une clôture, a mal évalué la longueur de son saut. Il s'est retrouvé avec une barre de métal plantée dans le dos. Un peu plus tard, à l'hôpital, il a affirmé que cette douleur n'était rien en comparaison du martyre enduré au cours de cette épreuve. Le seau placé à droite contient un antidote. Il vous suffira d'y plonger les bras pour mettre un terme à vos souffrances en moins de deux minutes.

— Ouvre la bouche, dit Miss Smoke à l'oreille de James.

Il sentit une boule de caoutchouc glisser entre sa langue et son palais, puis des lanières se refermer derrière sa nuque.

— Ces bâillons sont là pour éviter que vous ne vous tranchiez la langue sous l'effet de la douleur, poursuivit Large. À présent, vous allez placer la paume de vos mains au fond du seau pendant trente secondes. La méduse va enrouler ses tentacules autour de vos avant-bras. Dans un premier temps, vous ne sentirez rien. Ceux d'entre vous qui utiliseront l'antidote avant qu'une heure ne se soit écoulée seront éliminés définitivement, sans possibilité de participer à une nouvelle session. Compte tenu de la toxicité du poison, vous ne pourrez pas repasser ce test. Des questions ?

Aucun des élèves ne pouvait parler à cause du bâillon qui recouvrait leur bouche.

— Très bien. À présent, mettez vos mains dans le seau.

James se pencha en avant et chercha le récipient à l'aveuglette. Il craignait de ne pouvoir résister à la douleur et d'échouer au quatre-vingt-dix-neuvième jour du programme.

L'eau était tiède. Il sentit un contact caoutchouteux contre ses poignets.

— Maintenant, sortez-les, ordonna Large. Si la méduse s'accroche à votre peau, décollez-la doucement.

James repoussa les tentacules agrippés à ses bras. Il se redressa sur sa chaise et attendit que la douleur se manifeste.

— Deux minutes, précisa l'instructeur. Ça ne devrait pas tarder.

James ressentit une légère chaleur. Une sueur froide perlait à son front. Il ne s'essuya pas, de crainte de répandre du venin sur son visage.

— Cinq minutes, dit Large.

L'échauffement se dissipa. James se demanda si cette sensation n'avait pas été le fruit de son imagination. Kerry poussa un gémissement, comme si elle essayait de se débarrasser de son bâillon. À l'évidence, la douleur l'avait atteinte avant les autres élèves.

— Dix minutes. C'est bien, vous vous accrochez. Mais je peux quand même voir quelques visages grimaçants.

James entendit Kerry crier :

— Qu'est-ce que c'est que cette histoire de venin à retardement ? C'est complètement absurde.

— La ferme, numéro huit. Miss Smoke, remettez-lui son bâillon. Le prochain qui parle sans autorisation devra souffrir deux heures de plus avant de pouvoir utiliser l'antidote.

La remarque de Kerry avait mis la puce à l'oreille de James. Il ne ressentait toujours rien. Pourquoi un animal serait-il doté d'un poison à action lente, qui ne ferait effet qu'*après* avoir été attaqué par un prédateur ?

— Quinze minutes.

— Deux heures sans antidote ? cria Gabrielle. Et pourquoi pas dix ? Vous savez quoi ? Je vais plonger ma tête dans le seau et rouler une pelle à cette foutue méduse.

James entendit de l'eau ruisseler sur le sol.

— Vous nous faites marcher, dit calmement Kerry.

James avait désormais la certitude qu'il s'agissait d'une blague. Il arracha son bandeau. Sa partenaire avait tiré de son seau un inoffensif calmar blanchâtre et l'inspectait avec étonnement. Il ôta son bâillon.

— Très bien, mes amours, s'exclama Large. J'espère que vous ayez apprécié ma petite blague. N'oubliez pas de détacher vos chevilles avant de vous lever.

Kerry lança à James un sourire radieux.

— Tu as eu peur ? demanda-t-il.

— Je me suis tout de suite doutée de quelque chose. Ils n'avaient aucune raison de nous bander les yeux.

— Ça ne m'a même pas traversé l'esprit. J'étais mort de trouille.

— Eh, tu as vu, sous nos chaises ?

Un petit sac en plastique blanc y avait été déposé au cours de l'épreuve. James se pencha pour ramasser le sien et en sortit un T-shirt gris frappé du logo CHERUB.

— Je n'ai jamais rien vu d'aussi beau ! s'exclama-t-il.

Kerry était déjà en train de se changer. James ôta son T-shirt bleu pour la dernière fois. Lorsque sa tête souriante jaillit de l'encolure, Large était planté devant lui, la main tendue. Il la saisit.

— Toutes mes félicitations, mon garçon. Kerry et toi formez une équipe du tonnerre.

C'étaient les premières paroles positives que James l'entendait prononcer.

26. Retrouvailles

Pour des raisons de sécurité, il était interdit de porter l'uniforme de CHERUB à l'extérieur du campus, mais James conserva son T-shirt gris sous son haut de survêtement pendant tout le voyage de retour. À bord de l'avion, il ne cessa de descendre furtivement sa fermeture Éclair pour s'assurer qu'il n'avait pas rêvé. Kerry dormait sur le siège voisin.

Tout le monde était d'excellente humeur, même Large, Speaks et Smoke, qui se réjouissaient à l'idée de profiter de trois semaines de congé avant le début de la session suivante. Dès la fin du programme, le caractère de Kerry avait changé radicalement. Au grand étonnement de James, elle se comportait comme une fille de onze ans. Elle lui confia qu'elle était impatiente de voir ses ongles et ses cheveux repousser. Elle acheta un stylo et une carte à la boutique de l'aéroport pour la faire signer par les instructeurs. Il lui dit qu'il trouvait cela complètement stupide et lui rappela que Large avait tout fait pour les chasser du programme afin de remporter un pari. Même si faire souffrir les élèves faisait partie de son travail, il semblait y prendre un plaisir pour le moins suspect.

...

Le minibus les déposa à l'intérieur du camp d'entraînement. Ils ramassèrent les effets qui traînaient dans leurs casiers et quittèrent leurs vêtements civils pour un uniforme propre. James conserva l'un des T-shirts bleus portant le numéro sept, en guise de souvenir.

— Tu peux m'aider à déménager mes affaires ? demanda Kerry.

— Où ça ?

— Au bâtiment principal. Avant le programme, je vivais au bâtiment junior.

Les instructeurs, impatients de regagner leur domicile, leur demandèrent de quitter les lieux au plus vite.

Callum attendait son frère à l'entrée du camp. Connor se sentait navré pour lui. Il le serra dans ses bras.

— Tu y arriveras, murmura-t-il à son oreille. Ne t'inquiète pas.

Kerry franchit la clôture puis se mit à courir, tout excitée.

— Suis-moi, James.

Elle le guida jusqu'au bâtiment junior, une zone du campus où il ne s'était jamais aventuré. À cette heure de la matinée, tous les résidents étaient en cours. La chambre de Kerry était meublée d'un bureau en plastique, d'un lit superposé et d'un grand coffre de bois portant l'inscription *Mes jouets*. La porte de son armoire était décorée d'une ribambelle d'oursons.

— Comme c'est mignon ! s'exclama James en tâchant de garder son sérieux.

— Ferme-la, gros malin, et aide-moi à porter tout ça.

Ses bagages étaient déjà prêts.

— Tu devais être drôlement confiante.

— Si j'avais échoué à cette session, j'aurais quitté CHERUB. Certaines personnes ne sont pas faites pour devenir des agents.

— Et tu serais allée où ?

— Dans un internat, je suppose. Pendant les vacances, j'aurais été placée dans une famille d'accueil.

— Sans blague, tu aurais vraiment abandonné ?

— J'avais pris ma décision. C'est pour ça que j'étais si en colère le jour de Noël, quand tu nous as créé tous ces problèmes.

James resta silencieux. Il ne tenait pas à poursuivre cette discussion car il craignait que sa partenaire ne se souvienne de la raclée qu'elle lui avait promise. Ils entassèrent les bagages à l'arrière d'une voiture de golf.

— Ils t'ont mise à quel étage ?

— Au sixième.

— Comme moi. On va être voisins.

Ils retournèrent une dernière fois dans la chambre pour s'assurer qu'ils n'avaient rien oublié. Les yeux de Kerry se remplirent de larmes.

— Qu'est-ce qui ne va pas ? demanda James, mal à l'aise.

— J'habite ici depuis l'âge de sept ans, gémit-elle. Tout ça va me manquer.

— Kerry, les chambres du bâtiment principal sont à peu près cinquante fois plus confortables. Tu auras ta propre salle de bains, un ordinateur, une télé…

Pour toute réponse, la jeune fille éclata en sanglots.

— Laisse tomber, soupira-t-il. Dis, je peux conduire la bagnole ?

...

Déséquilibré par le poids des bagages, il faillit plusieurs fois verser dans le fossé. Au loin résonna la cloche annonçant l'inter-classe. Lorsqu'ils s'arrêtèrent devant le bâtiment principal, la voiture fut prise d'assaut par des dizaines d'élèves. Les amis de Kerry accoururent pour la féliciter.

Amy se fraya un chemin à travers la foule.

— Bravo ! s'exclama-t-elle en les serrant tous les deux dans ses bras.

— C'est toi qui as appris à James à nager, n'est-ce pas ? demanda Kerry. Tu es fière de toi ?

Sur ces mots, elle mima le crawl maladroit de son partenaire.

— Eh, protesta ce dernier, je ne nage pas comme ça.

Amy et Kerry éclatèrent de rire.

— Je n'ai eu que trois semaines. Il va prendre d'autres leçons, tu peux me faire confiance.

Amy imita James à son tour, et les deux jeunes filles s'esclaffèrent de plus belle. James les aurait volontiers fait taire par la manière forte, mais il était conscient qu'elles auraient pu toutes deux le réduire en bouillie sans forcer leur talent.

— Je t'ai cherché partout, James, dit Amy en essuyant les larmes qui roulaient sur son visage. J'ai une surprise pour toi.

— Quoi ? demanda-t-il d'un ton boudeur.

— Excuse-moi. Je suis ton instructrice, après tout, et je ne devrais pas me moquer de toi. Mais ce que j'ai à te montrer va te remonter le moral, je te le garantis. Kerry, je peux t'emprunter James quelques minutes ?

— Allez-y. Je demanderai à quelqu'un d'autre de m'aider à porter mes bagages.

Elle descendit du véhicule et Amy prit la place du chauffeur.

— J'avais peur que tu ne tiennes pas jusqu'au bout du programme dès ta première tentative, dit-elle, en guidant la voiture vers le bâtiment junior. Je suis très impressionnée.

James sourit.

— Encore deux ou trois compliments comme celui-là, et j'oublierai tout ce que tu as dit sur ma façon de nager.

Ils se garèrent le long du trottoir puis se dirigèrent vers le centre scolaire. Il ressemblait à une école comme les autres, avec des dessins d'enfant punaisés aux murs et des personnages en pâte à modeler exposés sur le rebord des fenêtres. Amy fit halte devant la porte d'une salle de classe.

— Nous y sommes, dit-elle.

— Qu'est-ce que tu mijotes ? Pourquoi tant de cachotteries ?

— Tu devrais jeter un œil.

James colla son visage à la fenêtre. À l'intérieur, dix élèves assis en cercle sur le sol répétaient des phrases en espagnol. Ils portaient des T-shirts rouges et des baskets en guise de rangers.

— Alors ? demanda Amy.

— Alors quoi ? dit-il avec impatience. Qu'est-ce que je suis censé voir ?

Alors, le visage de James s'illumina.

— Ben merde alors ! s'exclama-t-il.

Il entra sans frapper.

— Merde alors ! répéta-t-il encore plus fort, sans se soucier de la présence de l'enseignante et de ses élèves.

La professeur d'espagnol semblait furieuse.

— Je viens voir ma sœur.

— Excusez-nous de vous interrompre, dit calmement Amy. James est le frère de Lauren. Il vient d'achever le programme d'entraînement initial. Il se demandait si vous la laisseriez s'absenter un instant.

L'enseignante fit un geste de la main en direction de la petite fille.

— Tu peux sortir, mais que ça ne se reproduise pas.

Lauren sauta dans les bras de James, qui tituba vers l'arrière avant de retrouver son équilibre.

— *Holá, hermano grande*, dit-elle.

— Qu'est-ce que tu dis ?

— C'est de l'espagnol. Ça veut dire : salut, grand frère.

•••

Amy les abandonna pour se rendre à un cours de mathématiques. Lauren conduisit son frère jusqu'à sa chambre.

— Je n'arrive pas à le croire, dit-il, incapable de cesser de sourire.

Lui qui n'avait pas imaginé voir sa sœur plus d'une ou deux fois par mois, il ne parvenait pas à réaliser qu'elle se trouvait devant lui, vêtue d'un uniforme de CHERUB.

La pièce était identique à celle que Kerry avait occupée, mais le mobilier était flambant neuf.

— Je n'arrive pas à le croire, répétait-il, assis dans un pouf. Je n'arrive pas à le croire.

— Alors comme ça, tu es content de me voir ? demanda-t-elle en sortant deux cocas de son réfrigérateur.

— Comment t'es arrivée ici ? balbutia-t-il, secoué d'un rire nerveux.

— Ron m'a battue.

— Qu'est-ce que tu dis ?

— Il m'a frappée. Il m'a collé deux énormes cocards.

— Espèce d'enfoiré ! hurla James en donnant un coup de pied dans le mur. Ils n'auraient jamais dû lui accorder ta garde. Je savais que ça arriverait.

Lauren s'assit tout contre son frère.

— Je le déteste, dit-elle. Mrs Reed m'a demandé ce que j'avais aux yeux quand je suis allée à l'école, le lendemain.

— Tu lui as dit la vérité ?

— Oui. Elle a alerté la police. Lorsqu'ils sont venus l'interroger, ils sont tombés sur son stock de cigarettes.

James éclata d'un rire vengeur.

— Bien fait pour ses pieds.

— Ils m'ont placée au centre Nebraska. Personne ne savait où tu étais passé. Ça m'a vraiment foutu les boules. Je croyais qu'on ne se reverrait jamais.

— Et ensuite, qu'est-ce qui s'est passé ?

— Je suis restée au centre trois jours. Et puis, un matin, je me suis réveillée ici.

— Ça fout les jetons, pas vrai ?

— Je n'ai pas eu le droit de te parler, mais Mac m'a emmenée te voir en cachette. Je t'ai vu te battre contre cette Chinoise, dans le dojo. Elle te mettait une de ces raclées. J'étais morte de rire.

— Tu as passé les tests ?

— Non, ça, c'est pour les vieux comme toi, ceux qui passent le programme d'entraînement initial dès leur arrivée.

— Tu as de la chance. J'ai failli y laisser ma peau.

Elle lui donna une claque sur la main.

— Laisse mes cheveux tranquilles.

James avait la manie de les enrouler machinalement autour de ses doigts. Elle détestait ça.

— Désolé. Je n'avais même pas réalisé.

— J'ai un entraînement spécial, dit Lauren. Course, natation, karaté. Ils veulent que je sois en forme pour le programme d'entraînement.

— C'est pour cet automne, n'est-ce pas ?

Elle hocha la tête.

— Oui, je vais avoir dix ans en septembre. J'essaie de ne pas trop y penser.

— Tu te plais ici ?

— C'est génial. Il y a toujours des tonnes de trucs à faire. Je t'ai dit qu'ils nous ont emmenés faire du ski ? Je me suis fait un bleu énorme sur la fesse. Au fait, tu connais pas la meilleure ?

— Quoi ?

— Ils ont trouvé de la drogue et des tas d'objets volés dans l'appartement de Ron. Ils l'ont collé en prison. Devine un peu la peine qu'il a récoltée.

James haussa les épaules.

— Je sais pas, moi. Cinq ans ?

Lauren leva un pouce vers le plafond.

— Sept ans ?

— Neuf.

James poussa un cri triomphal et boxa sauvagement les airs.

27. La routine

Tous les participants au programme d'entraînement se virent accorder une semaine de repos. Dès le premier jour, James rendit visite à Kerry dans sa nouvelle chambre. Il était d'humeur sombre.

— Mon nouvel emploi du temps est infernal. Six heures de cours par jour. Deux heures de travail individuel chaque soir. Deux heures de leçons supplémentaires le samedi matin. Ça me fait quarante-quatre heures par semaine.

— Et alors ? Comment ça se passait, dans ton ancien collège ?

— Vingt-cinq heures de cours, et je ne faisais jamais mes devoirs. J'ai toujours détesté ça.

— Alors il va falloir t'habituer à passer la serpillière, nettoyer la cuisine, tondre la pelouse et laver les vitres. Et si tu persistes, tu seras condamné à récurer les toilettes et les vestiaires. Toutes ces heures de classe sont nécessaires, James. Elles nous permettent de rattraper le temps perdu lorsqu'on part en mission.

— Et pour couronner le tout, je dois enseigner les maths aux plus petits.

— Tous les agents opérationnels doivent faire partager leurs connaissances. Ça nous donne le sens des responsabilités. Amy enseigne la natation, Bruce les arts martiaux. Moi, je vais initier des élèves de cinq à six ans à l'espagnol. Je suis morte d'impatience.

James s'écroula sur le lit.

— J'ai l'impression d'entendre Meryl Spencer, ma responsable de formation. Je n'arrive pas à croire que tu sois satisfaite de cet emploi du temps.

— Je n'ai pas beaucoup plus d'heures de cours que lorsque je vivais au bâtiment junior.

— Je regrette d'être venu ici.

— Arrête de dramatiser. CHERUB t'offre un enseignement de haut niveau et des conditions de vie géniales. Quand tu quitteras cet endroit, tu parleras deux ou trois langues, tu maîtriseras un grand nombre de disciplines et tu seras armé pour affronter la vie. Imagine ce que tu serais devenu si on ne t'avait pas donné cette chance.

— Je sais bien que ma vie était minable, mais je hais les études. Après dix minutes de cours, j'ai envie de me taper la tête contre les murs.

— Tu es paresseux, James. Ce que tu voudrais, c'est rester enfermé toute la journée dans ta chambre, à jouer à la PlayStation. Tu m'as dit que tu allais finir en prison, au train où allaient les choses. Je sais bien que tu t'ennuies en classe, mais tu crois vraiment que passer dix-huit heures par jour en cellule soit divertissant ? Et enlève tes rangers de mon lit avant que je ne te défonce le crâne.

James obéit sans discuter.

— Jouer à la PlayStation n'est pas une perte de temps.

— Tu veux que je te donne une bonne raison de travailler dur ?

— Mouais, tu peux toujours essayer.

— Pense à Lauren. Elle n'a que toi au monde. Si tu te fais virer, elle devra choisir entre te suivre dans ta galère, ou être séparée de toi et rester à CHERUB.

— Belle leçon de morale. Tout le monde ici est si brillant, si irréprochable. Moi, j'ai toujours tort. Je vous déteste.

Kerry éclata de rire.

— C'est pas drôle, dit James, en esquissant un sourire.

Elle s'assit sur le lit à ses côtés.

— Tu finiras par t'y habituer.

— Tu as raison, je dois penser à Lauren.

Elle posa sa tête sur son épaule.

— Sous tes apparences de parfait crétin, tu es un mec bien.

— Merci. Je te trouve chouette aussi.

Il passa un bras autour de ses épaules, sans y penser, puis se sentit atrocement gêné. Qu'est-ce que ça signifiait ? Se sentait-il proche de Kerry parce qu'ils avaient traversé ensemble de nombreuses épreuves, ou éprouvait-il des sentiments pour elle ? Après tout, ils avaient pris leur douche ensemble et dormi enlacés pour se réchauffer, mais il n'avait pas pris conscience que sa partenaire était une fille avant la fin du programme. Ce n'était pas une créature de rêve, comme Amy, mais il la trouvait très mignonne. Il faillit l'embrasser sur la joue, puis se ravisa.

— Ta chambre est sympa, dit-il, après s'être creusé la tête pour alimenter la conversation. J'adore ces posters et ces photos. Il faut que je trouve des trucs pour décorer la mienne. Mes murs sont tout blancs, pour le moment.

— J'ai bien réfléchi. Je pense que nous devrions renégocier notre accord.

James espérait que Kerry avait oublié l'incident qui les avait opposés.

— Comment tu vois les choses ?

— Emmène-moi au cinéma, vendredi soir. C'est moi qui choisirai le film. Toi, tu paieras les tickets de bus, les hot-dogs, le pop-corn, les boissons et tout le reste.

— Ça va me coûter au moins vingt livres.

— Au fait, à propos de ton copain Bruce…

— Eh bien ?

— Il s'est cassé la jambe, une fois. Quand on avait huit ans.

— En neuf morceaux, je suis au courant.

— Il exagère. Je ne lui ai infligé que sept fractures.

— Ah, c'était toi ?

— Ce n'était pas plus difficile que de casser une brindille. Et je lui ai collé un bon vieux coup de pied dans la tête pour le même prix.

— OK, dit James. Je passe te chercher à quelle heure ?

Kyle rentra de mission le vendredi matin, le teint hâlé, un faux sac de marque en bandoulière. Sa chambre était ridiculement ordonnée. Dans sa penderie, ses vêtements étaient rangés dans des housses de teinturier, ses rangers et ses baskets équipées d'embauchoirs.

— Je reviens des Philippines, dit-il. Mac m'a de nouveau à la bonne.

— En quoi consistait l'opération ?

— Confidentiel. Tiens, je te les avais ramenées pour te consoler d'avoir échoué au programme d'entraînement.

Il lui tendit une paire de fausses Ray Ban. James les posa sur son nez puis se regarda dans le miroir.

— Elles sont géniales. Merci. C'est dingue, tout le monde pensait que j'allais me planter.

— Logique. Si tu n'avais pas eu Kerry pour partenaire, Large t'aurait viré avant la fin de la première semaine.

— Tu connais Kerry ?

— Non, mais Bruce m'a beaucoup parlé d'elle. Il m'a dit que tu avais de la chance. En tout cas, elle m'a fait perdre dix livres.

— Tu as parié que j'échouerais ?

— Ne le prends pas mal, James, mais tu n'es qu'un sale enfant gâté qui n'arrête pas de se plaindre. Je pensais avoir trouvé un moyen de me faire un peu de fric sans me fatiguer.

— Merci. C'est si bon d'avoir des amis.

— De rien. Au fait, ça t'intéresse une fausse Rolex ? Identique à l'original, quatre livres pièce.

∴

Bruce, Kyle, Kerry, Callum, Connor, James, Lauren et de nombreux autres résidents du campus se rendirent au cinéma ce soir-là. James était heureux de sortir en bande, de pouvoir chahuter et brailler pour la première fois depuis des siècles. Ils choisirent un film interdit aux moins de douze ans. La plupart entrèrent dans la salle sans problème, mais ils durent faire passer Lauren par la sortie de secours.

James était un peu inquiet au sujet de Kerry. Il se demandait s'il allait se passer quelque chose entre eux et craignait le regard de ses autres camarades. Elle s'assit à côté de l'une de ses copines, à quelques sièges de lui. Il se sentit à la fois soulagé et déçu. Plus il pensait à elle, plus il réalisait à quel point elle lui plaisait.

∴

Après quatre jours de cours, James constata que son nouvel emploi du temps n'avait rien d'insurmontable. Il avait passé des années à se lever en retard, à ne rien écouter en classe, quitte à perdre son temps, puis à regagner sa maison pour jouer à la PlayStation, regarder la télé ou traîner dans le quartier avec ses copains. En vérité, il s'était toujours ennuyé. La vie quotidienne à CHERUB était épuisante, mais jamais monotone.

Il était impossible de rêvasser pendant les cours. Chaque classe rassemblait dix élèves au maximum. Dès que l'un d'eux relâchait son attention, le professeur s'occupait personnellement de son cas. Ils étaient regroupés par niveau, et non par âge. Certaines classes, comme le cours de mathématiques avancées, accueillaient des élèves de quinze ou seize ans. En revanche, il étudiait l'espagnol, le russe et le karaté en compagnie de gamins de six à neuf ans.

Les punitions étaient particulièrement sévères. Pour un juron proféré en cours d'histoire, James fut condamné à repeindre les lignes du parking. Après dix heures de travail à quatre pattes sur le goudron, ses paumes et ses genoux se couvrirent d'ampoules.

James faisait du sport quotidiennement. Les épreuves du programme d'entraînement l'avaient laissé dans une forme éblouissante. Deux heures de course lui faisaient l'effet d'un simple échauffement. Chaque journée commençait par une série d'exercices dans le gymnase, puis se poursuivait par un match de football ou de rugby. Il appréciait particulièrement les rencontres opposant les filles aux garçons. Des moments de rage pure, émaillés de tacles déments et de coups à la limite de la correction. Les filles compensaient leur désavantage physique par des stratégies audacieuses et souvent perfides. Les garçons dominaient presque toujours, mais leurs adversaires excellaient dans l'art de la ruse.

Après les cours, il profitait d'une heure de repos avant le dîner, faisait laborieusement ses devoirs, puis assistait au cours de soutien de karaté. Il avait volontairement choisi d'y participer, lassé d'être terrassé par des adversaires de neuf ans. Les soirs où ces leçons n'avaient pas lieu, il se rendait au bâtiment junior pour passer du temps avec Lauren.

Il finissait chaque journée sur les rotules, s'allongeait dans son bain sans même jeter un œil à la télé, puis s'écroulait dans son lit.

28. Salle 812

Le programme d'entraînement avait pris fin depuis deux mois. Kerry était partie en opération. À son retour, elle s'était montrée si distante et si arrogante que James avait dû prendre sur lui pour ne pas la gifler. Puis, à son grand soulagement, elle avait de nouveau quitté le campus. Gabrielle avait été dépêchée en Jamaïque. Connor et Shakeel étaient introuvables. Bruce disparaissait des semaines entières. Un jour, Kyle fit irruption dans sa chambre en clamant que la mission qui venait de lui être confiée lui vaudrait à coup sûr le T-shirt bleu marine. James, lui, restait à CHERUB et se sentait complètement inutile.

Amy était sa seule camarade à ne pas avoir quitté le quartier général, mais elle passait ses journées au huitième étage, dans l'une des salles de mission. Il ne la voyait que quatre fois par semaine, à l'occasion de ses leçons de natation. Sa technique s'était nettement améliorée. Il pouvait désormais parcourir quatre cents mètres en crawl, en tournant son visage sur le côté pour respirer, sans lever la tête hors de l'eau. Il ne ressentait plus la moindre crainte, et son instructrice affirmait que son coup de bras était presque parfait.

∴

James et Amy étaient assis au bord du bassin.

— C'était notre dernière leçon, dit la jeune fille.

Il avait beau s'être préparé à ce moment, un sentiment de tristesse l'envahit. Il adorait ces moments passés en sa compagnie.

Elle le faisait rire et lui donnait toujours d'excellents conseils concernant la vie à CHERUB.

— Tu pars en mission ?

— Oui, dans quinze jours. Je dois maintenant consacrer tout mon temps à la préparation de cette opération.

— Tu vas me manquer. Tu es une prof sensationnelle.

— Merci, c'est gentil. Je te conseille de revenir nager avec Kerry, lorsqu'elle rentrera. Tu te débrouilles aussi bien qu'elle maintenant. Et peut-être même mieux.

— Pour l'entendre se vanter de ses exploits et de son expérience du terrain ? Très peu pour moi. J'ai vu Meryl Spencer, hier. Elle dit qu'elle n'a toujours pas de mission à me confier.

Ils regagnèrent les vestiaires et commencèrent à se changer.

— Bon. Je crois que le moment est venu d'être franche avec toi. James, c'est moi qui ai demandé que tu sois dispensé de toute activité opérationnelle.

— À cause de ma façon de nager ?

Elle fouilla dans son sac de piscine et en sortit une carte plastifiée. James avait souvent vu des résidents glisser de telles cartes dans le lecteur de l'ascenseur pour accéder au huitième étage du bâtiment principal, là où les opérations étaient planifiées.

— Tiens, c'est pour toi, dit-elle.

Un sourire illumina son visage.

— On part en mission ensemble ?

— Affirmatif. J'ai commencé à travailler sur ce dossier avant même ton arrivée au campus. Dès que je t'ai vu, j'ai trouvé qu'on se ressemblait. Même couleur d'yeux et de cheveux, même silhouette. Tu pourrais facilement passer pour mon petit frère. Nous avons fait en sorte que tu sois associé à Kerry lors du programme d'entraînement, afin de t'offrir les meilleures chances de réussite. Autant te dire que j'étais d'assez mauvaise humeur quand j'ai appris que vous aviez failli être virés à cause de cette stupide bagarre.

198

— Je préfère oublier tout ça. Je me suis vraiment comporté comme un imbécile.

— Tu as de la chance que Kerry n'ait pas riposté. Il lui aurait suffi de te retourner sur le dos et de te casser un bras pour t'exclure du programme. Et crois-moi, personne ne lui en aurait voulu.

— Eh, c'est moi qui l'ai clouée au sol. Elle ne pouvait plus faire un geste.

Amy éclata de rire.

— Ce que tu peux être naïf. Elle t'a laissé faire. Si elle l'avait voulu, elle aurait pu t'écraser comme une coquille d'œuf.

— Elle est aussi forte que ça ?

La jeune fille hocha la tête.

— Elle doit vraiment avoir beaucoup d'affection pour toi, pour te laisser t'en tirer aussi facilement.

...

Le dernier étage était semblable à tous les autres : des portes identiques alignées de part et d'autre d'un long couloir anonyme. James fit glisser sa carte dans le panneau d'accès de la salle 812, puis fixa une lampe rouge tandis qu'un scanner analysait l'image de sa rétine.

Après cette entrée en matière digne d'un film de science-fiction, il s'attendait à découvrir un poste de contrôle ultra-moderne plongé dans la pénombre, avec une carte du monde lumineuse et des rangées d'écrans d'ordinateur. L'aspect de la salle de mission était décevant. Des ordinateurs jaunis, de vieilles chaises de bureau à roulettes et des armoires de classement sur lesquelles étaient empilés des dossiers. En revanche, les fenêtres offraient une vue imprenable sur le campus.

Un jeune homme d'une trentaine d'années vint à la rencontre de James. Outre son uniforme réglementaire, James remarqua les racines noires de ses cheveux décolorés, ses boucles d'oreilles et le piercing qu'il portait sur la langue.

— Salut, je m'appelle Ewart Asker. Je suis ton contrôleur de mission. Je sais que c'est ta première opération. Tu es inquiet ?

Il haussa les épaules.

— Pourquoi, je devrais ?

Ewart laissa échapper un rire nerveux.

— Eh bien, je vois que tu es plus détendu que moi. Normalement, tu ne devrais pas participer à une telle opération avant d'avoir accompli plusieurs missions de routine, mais nous avions besoin d'un garçon de douze ans pouvant se faire passer pour le frère d'Amy. Et tu es ce que nous avions de mieux sous la main. Il va te falloir retenir rapidement un grand nombre d'informations. Ton emploi du temps scolaire est suspendu jusqu'à nouvel ordre. Amy t'a préparé un dossier. Lorsque tu l'auras lu, n'hésite pas à nous poser des questions. L'opération débutera dans dix jours.

James s'installa à un bureau et ouvrit l'ordre de mission.

** CONFIDENTIEL **

ORDRE DE MISSION DE JAMES ADAMS

NE PAS EMPORTER – NE PAS PHOTOCOPIER

NE PAS PRENDRE DE NOTES

(1) Fort Harmony

En 1612, le roi James Ier d'Angleterre offre à ses sujets cinquante kilomètres carrés de terres situées autour du village gallois de Craddogh. Une charte autorise les populations locales à y mener gratuitement leur bétail et à y construire des abris.

Au cours du XIXe siècle, les paysans abandonnent peu à peu leurs activités agricoles pour travailler à la mine de charbon du village voisin.

En 1870, la Terre commune est définitivement abandonnée. Elle le restera au cours des quatre-vingt-dix-sept années suivantes.

En 1950, la Terre commune de Craddogh est intégrée au parc national du West Monmouthshire. En 1967, en vertu de la charte de 1612, un petit groupe de marginaux mené par Gladys Dunn y crée la communauté de Fort Harmony. Ses membres vivent dans des cabanes et pratiquent l'élevage de poules.

Au cours des trois années suivantes, profitant de la bienveillance des autorités, la communauté voit ses effectifs s'élever à deux cent soixante-dix membres répartis dans une centaine de cabanes délabrées. La direction du parc national entame alors une action en justice pour expulser les marginaux. Au bout de deux ans de procédure, la charte de 1612 est décrétée officiellement abolie. Le gouvernement accorde aux occupants un délai d'une semaine pour quitter les lieux.

Les membres de la communauté refusent de se soumettre à la décision de justice. À l'hiver 1972, la police reçoit l'ordre de détruire leurs habitations et de procéder à l'arrestation des fauteurs de troubles. La population de Fort Harmony est réduite à une cinquantaine d'habitants, noyau dur bien décidé à résister aux autorités.

[2] Affrontements

Les membres de la communauté mettent en place une stratégie. Chaque matin, ils quittent la Terre commune, laissant la police démolir leurs abris. Au cours de la nuit, ils reprennent possession des lieux, élèvent de nouvelles cabanes, creusent des tunnels souterrains et tendent des pièges pour entraver l'action de la police.

Cette tactique porte rapidement ses fruits : trois représentants des forces de l'ordre se retrouvent prisonniers dans des filets, à vingt mètres du sol. Le camion de pompiers appelé à la rescousse s'enlise dans la boue. Il ne faut pas moins de sept heures aux secouristes pour trouver un moyen de délivrer les captifs sans mettre leur vie en danger. Dès le lendemain, la photo des policiers pris au piège fait la une de tous les quotidiens britanniques.

La couverture médiatique de ces incidents attire des dizaines de marginaux à Fort Harmony.

Le 26 août 1973, les autorités décident de lancer l'assaut final. Des barrages routiers sont dressés pour éviter que les supporters de Gladys Dunn ne rejoignent la colonie. Les trois cents policiers procèdent à la destruction du camp et à l'arrestation des opposants. Au matin, vingt irréductibles se cachent encore dans des tunnels souterrains. Les forces de l'ordre, craignant que les galeries ne s'effondrent, décident d'attendre qu'ils quittent d'eux-mêmes leur refuge, poussés par la faim et la soif.

À 17 heures, une portion de tunnel s'écroule sous le poids d'un véhicule. Les policiers parviennent à sauver Joshua Dunn, âgé de neuf ans, fils de la fondatrice de la colonie. Tandis que deux d'entre eux extraient l'enfant de la tranchée en le tirant par les pieds, un troisième lui assène de violents coups de matraque sur le crâne. Un photographe immortalise la scène. Les clichés du garçonnet évacué à bord d'une ambulance font l'ouverture des journaux télévisés, provoquant la colère de l'opinion publique.

Aussitôt, une foule imposante se presse derrière les barrages interdisant l'accès à Fort Harmony. À minuit, les policiers épuisés et privés de renforts affrontent un millier de manifestants. À trois heures du matin, ils battent en retraite. Au lever du soleil, le 27 août, plus de sept cents supporters ont investi les lieux. Un flot ininterrompu de voitures et de camionnettes apporte du bois et de l'équipement. Les résistants quittent leurs tunnels et commencent à rebâtir leurs abris.

Le lendemain matin, la photo des violences policières fait la une de tous les quotidiens britanniques. Les autorités annoncent officiellement le retrait des forces de police et remettent à une date ultérieure l'évacuation de la communauté. Elles établissent un plan exigeant l'intervention d'un millier de policiers pour effacer toute trace de Fort Harmony, en bouclant la campagne environnante, mais n'auront jamais les moyens financiers et logistiques de le mettre en œuvre.

[3] Aujourd'hui

Trente ans après ces incidents, Fort Harmony est toujours en activité. Privés d'eau courante et d'électricité, ses habitants mènent une existence difficile. Sa fondatrice, Gladys Dunn, a aujourd'hui soixante-seize ans. En 1979, elle a remporté un succès d'édition en publiant son autobiographie. Ses trois fils, dont Joshua qui souffre, depuis les violences dont il a été victime, de séquelles neurologiques, vivent toujours sur les lieux, comme la plupart de ses dix petits-enfants et vingt-huit arrière-petits-enfants. La communauté compte environ soixante résidents permanents. Durant l'été, elle accueille des étudiants et des routards, qui considèrent Gladys Dunn comme une héroïne, et abrite alors près de deux cents habitants.

[4] Green Brooke

En 1996, à la suite de la fermeture de la mine de charbon, le village de Craddogh plonge dans la crise. Rongée par le chômage, sa population chute de deux mille habitants en 1970 à moins de trois cents. Les maisons en ruine et les terrils découragent les touristes, pourtant nombreux à converger vers le parc national.

Pour lutter contre ce fléau économique et social, les autorités permettent la construction du centre de conférences de Green Brooke sur une partie de l'ancienne Terre commune de Craddogh. Les installations ouvrent leurs portes en 2002. Elles sont entourées d'une clôture sécurisée de cinq mètres de haut équipée de caméras de surveillance. Elles accueillent des conférences et des séminaires. Le site abrite un hôtel de 765 chambres, un auditorium pouvant accueillir 1 200 spectateurs, un gymnase, un spa, deux parcours de golf, un parking de mille places et un héliport.

De nombreux résidents de Craddogh et de Fort Harmony travaillent à Green Brooke comme réceptionnistes, cuisiniers ou employés d'entretien.

(5) Petrocon 2004

Fin 2003, Green Brooke annonce pour mai 2004 l'organisation de l'événement le plus prestigieux de son histoire : Petrocon, une conférence internationale, tenue à l'écart des médias, réunissant deux cents personnalités de l'industrie pétrolière et du monde politique. Parmi les invités, les ministres du pétrole du Nigeria et de l'Arabie Saoudite, les présidents des principales compagnies pétrolières, le secrétaire américain à l'Énergie et le vice-Premier Ministre britannique.

La sécurité de ces personnalités sera assurée par le service de protection diplomatique de la police, le MI5, et une petite équipe de CHERUB.

(6) Sauvez la Terre !

Fin 2003, plusieurs courriers piégés sont adressés à des membres du Congrès américain et du Parlement britannique connus pour leur soutien à l'industrie pétrolière. Quatre employés du service postal du Congrès sont blessés. Un mois plus tard, le représentant d'une compagnie pétrolière française au Venezuela est tué dans l'explosion de sa voiture. Un groupe terroriste inconnu nommé Sauvez la Terre ! revendique ces attentats dans un communiqué adressé à de grands quotidiens internationaux. Ses auteurs affirment leur volonté de « mettre fin au carnage écologique provoqué sur notre planète par les grandes compagnies pétrolières internationales et les politiciens qui les soutiennent ». Ils ajoutent que « Sauvez la Terre ! relaie le cri désespéré de notre planète à l'agonie ». « L'heure n'est plus aux beaux discours. Nous sommes préparés à utiliser les moyens les plus extrêmes dans cette bataille décisive pour l'environnement. »

Les organisations écologistes pacifistes, soucieuses de se démarquer de Sauvez la Terre !, ont aidé la police à dresser une liste de militants extrémistes. Pourtant, à ce jour, aucun membre du groupe terroriste n'a pu être formellement identifié. Quatre de ces suspects sont des résidents permanents de Fort Harmony.

Les rares informations recueillies par les services de renseignements font craindre une attaque sur Petrocon 2004. L'ampleur et la nature de cette action restent inconnues. Nous pouvons nous attendre à tout, depuis la simple voiture piégée jusqu'au dispositif visant à tuer des centaines de participants.

Si une telle action terroriste a été envisagée, il est probable que les terroristes de Sauvez la Terre ! *ont essayé de nouer des liens avec des résidents de* Fort Harmony *pour les raisons suivantes :*

a) La communauté compte parmi ses habitants de nombreux vétérans du militantisme écologique.

b) Tous les membres de Fort Harmony ont une parfaite connaissance de cette partie du parc national.

c) De nombreux résidents de Fort Harmony travaillent ou ont travaillé au centre de conférences de Green Brooke. Ils sont en mesure de leur fournir des informations relatives à sa sécurité.

[7] Mission de CHERUB

Le MI5 compte déjà des informateurs et des agents infiltrés dans le mouvement environnemental. Il souhaite renforcer ce dispositif à l'occasion de Petrocon 2004.

Tous les adultes se présentant à Fort Harmony avant la conférence seront soupçonnés d'être des agents des services secrets ou du MI5. Leurs chances de recueillir des informations capitales sont pratiquement nulles. Deux agents opérationnels de CHERUB se feront passer pour des membres de la famille de Cathy Dunn, l'une des plus anciennes résidentes de la communauté. En raison de leur âge, ils n'éveilleront pas les soupçons et pourront se mêler aisément aux autres membres de la colonie.

29. Cathy

James en savait désormais long sur Fort Harmony. Il avait lu quatre livres dont la biographie de Gladys Dunn, étudié des centaines de coupures de presse, visionné des archives vidéo et consulté des dossiers de police. Il avait mémorisé le nom et le visage des résidents permanents et de la plupart des sympathisants. Il avait épluché les fichiers du MI5 concernant le groupe terroriste *Sauvez la Terre !*

Il avait reçu l'ordre d'infiltrer la communauté sous le nom de Ross Leigh, de se lier d'amitié avec les habitants de son âge, d'être attentif aux rumeurs, de rassembler des preuves matérielles et de rapporter à son contrôleur de mission toute activité suspecte.

Il disposait d'un téléphone portable lui permettant de joindre Ewart Asker à son quartier général du centre de Green Brooke, d'un appareil photo numérique, d'un pistolet à aiguilles et d'une bombe de gaz lacrymogène, à n'utiliser qu'en cas d'extrême urgence.

Amy avait été chargée de se faire passer pour sa grande sœur, Courtney Leigh, et de gagner la confiance de Scargill Dunn, l'un des petits-fils de Gladys âgé de dix-sept ans. C'était un garçon solitaire et taciturne qui avait quitté le lycée pour faire la plonge au centre de conférences.

Scargill avait deux grands frères, des jumeaux de vingt-deux ans prénommés Fire et World. Tous deux avaient été condamnés à de courtes peines de prison pour avoir agressé le directeur d'une chaîne de restauration rapide. Ils figuraient sur la liste des suspects du MI5, ainsi que Bungle et Eleanor Evans, un couple de membres de la communauté.

∴

Cathy avait été brièvement mariée à Michael Dunn, le père de Fire, World et Scargill, des années avant leur naissance. Depuis son divorce, elle vivait seule à Fort Harmony. Comme les autres résidents, elle cultivait un modeste potager et élevait quelques poules. Occasionnellement, elle participait à la cueillette dans les propriétés agricoles de la région et faisait quelques heures de ménage. De temps à autre, elle vendait des informations à la police.

Chaque fois qu'un revendeur de drogue ou un adolescent en fugue trouvait refuge à Fort Harmony, elle se rendait à pied à Craddogh et appelait le poste de police depuis la cabine téléphonique. En règle générale, les enquêteurs ignoraient ses dénonciations. Parfois, ils lui accordaient une récompense n'excédant pas dix ou vingt livres. À deux reprises, à l'occasion d'importantes saisies de stupéfiants, ils lui avaient offert cinquante livres.

Elle n'aimait pas son travail de délation, mais ces primes lui permettaient de renouveler la cartouche de gaz de son réchaud.

Dès l'annonce de la tenue de Petrocon 2004, la police, soucieuse de savoir tout ce qui se passait à Fort Harmony, s'intéressa de plus près aux révélations de Cathy. Le montant de ses récompenses grimpa en flèche. Chaque information était rétribuée trente livres : la description des allées et venues dans le camp, toute activité suspecte, le récit d'une dispute. Elle prit goût à l'argent. En quelques semaines, elle se trouva en possession d'un épais rouleau de billets qu'elle cacha dans une boîte de haricots vide.

Alors, le MI5 lui proposa deux mille livres pour héberger deux agents des services de renseignements dans sa cabane de Fort Harmony pendant les semaines précédant Petrocon. Elle ne se montra pas très enthousiaste. Elle avait vécu seule pendant trente ans et s'était habituée à la solitude. Les autorités firent monter les enchères jusqu'à ce qu'elle accepte leur proposition.

••

James, Amy et Ewart pénétrèrent dans le hall du motel *Bristol*, un modeste établissement situé derrière une station-service, sur une aire d'autoroute. Cathy Dunn les attendait dans une chambre, assise en tailleur sur le lit, fumant cigarette sur cigarette.

— Mon nom est Ewart. Je vous présente Ross et Courtney.

James remarqua qu'elle était un peu ivre et bien plus âgée que sur les photos qu'il avait examinées.

— Qui êtes-vous ? demanda-t-elle.

— Nous nous sommes parlé au téléphone. Vous avez accepté de vous occuper de Ross et de Courtney jusqu'à l'ouverture de la conférence.

— Vous m'avez forcée à me terrer dans ce trou à rats pendant trois jours, dit-elle sur un ton aigre. Et maintenant, vous vous pointez avec deux gamins. Si c'est une blague, je ne la trouve pas drôle.

— Nous avons conclu un accord, Cathy.

— J'ai accepté d'héberger deux agents secrets, pas de m'occuper d'une paire de morveux.

— Ross et Courtney font partie de nos services. Tout ce que je vous demande, c'est de leur faire une petite place dans votre cabane et de préparer leur petit déjeuner avant qu'ils ne partent en cours. Ce n'est pas la mer à boire.

— Le gouvernement charge des *enfants* de faire le sale boulot ?

— Ça ne vous regarde pas.

Cathy écarquilla les yeux.

— C'est absolument scandaleux. Je refuse de participer à vos coups tordus.

— Vous avez déjà été payée. Vous avez les moyens de nous rembourser ?

— Je me suis offert des vacances en Grèce, et j'ai dépensé le reste pour réparer ma cabane.

— Dans ce cas, je crois que vous n'avez pas le choix.

— Et qu'est-ce que vous comptez faire si je refuse ? Je pourrais informer la presse que vous employez des enfants pour remplir des missions d'espionnage.

— Vous croyez vraiment qu'ils prêteront attention aux délires d'une vieille hippie un peu dérangée ? En outre, je vous rappelle que vous avez signé un document officiel qui vous engage au silence. Si vous divulguez la moindre information concernant nos activités, vous récolterez dix ans de prison.

Cathy était folle de rage.

— J'ai toujours aidé la police, et maintenant, vous me traitez comme une moins que rien.

Ewart saisit la femme par le col de son sweat-shirt et la plaqua contre le mur.

— Vous avez touché huit mille livres pour héberger ces agents pendant quelques semaines ! hurla-t-il. Si c'est ça que vous appelez être traitée comme une moins que rien, je me porte volontaire. Nous préparons cette opération depuis six mois. Je ne vous laisserai pas tout foutre en l'air.

James blêmit. Il était choqué de voir son contrôleur perdre le contrôle de ses nerfs. Jusqu'alors, il avait considéré cette mission comme un jeu, une opportunité de se mesurer à Kyle, Bruce et Kerry. Mais ce qui se déroulait devant ses yeux était trop cru, trop réel. Il se sentait écrasé par l'enjeu. Des hommes et des femmes allaient peut-être être balayés par une bombe. D'autres étaient menacés de finir leurs jours en prison. Il ne se sentait plus à la hauteur de la tâche. Il n'était qu'un garçon de douze ans qui aurait dû aller au collège et passer du bon temps avec ses copains.

Amy remarqua l'expression de terreur sur le visage de son camarade. Elle posa une main sur son épaule.

— Sors de la chambre, si tu préfères, chuchota-t-elle à son oreille.

— Je vais bien, mentit James.

Amy tira le contrôleur de mission par le bras.

— Calme-toi, murmura-t-elle. Laisse-la tranquille.

Ewart fit un pas en arrière, puis lui lança un regard assassin. Elle tendit une cigarette à Cathy. Les mains de la femme tremblaient si violemment qu'elle dut l'allumer elle-même.

— Je suis désolée, dit-elle. Il a du mal à se maîtriser. Vous allez bien ?

La femme hocha la tête.

— Il ne faut pas vous inquiéter, poursuivit la jeune fille. Nous ne vous dérangerons pas. Nous nous contenterons de dormir dans votre cabane. Le reste du temps, nous mènerons notre vie. Vous ne retrouverez jamais une occasion de gagner de l'argent aussi facilement.

— Je suis juste un peu étonnée, voilà tout, gémit Cathy.

— Vous n'êtes pas la première. Nos collaborateurs occasionnels ne découvrent notre âge qu'à la dernière minute.

— Qu'est-ce que je vais bien pouvoir dire pour justifier votre présence ?

— À partir de maintenant, nous serons votre nièce et votre neveu. Avez-vous des nouvelles de votre sœur ?

— Je ne l'ai pas vue depuis vingt ans. À vrai dire, on ne s'écrit même plus.

— Vous souvenez-vous du prénom de ses enfants ? demanda Ewart, qui semblait avoir retrouvé son calme.

Cathy réfléchit longuement.

— J'y suis, dit-elle en se frappant le front. Ross et Courtney.

— Nous avons retrouvé sa trace. Elle vit en Écosse. Elle est toujours mariée. Les véritables Ross et Courtney se portent à merveille. Voilà ce que vous allez raconter : il y a une semaine, vous avez reçu une lettre de votre sœur. Elle traverse un divorce difficile. Vous vous êtes rendue à Londres pour la rencontrer. Elle vous a avoué qu'elle n'était plus en état de s'occuper de ses enfants, et surtout de Ross, qui a été renvoyé du collège. Comme vous vous êtes toujours bien entendue avec eux, vous lui avez proposé de les garder à Fort Harmony jusqu'à ce que la situation se soit calmée.

Ewart tendit un trousseau de clefs à Cathy.

— Un 4 x 4 Land Cruiser vous attend devant le motel. Il n'a que deux ans. Dix mille livres, au bas mot. Vous prétendrez qu'il s'agit de la voiture de votre sœur. Si vous respectez les termes de notre accord, vous pourrez la conserver.

·
··

— On devrait aller aux toilettes avant de partir, lança Ewart à James dans le hall du motel.

— Je viens d'y aller.

— Viens, bon sang, il faut que je te parle, insista-t-il à voix basse.

Les W-C étaient déserts.

— Tu vas bien, James ? Je t'ai trouvé un peu pâle, tout à l'heure.

— Qu'est-ce qui t'a pris ?

— Tu n'as jamais entendu parler de la stratégie « bon flic, mauvais flic » ? demanda Ewart en souriant.

— Si. C'est ce que font les policiers dans les séries télé. Tu veux dire qu'Amy et toi…

— Quand j'ai réalisé que Cathy nous filait entre les doigts, j'ai dû me résoudre à jouer les méchants pour lui foutre la trouille. Amy a joué le rôle du bon flic. À présent, je peux te garantir qu'elle vous a à la bonne.

— Je vois. On a gagné sur les deux tableaux. Maintenant, Cathy a peur de ce qui pourrait lui arriver si elle n'obéit pas, et elle pense qu'Amy et moi sommes de son côté.

— Exactement.

— Tu aurais quand même pu me prévenir.

— Ce n'était pas prémédité. Amy a parfaitement réagi. Elle comprend toujours tout au quart de tour.

— Et si Cathy s'était braquée ? Tu aurais vraiment employé la manière forte ?

— Seulement si la mission avait été compromise. De temps à autre, nous sommes obligés de prendre des décisions un peu limites pour assurer la réussite d'une opération. Tu te souviens de ta petite virée à Londres ?

— Quand on a saccagé la villa ?

— Oui. Les gardes ont été neutralisés par le MI5 à l'aide de gaz soporifique. Tu sais ce qu'il leur est arrivé quand ils se sont réveillés ?

— Non.

— Ils ont été virés pour avoir dormi sur leur lieu de travail. Avec un tel pedigree, ils ne retrouveront jamais de boulot dans la même branche.

— Qu'est-ce qu'ils vont devenir ?

— Je ne sais pas. Il est bien possible qu'on ait foutu leurs vies en l'air.

— Vous ne leur avez pas filé un coup de main ?

— Impossible. Nous n'existons pas, James. Ne l'oublie jamais.

— C'est vraiment dégueulasse.

— Nous enquêtions sur un marchand d'armes qui trafiquait avec des groupes terroristes. En empêchant cette transaction, nous avons sans doute sauvé des centaines d'innocents. Parfois, il faut savoir faire des choix difficiles.

— Je vois. Le problème est le même avec Cathy. De nombreuses vies dépendent de la réussite de cette mission.

— On ne fait pas d'omelette sans casser des œufs.

∴

Cathy s'amusait comme une petite fille au volant du Land Cruiser. Elle jouait avec le GPS, poussait des boutons au hasard et actionnait tous les gadgets. Amy était assise à la place du passager. Toutes deux discutaient comme de vieilles amies en grillant cigarette sur cigarette. James était allongé sur la banquette arrière.

Ils s'arrêtèrent pour faire le plein dans une station-service. Cathy acheta un CD de Jefferson Airplane, le glissa dans le lecteur de la voiture et poussa le volume à fond. James enfouit sa tête dans son manteau pour échapper au vacarme et à la fumée du tabac.

Lorsqu'ils quittèrent l'autoroute, il se redressa pour admirer les collines et les champs verdoyants où paissaient les moutons. Ils firent halte à l'épicerie de Craddogh pour acheter des cigarettes, puis atteignirent Fort Harmony vers trois heures de l'après-midi. Le Land Cruiser gravit la butte où étaient rassemblés les abris. Des enfants au visage crasseux coururent à leur rencontre. James reconnut aussitôt chacun d'eux. Il connaissait par cœur leur nom et leur âge.

L'ex-mari de Cathy, Michael Dunn, accompagné de son frère Joshua, s'approcha de la voiture.

— Chouette bagnole, Cathy. Tu as gagné à la loterie ?

Lorsque James descendit du véhicule, ses pieds s'enfoncèrent dans une boue épaisse et collante. Il contempla le campement avec consternation. C'était un amas de cabanes constituées de planches barbouillées de peinture écaillée, aux vitres réparées à l'aide de ruban adhésif. Amy tituba jusqu'au coffre du Land Cruiser et en sortit deux paires de bottes en caoutchouc.

— Je te présente Courtney et Ross, ma nièce et mon neveu, dit Cathy.

Joshua Dunn s'approcha de James en boitant, le regard terne et le dos voûté, et lui tendit la main.

— Viens manger la soupe, bégaya-t-il d'une voix nasillarde.

Ils se dirigèrent vers un baraquement plus vaste que les autres, suivis d'Amy et Cathy. À l'intérieur de l'abri, une quinzaine de personnes étaient rassemblées autour d'un feu.

— T'es végétarien ? demanda Joshua.

James secoua la tête. On lui tendit une cuisse de poulet et un bol de soupe. Des coussins et des poufs étaient alignés contre les cloisons. Les plus jeunes étaient assis en tailleur près du foyer. Il s'installa parmi eux. Il avala deux cuillerées de soupe et la trouva excellente. Puis il remarqua l'état de saleté de ses ongles. Il observa ceux de ses voisins et constata qu'ils étaient repoussants. Pourtant, ils n'hésitaient pas à saisir les morceaux de volaille à pleines mains.

— Un peu de saleté ne va pas te tuer, mon garçon, fit une voix féminine dans son dos.

Il se retourna et se retrouva nez à nez avec Gladys Dunn. Mince et agile, elle ne faisait pas ses soixante-seize ans.

Une fillette de cinq ans assise à ses côtés lécha la paume de ses mains sales puis les tourna vers lui en souriant. Il mordit à pleines dents dans son morceau de poulet.

∴

Un groupe de résidents placé sous la direction de Michael Dunn se chargea de bâtir une extension à la cabane de Cathy. Ils travaillaient avec une efficacité redoutable.

Ils empilèrent des parpaings pour surélever le sol et posèrent un panneau de contreplaqué. À l'évidence, Michael n'en était pas à son coup d'essai. Il sciait des pièces de bois sans prendre de mesures et ne commettait aucune erreur. Ses compagnons les placèrent sans la moindre hésitation, de manière à former une structure constituée de quatre poteaux de bois reliés par des planches. Enfin, ils clouèrent des cloisons d'aggloméré de chaque côté de l'extension. Une ouverture fut pratiquée dans l'une des parois pour y fixer une fenêtre à cadre d'aluminium. À la tombée de la nuit, Cathy alluma les phares du Land Cruiser pour éclairer le chantier. Une fois le toit mis en place, deux jeunes garçons se glissèrent à l'intérieur de la cabane pour y poser une couche de revêtement imperméable. James appliqua du mastic pour boucher les interstices.

Quand la construction fut achevée, Amy déroula l'un des tapis de sol du Land Cruiser, puis installa des sacs de couchage, des couvertures et des oreillers. Cathy leur apporta un petit chauffage d'appoint à gaz. Satisfait de son travail, Michael Dunn affirma qu'il passerait un coup de peinture à l'extérieur dès le lendemain matin et se retira en compagnie de son équipe.

30. Bungle

James finit par s'habituer aux rafales de vent qui faisaient vibrer les parois de l'abri. Tout compte fait, allongé dans son sac de couchage sur un matelas de mousse, il le trouvait plutôt confortable. Puis Amy se mit à ronfler comme un Boeing au décollage. À deux reprises, il lui ordonna de faire moins de bruit. La troisième fois, elle menaça de le frapper s'il la réveillait de nouveau, alors il enfouit sa tête dans son oreiller.

..•..

James se réveilla à trois heures du matin, pris d'une terrible envie d'aller aux toilettes. Dans sa chambre du campus, il n'avait que deux pas à franchir pour atteindre la salle de bains. À Fort Harmony, les choses étaient plus compliquées. Incapable de mettre la main sur sa lampe de poche, il enfila son jean dans l'obscurité totale puis se glissa dans le passage étroit qui reliait l'extension à la cabane principale. Il piétina Cathy qui dormait profondément, allongée sur un futon. Il trouva la porte à tâtons et chaussa une paire de bottes.

Les toilettes de chantier du campement se trouvaient à deux cents mètres. James préféra s'aventurer dans le bosquet le plus proche. Il ouvrit sa braguette et commença à se soulager. Aussitôt, il entendit une plainte étrange et ressentit un choc contre ses tibias. Le cœur battant, il réalisa qu'il venait d'arroser l'un des poulets qui vivaient en liberté dans le camp.

Il fit volte-face, se retrouva face au vent et s'inonda les jambes. Il recula maladroitement, trébucha sur la volaille hystérique et se retrouva à quatre pattes dans la boue. Consterné, sans possibilité de se nettoyer, il se demanda si une telle mésaventure était jamais arrivée à un héros de film d'espionnage.

∴

Amy avait passé une excellente nuit. Elle réveilla son camarade en écrasant la plante de son pied sur son visage.

— C'est jour de douche, Ross ! s'exclama-t-elle.

— Dégage, avec tes pieds puants, protesta James, encore tout ensommeillé. Au fait, qui est Ross ?

— C'est toi, pauvre abruti, lui glissa la jeune fille à l'oreille.

— Ah oui, marmonna-t-il, réalisant enfin où il se trouvait. Il faut absolument que je garde ça à l'esprit.

— L'eau chaude est rationnée. Il y a une liste d'attente. On a droit à une douche par semaine. Le vendredi, c'est le jour des garçons.

— Une douche par semaine ? Avec toute cette boue ?

— Tu crois que ça m'amuse ? J'ai encore quatre jours à attendre et je ne sens déjà pas la rose.

Cathy lui montra où se trouvait la cabane des douches. C'était une baraque de planches dont le toit était équipé d'une citerne. Une chaudière à gaz permettait d'obtenir de l'eau chaude pendant dix minutes. Il se déshabilla devant huit garçons inconnus qui se passaient des savonnettes et s'arrosaient en gloussant. Leurs mères les attendaient à l'extérieur, les pressant de se dépêcher. Le jet qui sortait des pommes de douche était à peine tiède. James venait d'appliquer du shampooing sur ses cheveux lorsque la chaudière cessa de fonctionner. Il dut se rincer la tête avec un seau d'eau de pluie glacée, puis regagner son abri vêtu d'une simple serviette de bain et de ses bottes en caoutchouc, ses vêtements en boule dans les bras. Cathy était en train de préparer des œufs au bacon sur un réchaud portable. L'odeur était alléchante et il y en avait pour un régiment.

— Vous prenez du café, les enfants ? De toute façon, je n'ai que ça.

James aurait avalé n'importe quel breuvage, pourvu qu'il fût brûlant. Il en but deux tasses, engloutit deux tranches de bacon et deux œufs au plat bien baveux, puis sauça le jaune avec du pain de mie.

— Aujourd'hui, je dois inscrire Ross au collège, dit la femme. Ensuite, j'irai faire des courses au supermarché. Vous avez besoin de quelque chose ?

— Un sachet de Mars, supplia James. Et Courtney ? Tu ne l'inscris pas au collège ?

— J'ai rencontré un garçon, hier soir, dit Amy. Il s'appelle Scargill. Il a dit qu'il pouvait me trouver du boulot à Green Brooke.

James était impressionné que sa camarade soit parvenue à se lier aussi rapidement avec son principal objectif. Mais il crevait de jalousie à l'idée qu'elle soit dispensée de cours.

— Ross, tu n'iras au collège que lundi, précisa Cathy. Comme ça, tu pourras profiter du week-end. Ce soir, comme tous les vendredis, la communauté organise une grande fête ouverte à tous. Il y aura un grand feu et les gens apporteront leurs instruments de musique. Je suis sûre que vous allez adorer.

∴

Amy s'isola dans le Land Cruiser et passa un coup de fil à Ewart Asker pour lui demander de lui fournir tous les faux documents nécessaires à l'obtention d'un contrat de travail. James en profita pour explorer Fort Harmony.

Il dénombra une cinquantaine de bâtiments de taille variable, de la grange commune, qui disposait d'un générateur électrique et pouvait abriter trente personnes, à la minuscule construction de planches destinée à accueillir les ordures. Chaque espace disponible était occupé par un poulailler, un potager, un fil à linge ou une épave de camionnette privée de roues reposant sur des parpaings. À ses yeux, c'était un lieu sinistre et hideux.

Les résidents étaient vêtus de haillons crasseux. Leurs cheveux étaient longs et emmêlés. Les plus âgés portaient de longues barbes, les plus jeunes des boucs et des piercings. Ils accueillirent James chaleureusement, lui posant sans relâche les mêmes questions sur les raisons qui l'avaient conduit à Fort Harmony.

Soudain, James réalisa qu'il était suivi : Gregory Evans, âgé de trois ans, ne le lâchait pas d'une semelle. C'était le fils de Brian Evans, également connu sous le nom de Bungle, et de sa compagne Eleanor. Le couple que le MI5 soupçonnait d'être lié à *Sauvez la Terre !*

Gregory suivait James à distance. À chaque fois que ce dernier se retournait, le petit garçon s'accroupissait, enfouissait son visage dans ses mains puis éclatait d'un rire cristallin. Après quelques minutes de ce manège, il se porta à sa hauteur et marcha à ses côtés. James se souvint qu'il avait quelques Maltesers dans sa poche et les lui offrit.

Après les avoir avalés tout rond, Gregory se mit à courir en criant :

— On va à ma maison !

Cent mètres plus loin, il s'assit sur le seuil d'un abri aux cloisons fraîchement repeintes et retira ses bottes.

— Allez, viens, dit-il.

James passa la tête par la porte entrebâillée. La cabane pouvait abriter six personnes. Le sol était orange vif, les murs vert pomme et le plafond violet. Des poupées de plastique aux visages ensanglantés et aux cheveux hérissés étaient suspendues un peu partout. C'était un spectacle inquiétant.

— Qui c'est celui-là ? demanda, avec un fort accent américain, l'homme qui occupait la pièce.

C'était un colosse blond de plus de deux mètres, au menton carré, aux cheveux mi-longs et aux yeux verts.

Mal à l'aise, James resta immobile dans l'entrée.

— Je suis désolé. C'est Gregory qui m'a conduit ici.

— Désolé de quoi, mon gars ? Nous formons une communauté. Enlève tes bottes et entre. Gregory nous amène souvent des invités surprises. Tu veux un verre de lait chaud ?

— Avec plaisir.

— Mon nom est Brian, mais tout le monde m'appelle Bungle. Et toi ?

— Ross.

La cabane était correctement chauffée, mais il y flottait une odeur de crasse et de sueur. Eleanor, une jeune femme pâle aux longs cheveux noirs et lisses, était allongée sur un matelas. Elle ne portait qu'un slip et un T-shirt Nirvana tendu sur son ventre bombé. Elle était enceinte, et sans doute proche du terme.

Gregory sauta au cou de sa mère. Bungle lui tendit un verre de lait.

— Enlève ta veste de survêtement, Ross, dit-il. Mets-toi à l'aise.

James s'exécuta.

— Reebok ! s'exclama l'homme triomphalement.

— Qu'est-ce que vous dites ?

— Il déteste les gens qui portent des vêtements de marque avec des logos, expliqua Eleanor.

— Quel est le problème ?

— Rassure-toi, dit Bungle. Je déteste ces fringues, pas ceux qui les portent. Regarde-toi, Ross. Une veste Puma, un pantalon Nike, un T-shirt Reebok, même tes chaussettes ont un logo. Tu es un véritable homme-sandwich.

— Ne fais pas attention à ce qu'il dit, lança la femme. Il estime que les gens qui portent des marques sont incapables de penser par eux-mêmes.

Bungle saisit un livre dans une étagère et le tendit à James. Il était intitulé *No Logo*.

— Lis-le. Ça fera travailler tes neurones. Si ça t'intéresse, on pourra en discuter quand tu me le rendras.

— J'y jetterai un œil. Mais je dois avouer que je ne porte que des vêtements de marque. Dans mon ancien collège, ceux qui osaient se pointer avec des fringues ringardes finissaient la tête dans les toilettes.

— Pour l'amour de Dieu, Bungle, protesta Eleanor. C'est un gamin. Il ne s'intéresse pas à tes histoires.

James se moquait royalement de ce qu'un hippie pouvait penser de son look, mais ce livre lui donnait une bonne raison de pénétrer dans l'intimité de l'un des suspects. Il glissa l'ouvrage dans sa poche et remercia l'homme poliment.

— Ross, qu'est-ce que tu penses de ses poupées ? demanda la femme. Selon lui, elles symbolisent les horreurs du monde capitaliste. Tordant, non ?

Bungle semblait accablé.

— Je te rappelle que tu as distribué des tracts avec nous, Eleanor.

Elle éclata de rire.

— Ross, en temps normal, je milite pour l'économie solidaire dans les pays pauvres, pour la défense de l'environnement, pour que toi et tes amis sauviez la planète. Mais je suis enceinte de huit mois. Le bébé appuie sur ma vessie, et toutes les demi-heures, je dois parcourir deux cents mètres dans la boue pour aller m'asseoir sur ces foutues toilettes de chantier. J'ajoute que Gregory me tape sur les nerfs, que mes chevilles sont gonflées comme des ballons de volley et que je crève de trouille à l'idée que la voiture qu'on nous a prêtée tombe en panne sur le chemin de l'hôpital. Franchement, j'abandonnerais volontiers tous mes beaux principes pour un lit confortable dans une clinique privée.

James s'assit sur le sol et sirota son lait chaud.

— Ces poupées sont super. C'est toi qui les as fabriquées, Bungle ?

— Ouais, c'est comme ça que je gagne ma vie.

Il décrocha l'une d'elles du plafond et la tendit à son invité. C'était une ballerine vêtue d'un tutu rose, aux jambes de Barbie et au corps d'Action Man. Ses cheveux violets étaient hérissés, une coiffure qui lui rappelait vaguement celle de Rachel, l'éducatrice du centre Nebraska. L'une de ses mains manquait, et le moignon avait été barbouillé de faux sang.

— Cool ! s'exclama-t-il.

— J'achète des poupées dans des brocantes et des vide-greniers. Ensuite, je mélange les éléments, je fabrique des costumes bizarres et je rajoute des accessoires.

— Tu les vends combien ?

— Ça dépend où. Au marché de Cardiff, les gens n'ont pas un rond. Personne ne peut payer plus de dix livres. Quand je loue un emplacement aux puces de Camden, à Londres, je les vends dix-huit livres. L'été, je peux écouler soixante poupées par jour. Une fois, j'en ai vendu soixante-quatre.

— Mille cinq cent vingt livres en une journée. Tu dois être bourré de fric.

— Eh, mais tu es une vraie machine à calculer, s'étonna Bungle.

— En quelque sorte.

— Chaque pièce me prend plus d'une heure de boulot. Et peindre tous les petits détails est épuisant pour les yeux. Tu en veux une, Ross ?

— J'aimerais bien, mais je n'ai pas d'argent.

— C'est cadeau. En échange, tu m'offriras une ou deux heures de baby-sitting, un de ces quatre.

∴

Chaque soir, les résidents se rassemblaient pour partager un repas dans la grange commune. Grâce aux droits d'auteur que lui avait rapportés son livre, Gladys Dunn achetait des produits chez les fermiers locaux. Joshua passait son temps à préparer du ragoût et du curry. C'est ce moment de la journée qui faisait de Fort Harmony une véritable communauté, et non un regroupement disparate de familles déshéritées.

James dîna en compagnie des enfants et des adolescents. À la fin du repas, Michael Dunn les chargea de rassembler des branchages et des vieilles planches afin de dresser un grand feu pour la fête du vendredi. Il en profita pour observer Sebastian et Clark Dunn, les cousins de Fire, World et Scargill. Le premier était un petit brun livide et frêle. Le second, son aîné d'à peine dix mois, était plus grand et plus solide. Il leur trouva un air étrange, le même regard fixe, les mêmes traits asymétriques. En outre, ils sentaient affreusement mauvais. Ils n'adressaient pas la parole aux enfants de leur âge. Mais les Dunn formaient une famille soudée, et ces deux garçons constituaient une opportunité de recueillir des informations capitales.

31. Nuit noire

De retour à la cabane, James trouva Amy assise sur son matelas en compagnie de Scargill. L'atmosphère de l'abri était saturée de fumée de tabac. Le garçon n'avait rien de séduisant : il était pâle et maigre à faire peur, ses cheveux gras étaient coiffés en queue-de-cheval et il portait un uniforme d'employé de cuisine.

— Ça pue là-dedans ! s'exclama James.

— Je te présente mon petit frère Ross, dit la jeune fille à son nouveau camarade. Je te préviens, c'est un emmerdeur de première.

Scargill gloussa stupidement.

James se sentit blessé. Ils étaient censés se comporter comme un frère et une sœur, mais elle n'avait aucune raison de le traiter de cette façon. En outre, l'idée que ce ringard allait passer tout son temps libre en compagnie d'Amy lui était insupportable. En vérité, il en crevait de jalousie.

— Qu'est-ce que tu fais ici, Ross ? demanda-t-elle.

— Je te rappelle que c'est aussi ma chambre.

— Scargill et moi aimerions profiter d'un peu d'intimité. Alors prends ce que tu es venu chercher et fous le camp.

— Alors t'as trouvé du boulot ?

— Je vais travailler quatre jours par semaine au spa de Green Brooke.

Il fouilla dans ses affaires.

— Tu cherches quoi, bordel ? demanda la jeune fille.

— Mon portable. Je voudrais prendre des nouvelles de maman.

— Prends le mien. Je l'ai mis à charger dans la bagnole.

— Merci, Courtney.

∴

James s'assit à l'avant du Land Cruiser et composa le numéro d'Ewart Asker.

— Salut, James. Comment tu vas ?

— Pas mal, si ce n'est qu'Amy commence sérieusement à me gonfler.

— Elle est avec Scargill ?

— Ouais, ils ne se quittent plus.

— Ça fait partie de sa mission.

— Elle a dit que j'étais un emmerdeur de première.

Ewart éclata de rire.

— C'est une façon de faire comprendre à Scargill qu'elle tient beaucoup à lui. Elle ne le pense pas vraiment.

— Cette espèce de merdeux ne doit pas en croire ses yeux. Ça ne doit pas lui arriver tous les jours, de brancher un canon comme elle.

— Dis-moi, mon grand, tu ne craquerais pas un peu pour Amy ?

Sachant à qui il avait affaire, James préféra jouer franc jeu.

— Un peu. Honnêtement, si j'étais plus grand, je lui proposerais bien de sortir avec moi. Comment tu le sais ?

— Franchement, tu as l'œil un peu vague quand tu es en sa présence.

Il sentit ses tripes se nouer.

— Ça se voit tant que ça ?

— Je rigole. Sinon, comment ça se passe avec Cathy ?

— Ça roule pour le moment.

— Tu t'entends bien avec Sebastian et Clark Dunn ?

— Je les ai juste aperçus. Ils sont plutôt bizarres. Ils parlent entre eux comme s'ils étaient seuls au monde. Je crois qu'ils n'ont pas d'amis.

— Essaye de les amadouer, mais n'en fais pas trop. Tu pourrais éveiller leurs soupçons. Autre chose ?

— Oui, je crois tu vas être content. Je me suis lié d'amitié avec Gregory, le petit garçon des Evans. J'ai passé près d'une heure chez eux. Bungle m'a prêté un bouquin intitulé *No Logo*.

— Parfait. Lis-le et retourne le voir. Prétends que tu n'as pas compris un détail et profites-en pour fouiner un peu.

— Vous avez un dossier le concernant ?

— Il y a des milliers de types nommés Brian Evans en Angleterre. On ne sait même pas à qui on a affaire. On ignore tout de son état civil.

— Tout ce que je peux te dire, c'est qu'il a un accent américain. Il parle du nez. Les autres, ici, les appellent les cow-boys, lui et sa femme. Ils ont un petit côté bouseux du Texas, si tu vois ce que je veux dire.

— Merci du tuyau. Je vais contacter le FBI pour savoir s'ils ont quelque chose le concernant. Il faudrait que tu fouilles sa cabane et que tu prennes des photos. La procédure habituelle. Mais ne prends pas de risques. Si tu te fais pincer, toute la mission pourrait tomber à l'eau.

— Il m'a proposé de garder Gregory en leur absence.

— Excellent. Ce serait l'occasion rêvée, surtout si le gamin dort. Ne te montre pas trop enthousiaste quand il t'en reparlera. Ça pourrait lui mettre la puce à l'oreille. D'autres informations ?

— Je crois que c'est tout.

— On reste en contact. Tu as fait du super boulot.

— Merci. Ciao, Ewart.

●●●

Il était onze heures passées, et les visiteurs continuaient à affluer par groupes de quatre ou cinq, les bras chargés de bouteilles d'alcool, de nourriture et de bois à brûler. Les mini-chaînes portables rivalisaient avec les didjeridoos, les djembés et les guitares. La foule était essentiellement constituée de jeunes de dix-sept à vingt-cinq ans, des étudiants venus de Cardiff, des jeunes des villages voisins et de vieux hippies, fidèles des soirées du vendredi depuis l'an zéro de Fort Harmony.

James ne se sentait pas dans son élément. Les enfants chahutaient, les adolescents buvaient de la bière et flirtaient. Il ne trouvait pas sa place. Il s'enfonça dans la forêt pour profiter d'un peu de calme. Au bout de quelques minutes, il entendit des détonations assourdies provenant d'une clairière toute proche. En s'approchant, il reconnut le claquement caractéristique d'une arme à air comprimé. Il s'avança furtivement puis aperçut Sebastian et Clark Dunn. Ces types étaient décidément inquiétants. S'il n'avait pas été en service, il aurait pris ses jambes à son cou, mais sa mission exigeait qu'il se lie d'amitié avec les deux frères.

Ils disparurent comme par magie avant même qu'il n'ait atteint la clairière. Il trouva un oiseau blessé sur le sol. L'animal poussait des cris affolés et se débattait dans la boue. Il hésita à l'achever pour mettre un terme à ses souffrances.

Soudain, il vit deux silhouettes surgir de la forêt. L'un des garçons s'agrippa à son dos et essaya vainement de lui faire perdre l'équilibre. James lui assena un coup de coude dans l'estomac, mais ressentit un choc violent à l'arrière du crâne. Étourdi, il ne put empêcher ses agresseurs de le plaquer au sol.

L'un d'eux braqua une lampe torche dans ses yeux, l'autre le maintenait à terre de tout son poids. James était anxieux. Dans le meilleur des cas, ils allaient lui infliger une raclée mémorable. Mais il ignorait à quel point ils étaient dérangés. En outre, la fête battait son plein et il était inutile d'appeler à l'aide.

— Pourquoi tu nous suis, connard ? demanda l'un des frères.

— Je me promenais, c'est tout.

Son interlocuteur le saisit par les cheveux et lui enfonça le visage dans la boue. James sentit la pression sur ses cuisses se relâcher légèrement. Il en profita pour pousser sur ses jambes de toutes ses forces et vit Sebastian rouler au sol en hurlant. Il se redressa d'un bond et se prépara à affronter ses adversaires.

— Je vais te buter, dit Clark.

James savait que les mois passés à se faire corriger par les ceintures noires de CHERUB allaient enfin porter leurs fruits. Face à un agent surentraîné, ces deux amateurs n'avaient aucune chance.

Il attendit que Clark porte son attaque. Il fit un pas de côté, le frappa de toutes ses forces à l'estomac et à la bouche, puis lui assena un dernier coup de pied derrière les genoux. Le garçon s'écroula comme une masse dans la boue. Sebastian semblait furieux mais désormais peu désireux de se mêler au combat. Clark, à genoux, lança à son bourreau un regard suppliant.

— Je n'ai aucune envie de vous faire mal, dit James. Je veux juste que vous me laissiez partir.

Clark se redressa en haletant, la lèvre fendue. Il semblait souffrir, mais un sourire dément illuminait son visage.

— J'ai massacré des types bien plus grands que toi, ricana-t-il. Où est-ce que tu as appris à te battre ?

James sortit un mouchoir en papier de sa poche et le lui tendit.

— J'ai pris des cours de self-défense quand je vivais à Londres.

— Tu as une frappe de mule.

— Il suffit de mettre tout son poids dans chaque coup, expliqua James. Le mouvement doit partir des hanches.

— Tu devrais essayer, Sebastian. Je parie que tu vas finir plié en deux.

— Je n'ai aucune envie de le blesser.

— On se bat souvent ensemble pour s'endurcir, expliqua Clark. Ce n'est pas une fillette. Quand je le cogne, il ne cligne même pas des yeux.

Le petit Sebastian se tenait les mains dans le dos, prêt à encaisser le coup.

— Si tu insistes, je vais le frapper au bras.

— À l'estomac, précisa le petit garçon. Je suis habitué.

— Commençons par le bras, insista James, sachant qu'il pouvait provoquer de graves traumatismes. Ensuite, je ferai ce que tu me demandes, si tu en as toujours envie.

Sur ces mots, il le cogna de toutes ses forces. Son adversaire trébucha sur le côté et hurla de douleur, la main serrée sur son bras. Clark en pleurait de rire.

— Je t'avais dit que c'était du sérieux, glapit-il.

Sebastian était encore plus livide qu'à l'ordinaire. Il gardait les mâchoires serrées. James était navré d'avoir été contraint de le frapper avec une telle violence.

Puis son regard se posa sur l'oiseau qui agonisait dans la boue.

— Qu'est-ce qui lui est arrivé ?

— Je l'ai flingué, répondit Clark.

— Il n'était pas mort, ajouta Sebastian, alors je lui ai coupé une aile avec mon couteau.

— Vous êtes des malades, lâcha James en grimaçant.

— Ces pistolets à plombs ne sont pas très efficaces, dit Clark. Ça doit être une torture.

— Achevez-le, bon sang !

— Comme tu voudras, répondit Sebastian.

Il s'avança vers l'oiseau et l'écrasa du talon. L'animal laissa échapper un dernier cri désespéré, puis ses os craquèrent. Un sourire radieux éclaira le visage du garçon.

James comprit qu'il venait de se lier d'amitié avec deux cinglés de première.

32. Joanna

Une grande table couverte de plats et de saladiers avait été dressée dans la grange commune. James se servit une assiette de curry végétarien et rejoignit les invités assis autour du feu, sur des bâches en plastique. Sebastian et Clark prirent place près de Fire et de World.

— Salut, les psychopathes, dit Fire.

— Salut, les récidivistes, répliqua Clark, faisant référence au séjour de ses cousins en prison. Ross, tu connais ces deux dangereux criminels ?

Fire et World n'étaient pas des vrais jumeaux, mais ils portaient tous deux des dreadlocks et des piercings aux sourcils.

James remarqua que World le regardait fixement. Il avait l'air ivre mort.

— Dis, petit, est-ce que tu as la moindre idée de ce que ta sœur peut bien trouver à notre petit frère Scargill ? Elle est tellement sexy.

Il haussa les épaules.

— Elle n'est pas difficile. Elle sort avec tout ce qui bouge.

— Qu'est-ce que tu racontes ? demanda Amy.

À la lumière incertaine du feu, il n'avait pas vu sa camarade assise à quelques mètres de lui. Les quatre Dunn éclatèrent de rire. Elle se planta devant lui, les mains sur les hanches. Il ignorait si elle était folle de rage ou si elle jouait la comédie.

— Euh, rien, dit-il en se balançant nerveusement d'un pied sur l'autre. Je disais que Scargill et toi formiez un couple adorable.

Elle le prit dans ses bras et le souleva du sol.

— Je suis si soulagée, Ross. J'ai bien cru que j'allais devoir te péter les dents.

∴

Son curry terminé, James partit se promener seul dans le campement. Il remarqua une jeune fille qui fumait une cigarette, adossée à un arbre. Elle avait à peu près son âge, portait un baggy et des cheveux longs, et elle était à croquer. Il ne se souvenait pas avoir vu sa photo dans les rapports qu'il avait étudiés.

— Salut, je peux te prendre une taffe ? demanda-t-il, s'efforçant d'avoir l'air parfaitement détendu.

— Bien sûr, répondit-elle en lui tendant la cigarette.

James, qui n'avait jamais fumé de sa vie, craignait de se ridiculiser. Il aspira une bouffée qui lui brûla la gorge, mais parvint à se retenir de tousser.

— Je ne t'ai jamais vu ici, dit-elle.

— Je m'appelle Ross. Je viens d'arriver.

— Moi, c'est Joanna. Je vis à Craddogh.

— Je n'y suis jamais allé.

— C'est un bled paumé. Il n'y a que deux magasins et un bureau de poste. Et toi, tu viens d'où ?

— De Londres.

— J'adorerais y aller, un jour. Tu te plais à Fort Harmony ?

— Tu rigoles ? Il y a de la boue partout, et à chaque fois que je veux dormir, des barbus viennent gratter leurs guitares près de ma cabane. Je voudrais rentrer à la maison, prendre une bonne douche et retrouver mes potes.

Joanna sourit.

— Comment tu as atterri ici ?

— Oh, c'est une sale histoire. Mes parents sont en plein divorce, alors je vis chez ma tante en attendant que les choses se tassent. Ma mère a complètement pété les plombs. Et puis, je me suis fait virer du collège.

— Si je comprends bien, non seulement tu es super mignon, *mais* tu es un vrai rebelle.

James sentit le rouge monter à ses joues.

— Tu veux la dernière taffe, Ross ?

— Non, non, c'est bon.

Joanna jeta le mégot dans les fourrés.

— Je te fais remarquer que je t'ai fait un compliment, lâcha-t-elle.

— Ah ouais. Eh bien… merci.

— Qu'est-ce que tu attends pour faire pareil ?

— Oh oui, bien sûr. Tu es vraiment très… sympa.

— Franchement, tu n'as rien de mieux ?

— Belle. Voilà, tu es belle.

— Ah, je préfère. T'as pas envie de m'embrasser ?

— Euh… si, évidemment.

James était nerveux. Lui qui n'était jamais sorti avec une fille, voilà qu'il était sur le point d'embrasser une parfaite inconnue. Il posa un baiser sur sa joue. Joanna le plaqua contre l'arbre et l'embrassa dans le cou. Elle glissa la main dans la poche arrière de son jean, puis bondit en arrière.

— Qu'est-ce que j'ai fait ? demanda-t-il, alors qu'il commençait à apprécier cette expérience inédite.

— Une bagnole de flics. Il faut que je me cache.

James se retourna et aperçut les lueurs d'un gyrophare en contrebas de la colline. Deux policiers sortirent de leur véhicule de service et coururent dans leur direction.

— Tu es en fugue, c'est ça ?

— Pas le temps de t'expliquer. Trouve-moi une planque.

James lui saisit la main et ils prirent leurs jambes à leur cou. Il jeta un coup d'œil par-dessus son épaule et constata que leurs poursuivants s'étaient arrêtés pour discuter avec un résident. Il ouvrit le cadenas de la cabane de Cathy et se glissa à l'intérieur. Joanna referma la porte derrière elle.

— Vas-tu enfin me dire ce qui se passe ? demanda-t-il.

— Surveille l'extérieur. Qu'est-ce qu'ils font ?

Il s'approcha de la fenêtre.

— Je n'en vois plus qu'un. Il parle avec un vieux hippie.

— Qu'est-ce qu'il dit ?

— Tu crois que je peux lire sur les lèvres, à vingt mètres, en pleine nuit ? Attends. Le vieux vient de lui indiquer la direction de la cabane.

— Putain, je suis mal, gémit-elle.

— Pourquoi ?

— Je suis censée dormir chez une amie. On n'avait pas le droit de venir ici.

— Et elle est passée où, ta copine ?

— Elle a retrouvé son mec et elle m'a laissée tomber.

— Mais pourquoi les flics te recherchent ?

Alors un policier fit irruption dans la cabane et braqua le faisceau de sa lampe torche dans les yeux de la jeune fille.

— Salut papa, dit-elle.

— Sors d'ici tout de suite, dit l'homme. On rentre à la maison. Quant à toi...

Il éclaira le visage de James.

— ... je ne sais pas ce que tu as fabriqué avec ma fille, mais je te conseille de ne pas t'en approcher de trop près à l'avenir.

Il les regarda s'éloigner dans la nuit. Dépité, il alluma sa lampe à gaz, se versa un verre de lait et ouvrit son sachet de Mars.

— Il paraît que tu as essayé de te taper la fille du sergent Ribble, dit Cathy.

À l'évidence, elle était complètement ivre.

— Je l'ai rencontrée cinq minutes avant l'arrivée de son père. On a même pas eu le temps de s'embrasser.

— Arrête de jouer les modestes, tombeur.

Elle lui pinça la joue et éclata de rire. James était outré. Personne ne l'avait traité de cette façon depuis l'âge de cinq ans.

— Finalement, je suis contente que vous viviez chez moi, dit-elle. Ça met un peu de piquant dans ma vie.

— Tu vois qu'il n'y avait pas de quoi s'inquiéter.

— En fait, je m'ennuyais à mourir ici, depuis trente ans, et je ne m'en rendais même pas compte.

— Pourquoi tu ne quittes pas Fort Harmony ?

— Je commence sérieusement à l'envisager. Quand vous serez partis, je crois que je revendrai cette bagnole pour m'offrir un long voyage. Ensuite, je ne sais pas. Je louerai peut-être un appartement et j'essaierai de trouver un job. Je deviens trop vieille pour cette vie de sauvage.

— Quel genre de boulot ?

— Aucune idée. Je pense que les employeurs ne se bousculeront pas pour embaucher une femme de cinquante ans dont le dernier emploi fixe date de 1971.

— Tu faisais quoi à l'époque ?

— J'étais salariée du syndicat des étudiants de mon université. C'est là que j'ai connu Michael. On s'est mariés quelques années plus tard et on est venus s'installer ici. On a eu un petit garçon, et puis on a divorcé.

— Tu as un fils ?

— C'est du passé. Il est mort à l'âge de trois mois.

— Oh, je suis désolé.

Cathy semblait bouleversée. Elle fouilla dans un panier de rotin, en sortit un album de photos et présenta à James le cliché d'un nourrisson coiffé d'un bonnet de laine.

— Harmony Dunn. C'est la seule photo que j'ai de lui. Michael l'a prise le jour de sa naissance.

James pensa à sa mère et sentit une boule monter dans sa gorge. Il aurait voulu se confier à Cathy, mais il ne pouvait pas trahir sa couverture. La femme remarqua son trouble et passa un bras autour de ses épaules.

— Ne sois pas triste, James. C'est arrivé il y a très longtemps.

— Ta vie aurait sans doute été différente s'il avait vécu.

— Peut-être. Tu es un gentil garçon, Ross, ou quel que soit ton nom.

— Merci.

— Je trouve scandaleux que le gouvernement emploie des enfants pour mener des missions d'espionnage. Ils mettent délibérément votre existence en danger.

— C'est notre choix. Personne ne nous y force.

— Amy se sert de Scargill pour entrer dans l'intimité de Fire et de World, n'est-ce pas ?

James était impressionné.

— Tu as tout compris.

— Les membres de la famille Dunn ont toujours été très gentils avec moi, même lorsque j'ai divorcé de Michael. Mais ces deux-là, je les ai toujours trouvés bizarres. Je suis certaine qu'ils préparent quelque chose.

— Qu'est-ce qui te fait penser ça ?

— Je les connais depuis leur naissance. Il y a quelque chose qui ne tourne pas rond, chez eux. Tu veux que je te dise ? Ils me font froid dans le dos.

33. Huit contre un

Le lundi matin, le réveil de James sonna à sept heures. Comme il tardait à l'éteindre, Amy lui jeta un oreiller au visage. Il se glissa hors de son sac de couchage en se frottant les yeux, puis il décolla un coin du drap qui masquait la fenêtre afin de laisser pénétrer un peu de lumière.

— Referme ça tout de suite, gémit sa camarade, planquée sous ses couvertures.

— Il faut que j'aille au collège.

Il enfila son sweat-shirt et son pantalon de survêtement.

— Qu'est-ce qu'on se les gèle, gémit-il.

— Moi, ça va. Et puis, j'ai encore trois heures à dormir.

— Je n'arrive pas à croire que tu sois arrivée à te faire dispenser de cours. C'est trop injuste.

Elle gloussa en sourdine.

— Le spa de Green Brooke est un peu surchauffé, mais l'eau est rafraîchissante, et je prends une douche chaude au début et à la fin de mon service.

— Je suis dégueulasse. Les autres élèves vont se foutre de ma gueule.

— Tu n'as qu'à enfiler des fringues propres et te parfumer.

— Mes vêtements sont impeccables, mais je vais me coller de la boue partout dès que j'aurai mis un pied hors de cette putain de cabane. Où est ton déodorant ?

— Fouille dans mon bordel.

Il dénicha un spray rose décoré de papillons multicolores.

Estimant qu'il valait mieux porter un parfum féminin que d'exhaler une odeur de fosse à purin, il s'en aspergea généreusement.

— Comme je te plains, ricana Amy. Tu sais quoi ? Il fait presque trop chaud, là-dessous.

James remarqua que l'une des jambes de la jeune fille dépassait du duvet. Il saisit sa cheville et lui chatouilla énergiquement la plante du pied.

— Qui me cherche me trouve.

Amy bondit de son duvet, attrapa James par la taille et lui frotta violemment les côtes.

— Stop ! hurla-t-il entre deux éclats de rire.

Il se tortillait en tous sens, le visage écarlate. Un filet de salive coula le long de son menton.

— Supplie-moi, dit froidement sa camarade.

— Dans tes rêves.

Il ne parvenait pas à se dégager. La jeune fille le chatouilla de plus belle.

— Non, s'il te plaît… Pitié, arrête. J'AI DIT PITIÉ.

Amy relâcha son étreinte. La tête de Cathy apparut dans l'étroit passage menant à la cabane principale. Ses cheveux étaient en désordre.

— Qu'est-ce qui se passe ?

— Une simple bataille de chatouilles, expliqua James, en tâchant de reprendre son souffle.

— Calmez-vous. J'essaye de dormir. J'ai cru que vous étiez en train de torturer un suspect.

— Je dois aller en cours.

— Un peu de silence, s'il te plaît. Je me suis couchée très tard.

— Eh bien, il y en a qui mènent la belle vie. Qu'est-ce que tu as préparé pour le petit déjeuner ?

— Il y a du curry froid, et je crois qu'il te reste un Mars.

— Wow, c'est la fiesta.

Secouée d'un rire incontrôlable, Amy se pelotonna au fond de son duvet.

L'arrêt du bus scolaire se trouvait à la sortie de Craddogh, à près de deux kilomètres du campement. James y retrouva Joanna qui patientait en compagnie de quelques amies. Il lui dit bonjour, mais elle l'ignora. Les élèves venus du village portaient des vêtements à la mode. En comparaison, ceux de Fort Harmony ressemblaient à des clochards.

Il prit place à bord du véhicule, colla son front contre la vitre et regarda le soleil se lever sur la campagne environnante.

∴

Une demi-heure plus tard, le bus le déposa devant le collège Gwen Morgan. C'était un établissement moderne, constitué de petits bâtiments de plain-pied reliés par des passages couverts encadrés de parterres fleuris et de pelouses soigneusement entretenues. Les élèves s'y déplaçaient dans le plus grand calme, sans se bousculer ni se bagarrer. James constata avec stupéfaction que les toilettes des garçons étaient d'une propreté impeccable, et il en profita pour se laver les mains et le visage. Lorsque la sonnerie retentit, il se présenta au bureau des services administratifs puis rejoignit sa salle de classe.

Il tendit au professeur le billet qui lui avait été remis.

— Je vous présente Ross, dit ce dernier. Je vous demande de lui faire un excellent accueil à Gwen Morgan.

— Je peux m'asseoir à côté de toi ? demanda James à l'un des élèves.

Le garçon haussa les épaules sans même lui adresser un regard.

Le cours de mathématiques était assommant. James maîtrisait parfaitement son sujet, et l'ennui ne tarda pas à le gagner. Il mesurait la différence entre cette leçon monotone et l'enseignement dynamique dispensé à CHERUB. Il se contenta de noter proprement les indications du professeur sur son cahier neuf, mais il avait le sentiment de perdre son temps, car il ne devait passer que quelques semaines dans cet établissement.

À l'interclasse, deux garçons de sa classe prénommés Stuart et Gareth le bousculèrent volontairement dans un couloir.

— On va s'occuper de ton cas, sale hippie, dit l'un d'eux.

James leur lança un regard méprisant. Il n'avait pas peur. Il savait que ses qualités de combattant étaient désormais hors du commun.

À l'heure de la récréation, Gareth lui donna un nouveau coup d'épaule. James comprit qu'il risquait de devenir un souffre-douleur. Il riposta aussitôt par un direct au visage puis, souhaitant ne pas être tenu pour responsable d'une bagarre dès son premier jour de classe, il se fondit dans la foule des élèves.

Lors de la troisième heure, il constata avec satisfaction que Gareth avait des boules de coton sanglantes enfoncées dans les narines. Après le déjeuner, il préféra renoncer à jouer au foot, car ses deux agresseurs participaient à la rencontre, et il jugea plus prudent de se faire oublier. Il trouva un coin tranquille et désert, à l'arrière d'un bâtiment, s'assit sur une marche, dos au mur, et commença à faire ses devoirs.

Gareth et Stuart vinrent se planter devant lui. Il leva les yeux et remarqua six autres garçons qui se tenaient en retrait, prêts à intervenir. Il était furieux contre lui-même. Il avait manqué de vigilance et s'était laissé piéger comme un débutant.

— Tu m'as pété le nez, écolo de mes deux, gronda Gareth.

— C'est toi qui m'as cherché. Tu as eu ce que tu méritais. Allez, bouge.

Le garçon éclata de rire.

— Tu sais pas à qui tu parles, connard ?

— On aime pas les clodos de Fort Harmony, ajouta Stuart. Les flics devraient vous chasser de votre tas d'ordures à coups de pied au cul.

James considéra calmement la situation. Il aurait pu corriger ses interlocuteurs les doigts dans le nez, se sortir sans trop de bobos d'un combat contre deux ou trois de leurs complices, mais il n'avait aucune chance à huit contre un.

— Lève-toi, hippie, ordonna Gareth.

James préféra rester assis. Si ses adversaires passaient à l'attaque, il lui suffirait de se rouler en boule pour limiter les dégâts. S'il se redressait, il se ferait boxer sans pouvoir opposer de résistance.

— Je t'ai dit de te lever, répéta Gareth.

— Va te faire foutre. Je te fais peur ou quoi ? Pourquoi t'as ramené tous tes copains ?

Le garçon le frappa violemment au genou. Stuart l'imita. Deux de leurs camarades se joignirent à la mêlée, et James essuya une pluie de coups de pied. Par chance, ses ennemis étaient si nombreux et si désorganisés qu'ils gaspillaient leur énergie à se bousculer les uns les autres. Avant qu'il n'ait eu le temps de replier ses genoux contre sa poitrine, la semelle d'une basket l'atteignit à l'estomac. Il garda les jambes serrées pour protéger son bas-ventre et enfouit son visage entre ses mains.

La correction dura près d'une minute.

— Ça t'apprendra à nous manquer de respect, hippie à la con, lança Gareth avant de s'éclipser en compagnie de ses amis.

James resta allongé sur le sol. Il ne sentait plus ses membres. Les larmes lui montèrent aux yeux, mais il rassembla tout son courage pour ne pas éclater en sanglots.

Il glissa ses cahiers dans son sac puis se redressa péniblement. Il parvint à faire trois pas appuyé contre le mur, mais ses genoux se dérobèrent. Il resta assis, assommé de douleur, jusqu'à ce qu'un professeur le découvre. Il prétendit avoir fait une mauvaise chute et s'être tordu la cheville. L'enseignant passa ses bras sous ses épaules et l'aida à se traîner jusqu'à l'infirmerie.

...

Mr Crow, le directeur de Gwen Morgan, ne tarda pas à lui rendre visite. James sirotait un verre de jus d'orange, assis au bord du lit. Ses jambes et ses bras étaient recouverts de pansements.

— Qui t'a fait ça, Ross ?

C'était un petit homme rondouillard au visage amical, qui s'exprimait avec un fort accent gallois.

— Je ne sais pas.

— Des élèves de ta classe ?

— Non.

James se refusait à révéler l'identité de ses agresseurs. Le directeur ne pouvait pas exclure définitivement huit élèves. Au mieux, ils seraient suspendus quelques jours. Leurs copains et leurs grands frères lui tomberaient dessus et feraient de sa vie un enfer. Il jugea préférable d'en rester là pour le moment.

— Ross, je comprends que tu ne veuilles pas dénoncer tes camarades de classe. Mais c'est ton premier jour parmi nous, et tu as été victime d'une grave agression. Ça n'est pas acceptable. Nous sommes là pour t'aider.

— Ça va aller, dit James. J'en ai vu d'autres.

...

Estimant qu'il était rétabli, l'infirmière le laissa quitter le collège avant que ne retentisse la cloche annonçant la fin des cours, et il put éviter de se mêler à la foule des élèves. Joanna s'assit à ses côtés dans le bus. C'était la première chose agréable qui se produisait depuis son réveil.

— Qu'est-ce qui t'est arrivé ? demanda-t-elle.

— Je me suis fait frapper par une bande d'abrutis.

— Gareth Granger et Stuart Parkwood.

— Comment tu le sais ?

— Ils se prennent pour les terreurs du collège, mais ce sont des lâches. Ils chassent en bande, comme des hyènes.

— J'espère que ça n'arrivera pas tous les jours.

— Je crois que tu as besoin de prendre un bain.

— Nous n'avons pas l'eau courante, à Fort Harmony.

— Tu veux venir chez moi ?

— Je ne suis pas sûr que ton père m'accueille à bras ouverts.

— Il est en service jusqu'à six heures. Ensuite, il va au pub avec ses collègues.

— Et ta mère ?

— Elle vit à Cardiff avec mes grands frères.

— Tes parents sont séparés ?

— Oui, ça fait quelques mois.

— Ton père t'a passé un savon, vendredi soir ?

— Il a confisqué tout mon argent de poche, et il m'a privée de sortie pendant quinze jours.

— Dur.

— T'inquiète, c'est n'importe quoi, dit la jeune fille en souriant. Mon père m'interdit de sortir, mais il n'est jamais là pour me surveiller.

•••

Joanna Ribble vivait à l'entrée de Craddogh, dans une petite maison aux fenêtres ornées de rideaux en dentelle. Elle alluma la télévision et mit MTV. Ils avalèrent des toasts au fromage et burent du thé tandis que la baignoire se remplissait.

L'eau chaude apaisa les douleurs de James. Joanna entrouvrit la porte de la salle de bains pour lui jeter un T-shirt propre et un vieux caleçon ayant appartenu à l'un de ses frères. Lorsqu'il fit son apparition dans le salon vêtu de ces fringues trois fois trop grandes pour lui, elle se tordit de rire sur le canapé. Puis, sans un mot, elle le prit par la main et l'emmena dans sa chambre.

— Allonge-toi sur le lit.

Elle nettoya ses plaies avec du désinfectant, puis y posa de nouveaux pansements. James était hypnotisé par sa longue chevelure, par la courbe de ses reins lorsqu'elle se penchait sur lui. Elle était tout simplement sublime.

Il brûlait d'envie de l'embrasser à nouveau, mais elle avait un an de plus que lui et avait mentionné une ribambelle d'ex-petits amis. Il avait le sentiment désagréable de manquer totalement d'expérience.

34. À fond les manettes

James regagna Fort Harmony sous une bruine glaciale. Chacun de ses pas lui arrachait un gémissement de douleur. Il n'avait pour toute perspective qu'une soirée sans télé, dans une cabane sans chauffage, une nuit agitée sur un matelas crasseux, à écouter les ronflements d'Amy, et une nouvelle journée au collège, à la merci de brutes qui avaient juré d'avoir sa peau.

Pourtant, il était d'excellente humeur : Joanna et lui venaient de passer une heure et demie allongés sur un lit, à s'embrasser et à se raconter leur vie. Elle avait mis un CD de Red Hot Chili Peppers et ils avaient braillé à pleins poumons de la première à la dernière chanson. Lorsqu'il pensait à sa nouvelle petite amie, James éprouvait un sentiment inconnu qui lui faisait oublier tous ses problèmes.

Il trouva la cabane déserte. Incapable d'avaler quoi que ce soit, il se glissa dans l'extension, se laissa tomber sur son matelas et songea à Joanna.

∴

— Tu es sourd ? cria Sebastian à quelques centimètres de son oreille. Ça fait dix minutes que je frappe à la porte. Fire a réparé nos voitures radiocommandées. Tu veux venir voir ?

James n'avait aucune envie d'interrompre sa rêverie, mais sa mission exigeait qu'il noue des liens d'amitié avec les deux jeunes frères Dunn.

244

Il avait possédé l'un de ces jouets à l'époque où il vivait à Londres, mais il s'en était peu servi. Il ne pouvait pas l'utiliser dans son quartier, car il aurait été volé ou détruit à coups de talon en moins de cinq minutes.

Les voitures de Sebastian et de Clark étaient des buggies à essence équipés d'énormes pneus arrière qui soulevaient des gerbes de boue à chaque accélération. Clark immobilisa la sienne aux pieds de James et lui tendit la radiocommande.

— Vas-y doucement, dit-il.

— Tu me prends pour un débutant ?

Il poussa brutalement la manette verticale. Le moteur rugit et un panache de fumée bleue jaillit du pot d'échappement. La voiture ne bougea pas d'un millimètre, ses roues prisonnières de la boue collante.

— J'ai dit doucement, bordel, protesta Clark.

Sebastian souleva le buggie, puis le reposa quelques centimètres plus loin. Cette fois, James appuya prudemment sur la manette et le véhicule miniature bondit en avant à une vitesse stupéfiante.

— Cool ! s'exclama-t-il.

Il lui fit décrire un vaste cercle, frôla le Land Cruiser, puis manqua de peu de projeter l'engin contre un arbre et de le renverser sur le côté.

— C'était génial, ajouta-t-il. Elle est hyper rapide. Vous les avez eues où ?

— Fire et World les ont fabriquées quand ils étaient plus jeunes, répondit Clark. Le problème, c'est qu'elles tombent souvent en panne et que Fire se fait toujours prier pour les réparer. Ils en ont six autres dans leur atelier.

— J'aimerais bien les voir.

— Malheureusement, ils ne laissent entrer personne.

— Et ils y font quoi, dans cet atelier ?

— Aucune idée, répondit Sebastian. Mais tels que je les connais, je suppose qu'ils ont un plan pour conquérir l'univers.

— Il paraît que tu t'es fait cogner par des types au collège ? demanda Clark.

— Tu es bien renseigné.

— Tu ne les as pas dénoncés ?

— Jamais de la vie.

— Moi et Sebastian, à l'école, on se faisait frapper tout le temps parce qu'on venait de Fort Harmony. Tant mieux. On a appris à encaisser les coups. Maintenant, c'est nous les plus forts.

— Ouais, on est les rois, ajouta son frère. Il y a un type dans ma classe qui a tellement peur de nous qu'il fait dans son froc chaque fois qu'on claque des doigts. On a même pas besoin de se fatiguer.

— Vous allez à Gwen Morgan en septembre ? demanda James.

— Oui, tous les deux, dit Clark. On est dans la même classe, vu qu'on n'a que dix mois de différence.

— C'est génial. Vous pouvez vous serrer les coudes.

— On a déjà été exclus à trois reprises. La prochaine fois, ça sera définitif, mais on est pas du genre à se dégonfler.

— Qu'est-ce que disent vos parents ?

— On n'a jamais vu notre père, et notre mère nous soutient à fond. Elle sait que les élèves de la communauté sont traités comme des chiens dans les écoles de la région.

— Franchement, qu'est-ce que tu pensais de nous au début ? demanda Sebastian.

James haussa les épaules.

— Bof, pas grand-chose. Honnêtement, vous n'aviez pas l'air très sympa.

— Si tu avais été traité comme aujourd'hui tous les jours de ta vie depuis l'âge de cinq ans, tu aurais la haine, toi aussi.

— En tout cas, tu as bien fait de ne pas cafter, dit Clark. Les balances ne font pas de vieux os, à Gwen Morgan. Surtout, n'essaie pas de devenir leur ami ou d'implorer leur pitié, ça ne ferait que les encourager. Tu es un dur, Ross. Je te conseille d'en coincer un seul à seul dans un endroit désert et de le massacrer.

— Mais les autres vont me tuer.

— Il y a plein d'élèves à persécuter, au collège. Si tu leur montres ce que tu sais faire, ils y réfléchiront à deux fois avant de s'en prendre à un mec capable de leur casser la gueule dès qu'ils se retrouvent isolés.

— Je ne veux pas m'attirer d'ennuis. J'ai déjà été viré de mon ancien collège.

— Dans ce cas, conclut Sebastian en riant, il va falloir t'habituer à te faire marcher sur la tête.

•••

Après avoir dîné dans la grange commune, James regagna la cabane. Lorsqu'elle vit dans quel état il se trouvait, Amy sortit de ses gonds.

— Je vais leur botter le train, moi, à ces petits merdeux ! hurla-t-elle. Je ne les laisserai pas s'en prendre à mon petit frère.

— Laisse tomber. Tout ira bien. J'ai un plan.

— Sois réaliste. Ils sont trop nombreux. Pourquoi tu ne t'es pas plaint auprès du directeur ?

— Je ne suis pas une balance, et je n'ai peur de personne.

— Tu devrais aller à l'hôpital. Tu as peut-être un traumatisme crânien.

— Ils ne m'ont pas frappé à la tête, mentit-il. Je peux te parler d'un truc important ?

— Qu'est-ce qui peut être plus important ? Franchement, on dirait que tu t'es fait rouler dessus par un camion.

— Est-ce que tu as vu l'atelier de Fire et de World ?

— Ils m'ont invitée dans leur cabane. Je n'appellerais pas ça un atelier.

— Sebastian m'a parlé d'un endroit où ils bricolent des voitures radiocommandées. Apparemment, personne n'a le droit d'y entrer. Je crois qu'on devrait y jeter un coup d'œil.

— Tu sais où il se trouve ?

— Non, mais je vais faire mon enquête.

— J'ai rendez-vous avec Scargill. J'essaierai de lui tirer les vers du nez. Je parie qu'il s'agit d'une cabane abandonnée.

∴

Comme tous les soirs, James s'isola dans le Land Cruiser pour faire son rapport à Ewart. Il évoqua brièvement ses malheurs au collège.

— Tu m'en voudrais si je me faisais virer ?

— Qu'est-ce que tu as en tête ?

— Je pense que ma mission serait plus facile à remplir. J'aurais tout le temps de fouiner dans le campement.

— Et par une heureuse coïncidence, ça te permettrait de sécher les cours.

— Franchement, ça ne m'a même pas traversé l'esprit.

James et Ewart éclatèrent de rire.

— Tu as mon feu vert. Mais souviens-toi que tu n'es pas au-dessus des lois, alors évite de foutre le feu à l'établissement.

∴

Le mardi matin, lorsque son réveil sonna, James se recroquevilla sous ses couvertures.

— Secoue-toi, ou tu vas rater le bus, dit Amy.

— J'y vais pas. J'ai mal au dos. Je peux à peine bouger.

— Tu as fait du tir avec Sebastian et Clark jusqu'à minuit. Tu avais l'air en pleine forme.

— La douleur a dû se réveiller pendant la nuit.

— C'est ça, fous-toi de ma gueule, ricana la jeune fille.

James se leva à dix heures et demie, après le départ d'Amy pour Green Brooke. Cathy était d'excellente humeur. Elle l'envoya ramasser des œufs dans le poulailler et prépara une omelette au bacon et aux champignons.

Il lut les premiers chapitres de *No Logo* afin de préparer sa prochaine rencontre avec Bungle, puis il alla faire un tour. Joshua Dunn pelait des légumes dans la grange commune. Gladys Dunn feuilletait les journaux du matin.

— Je peux jeter un œil aux pages sportives ? demanda-t-il.

Elle lui tendit un exemplaire du *Western Mail*.

— J'ai entendu dire que tu avais eu des problèmes au collège ?

— Les nouvelles vont vite.

— Fort Harmony n'est pas un lieu pour les garçons de ton âge. Tous mes petits-enfants se sont fait maltraiter à l'école. Ils en ont gardé des traumatismes. Soit ils ont basculé dans la délinquance, soit ils se sont réfugiés dans la lecture.

— Vous dramatisez.

— Non, et tu ne fais pas exception à la règle, Ross. Tu t'es fait frapper dès ton premier jour à Gwen Morgan, tout ça parce que tu es différent des enfants du village. Quelle cruauté !

Le regard perdu dans le vide, elle poussa un profond soupir.

— Autrefois, nous avions notre propre école. Les parents donnaient les cours à tour de rôle. Mais les choses ont mal tourné lorsque nous avons essayé de définir les programmes.

— Tous les résidents ont été très gentils avec moi, mais je ne comprends toujours pas pourquoi ils tiennent tant à vivre ici.

— Je vais te faire une confidence, Ross : je me pose la même question depuis quelques années. À l'origine, Fort Harmony était le royaume de la liberté et de la jeunesse. Quand la police a essayé de nous démanteler, nous avons prouvé au monde que le peuple pouvait résister pacifiquement à l'arbitraire des gouvernements. Mais cette communauté est devenue un bidonville branché pour routards. La moitié des résidents sont des esclaves du système. Ils font le ménage et la cuisine pour de riches hommes d'affaires, au centre de conférences.

James était stupéfait.

— Alors, pourquoi restez-vous ici ?

— Tu sais garder un secret ?

— Je crois.

— Mon deuxième livre va sortir en septembre. Il devrait me rapporter assez d'argent pour acheter une grande maison dans une région ensoleillée. J'emmènerai Joshua avec moi. Les autres pourront bien se battre pour Fort Harmony, ce ne sera plus mon problème.

— J'ai lu votre premier bouquin. Très intéressant.

Gladys avait l'air stupéfait.

— Je ne savais pas que tu aimais lire.

Il s'en voulait d'avoir révélé à la femme qu'il avait étudié sa biographie. Un garçon de douze ans n'était pas censé s'intéresser à la vie mouvementée d'une communauté hippie.

— Cathy en a un exemplaire, bégaya-t-il sans savoir s'il disait vrai. Et comme elle n'a pas la télé…

— Dieu merci, dit Gladys en souriant.

— J'ai adoré les passages où vous vous cachez dans les tunnels pour échapper à la police, quand vous n'arrivez pas à faire taire les enfants. Ça devait être terrifiant.

— Je m'en veux d'avoir emmené les petits avec nous. Joshua était très intelligent. Maintenant, il passe ses journées à éplucher des légumes.

— Que sont devenues les galeries souterraines ?

— Il en reste quelques vestiges, par-ci, par-là. Si j'étais toi, je ne m'y aventurerais pas. Elles sont dangereuses.

— Ne vous inquiétez pas. Je m'étonnais simplement de ne pas les avoir aperçues.

— Ça n'a rien d'étonnant. Tu ignores sans doute que le campement a changé d'emplacement. Autrefois, il se trouvait au pied de la colline, près de la route. Comme l'ancienne grange commune était fréquemment inondée, nous avons décidé de déménager ici, à l'abri des crues.

...

Dans la cabane des Evans, James trouva Bungle, Fire, World et Scargill assis en cercle sur un tapis indien. Gregory s'amusait à faire rouler des petites voitures sur le lit de ses parents.

— Je passais juste dire bonjour, dit-il. Je peux revenir, si vous êtes occupés.

— Ne fais pas de manières, Ross, répliqua Bungle. Allez, assieds-toi. Thé ou café ?

— Thé.

James s'installa parmi eux. Contrairement à ce qu'il avait imaginé, la conversation entre les Bungle et les Dunn tournait autour des atouts de séduction respectifs de Julia Roberts et de Jennifer Lopez. Gregory prit un livre d'images dans la bibliothèque et vint s'asseoir sur ses genoux.

— Train, s'exclama-t-il gaiement.

Le petit garçon posa son doigt sur les dessins naïfs représentant des wagons et des locomotives, en précisant à chaque fois leurs couleurs. Bungle distribua des beignets à la confiture. Gregory trempa le sien dans le mug de James.

— Je dois déposer ces trois lascars au village, dit Bungle. Tu peux t'occuper de Gregory pendant une heure ?

— Avec plaisir.

— En cas de problème, utilise le téléphone mobile qui est sur la table pour joindre les urgences.

L'occasion se présentait enfin de prendre des photos de la cabane de Bungle et de procéder à une fouille discrète. Sa décision de sécher les cours était sur le point de se transformer en coup de maître.

35. Riposte

James quitta Fort Harmony après le déjeuner. Il courut le long de la route jusqu'à son point de rendez-vous, en vérifiant régulièrement qu'il n'était pas suivi. Ewart l'attendait sur le bas-côté à bord d'une BMW. Sans ses piercings, vêtu d'un costume rayé, il avait tout d'un respectable homme d'affaires.

— La classe, dit James d'un ton moqueur.

— Je sais que j'ai l'air d'un guignol, mais c'est le seul moyen de passer inaperçu à Green Brooke.

Ils roulèrent quelques minutes, puis s'engagèrent dans un chemin agricole.

— Alors, tu as quelque chose pour moi? demanda-t-il.

James lui remit la carte mémoire de son appareil photo numérique et quelques notes gribouillées sur des bouts de papier.

— J'ai photographié la cabane de Bungle sous tous les angles. J'ai fait des gros plans de sa bibliothèque, des pages de son carnet d'adresses, de son relevé bancaire et de son passeport. J'ai dressé une liste des numéros figurant dans la mémoire de son portable.

— Excellent travail. Tiens, jette un coup d'œil.

Ewart posa sur ses genoux un dossier cartonné à en-tête du FBI. James l'ouvrit et découvrit une photo en noir et blanc de Bungle. Il portait des cheveux longs et semblait avoir au minimum dix ans de moins.

— C'est bien lui, dit-il. C'est Brian Evans.

Puis il consulta une fiche de renseignements standard, semblable aux dizaines qu'il avait consultées pendant la préparation de la mission. Elle ne comportait que trois lignes :

Étudiant à Stamford, Connecticut. Colocataire du criminel Jake Gladwell.
Interrogé et relâché le 18/06/1994
Violation du code de la route, Austin, Texas, le 23 décembre 1998

— Rien de très excitant, soupira-t-il.
— C'est ce que je pensais avant de jeter un coup d'œil au dossier de Jake Gladwell. Ce type purge une peine de quatre-vingts ans à la prison de San Antonio, au Texas.
— Wow. Pour quel crime a-t-il été condamné ?
— Il a essayé d'assassiner le gouverneur du Texas au cours d'une soirée caritative. Il a été arrêté devant l'hôtel, avec une commande à distance sous sa veste. Sa bombe a pu être repérée et désamorcée avant l'explosion. Tu sais qui était gouverneur à l'époque ?
— Non.
— George Walker Bush, le Président. Et ce n'est pas tout. Huit dirigeants de compagnies pétrolières texanes auraient dû être assis à ses côtés au moment de l'explosion.
— Bungle est tout le temps fourré avec Fire et Worm, en ce moment.
— Ça ne m'étonne pas. J'ai découvert que les jumeaux avaient étudié à l'université de York pendant deux ans avant d'aller en prison. À l'époque, Bungle était professeur de microbiologie à l'université de Stamford, aux États-Unis. Mais cette année-là, il enseignait à York dans le cadre d'un programme d'échanges. Fire et World ont été ses élèves pendant deux trimestres, juste avant qu'il ne démissionne pour s'installer à Fort Harmony.
— Bon sang. Maintenant, on est pratiquement sûrs qu'ils font partie de *Sauvez la Terre !*

— Oui, j'y mettrais ma main à couper, mais on ne peut rien prouver. La mission doit se poursuivre jusqu'à ce que vous trouviez des preuves matérielles.

Sur ces mots, il s'empara d'une boîte de chocolats, sur la banquette arrière, et la remit à James.

— Tiens. Offre-les à Joanna. Ce sont ses préférés.

James n'en croyait pas ses oreilles.

— Ce n'est pas ce que tu crois. Je suis allé chez elle une fois pour prendre un bain.

Ewart éclata de rire.

— C'est pas ce qu'on m'a dit. Il paraît que vous vous êtes embrassés comme des sauvages.

— Eh, tu m'as placé sous surveillance ?

— Non, mais le MI5 surveille tous les échanges Internet de la région. Ils m'envoient un mémo dès qu'ils tombent sur un truc intéressant. Hier, vers vingt heures, Joanna s'est connectée à un site de chat. Elle a parlé d'un nouveau petit copain prénommé Ross. Il paraît que c'est un pur canon et qu'il a des super cheveux blonds. Si tu veux tout savoir, elle était impatiente de le retrouver à l'arrêt de bus, ce matin.

— Et merde, pourquoi je suis pas allé au collège ? Et comment tu sais pour les chocolats ?

— J'ai jeté un œil à son profil, sur le site. Elle adore les chocolats de chez Thornton, le rock et les petits blonds. Elle rêve de traverser les États-Unis sur une Harley Davidson.

— Tu peux me déposer à l'entrée du village ? Si tu roules vite, j'ai encore le temps de l'attraper à sa descente du bus.

⋰

Joanna le serra dans ses bras avec passion, puis ils coururent jusqu'à sa maison. Ils burent un bol de cacao, critiquèrent violemment les clips de MTV Hits, puis se livrèrent à une impitoyable bataille de chatouilles et de coussins. James s'attarda jusqu'au retour de son père, puis se glissa par la porte arrière pour regagner Fort Harmony sous la pluie, un sourire béat figé sur le visage.

Il commençait à saisir l'intérêt de ces insupportables comédies sentimentales hollywoodiennes dont sa mère raffolait. Il resta éveillé la moitié de la nuit, incapable de chasser Joanna de son esprit. Puis il prit brutalement conscience que sa mission allait s'achever tôt ou tard et qu'il devrait retourner à CHERUB sans espoir de la revoir.

Il se leva à l'aube et se présenta à l'arrêt de bus avec une demi-heure d'avance.

•••

Lorsqu'il entra dans la classe, tous les regards se posèrent sur lui. Tout au long de la matinée, Stuart et Gareth lui lancèrent des menaces à voix basse.

— Après les cours, tu auras droit au deuxième round, gronda le premier, tandis qu'il patientait dans la file du réfectoire.

James était impatient de retrouver Joanna. Il n'aurait raté le bus du soir pour rien au monde.

— Et pourquoi pas tout de suite ? Évidemment, vos copains ne sont pas là pour vous filer un coup de main…

— C'est quand tu veux, hippie.

En temps normal, James évitait de se battre en public, mais il avait pris la décision de se faire exclure. Un cercle d'élèves surexcités se forma autour des trois garçons.

— T'as la trouille, pas vrai ? demanda Gareth.

James lui fit un doigt d'honneur, le frappa à l'estomac, le saisit par la nuque, puis lui plongea le visage dans un plat brûlant de haricots à la tomate. Son adversaire, aveuglé par la sauce orange qui dégoulinait jusque dans son sweat-shirt, poussa un hurlement de bête.

Stuart fit tournoyer son plateau dans les airs et visa le crâne de James. Ce dernier anticipa l'attaque et riposta par un violent coup de coude au menton qui le laissa inconscient. Puis, pris d'une rage incontrôlable, il entreprit de finir Gareth à coups de pied dans les côtes. Les deux surveillants accourus en urgence eurent les plus grandes difficultés à le maîtriser, sous le regard d'une centaine de spectateurs sidérés.

∴

James s'allongea à plat ventre sur le lit de Joanna. Elle essuya ses cheveux mouillés avec une serviette-éponge.

— Tu es une vraie terreur, ronronna-t-elle avant de l'embrasser sur la nuque. Quand on aura seize ans, on partira pour l'Écosse et on braquera des banques. On vivra comme des rois, tu verras. Restaurants chics et voitures de sport.

— On dirait que tu as beaucoup réfléchi à tout ça, dit James en souriant. Je te rappelle qu'on ne se connaît que depuis une semaine.

— Malheureusement, tu te feras flinguer par les flics pendant un cambriolage.

— T'es grave, comme fille.

— Déprime pas, Ross. Tu survivras, mais tu devras passer cinq longues années en prison. Chaque jour, tu embrasseras religieusement ma photo. Moi, pendant ce temps, je ferai la route soixante-six en Harley Davidson. Quand tu sortiras, comme tu n'auras rien eu d'autre à faire que de soulever de la fonte, tu seras hyper musclé et couvert de tatouages. Je t'attendrai sur ma Harley devant le pénitencier. On s'embrassera comme des dingues. Tu monteras à l'arrière et on s'en ira dans le soleil couchant.

— J'ai pas trop aimé le passage avec les flics et la prison. Et si on échangeait ? *Tu* te prends une balle, et *je* vais faire de la moto en Amérique.

— Tu aimes les filles musclées et tatouées, Ross ?

Il roula sur le dos en riant. Elle l'embrassa fougueusement.

36. L'atelier

— Rappelle Ewart, lança Amy lorsqu'il pénétra dans la cabane. Il est furieux contre toi.

Anxieux, James s'isola dans le Land Cruiser et composa le numéro de son contrôleur de mission.

— Alors, mon garçon, demanda ce dernier d'un ton grinçant, tu t'es bien éclaté avec ta petite copine ?

— Qu'est-ce que tu me reproches ?

— Ta prof principale a moyennement apprécié ta démonstration de kung-fu à la cantine. Elle a appelé ton ancien collège pour se renseigner sur ton cas. Heureusement, elle a composé le numéro figurant dans ton faux dossier scolaire, et son coup de fil a atterri directement à CHERUB. Mais si elle avait cherché le numéro dans les pages jaunes, ta couverture aurait volé en éclats.

— Elle est vraiment furieuse ?

— Je l'ai rappelée en me faisant passer pour un de tes anciens profs, et je crois que je suis arrivé à calmer les choses. Je lui ai dit que tu étais un peu chahuteur mais globalement inoffensif.

— Tu m'avais donné ton feu vert, Ewart.

— Oui, mais je ne m'attendais pas à ce que tu plonges la tête d'un gamin dans la sauce tomate. Apparemment, son nez a méchamment dérouillé.

— Désolé, dit James en essayant de ne pas éclater de rire.

— Je me fous de tes excuses, cria Ewart. À quelle heure es-tu rentré à Fort Harmony ?

— Je viens d'arriver.

— James, il est sept heures et demie. Tu as vu Clark et Sebastian, aujourd'hui ?

— Non.

— Tu te crois en vacances ?

— J'étais avec Joanna.

— On ne t'a pas envoyé en mission pour draguer les filles de la campagne. J'ai demandé à Cathy de te priver de sortie. Tu ne pourras pas quitter Fort Harmony pendant une semaine.

— Et Joanna ?

— Je crois que tu ne comprends pas bien la situation. Concentre-toi sur ta mission. Si tu continues à prendre les choses à la légère, je te rapatrie illico à CHERUB, et je te fais nettoyer les toilettes avec une brosse à dents jusqu'à ta retraite.

— Il faut que je la voie, Ewart. Je t'en supplie.

— Ne pousse pas le bouchon trop loin, je ne suis pas d'humeur. Je te fixe deux objectifs. Sur les photos que tu as prises de la cabane de Brian Evans, j'ai remarqué un dossier blanc portant le logo RKM. Il se trouve au premier rayon de l'étagère, sous la fenêtre. Jettes-y un œil. On dirait un manuel de système informatique, mais Bungle ne possède pas d'ordinateur. Deuxièmement, je veux que tu recherches une camionnette rouge. Amy a vu Fire et World en descendre, au village, mais elle n'a pas eu le temps de noter la plaque d'immatriculation. Tu as compris ?

— Oui, dit-il, au comble du désespoir.

— Il est temps de te mettre au boulot, mon vieux.

Ewart raccrocha. James martela le tableau de bord, courut jusqu'à la cabane et plongea sa tête sous son oreiller.

— Qu'est-ce qui s'est passé ? demanda Amy.

— Fous-moi la paix.

— De quoi te plains-tu, Ross ? Tu as enfin réussi à te faire virer du collège.

— Il m'a interdit d'aller au village et de voir Joanna.

— Tu ne devrais pas t'emballer à propos de cette fille. Nous ne sommes ici que pour quelques semaines.

James se dressa d'un bond, enfila ses bottes et descendit la colline en courant.

Il faisait nuit. Allongé dans l'herbe, il envisagea de se rendre au village malgré l'interdiction d'Ewart, mais renonça en songeant aux conséquences que pourrait avoir un tel acte de désobéissance. Il risquait de ne plus jamais se voir confier une mission digne de ce nom.

Il pensa à retrouver Sebastian et Clark, mais l'idée de passer la nuit à terroriser la faune locale n'était pas très enthousiasmante. Il préféra rester assis par terre à ruminer de sombres pensées.

Soudain, il entendit un bruissement tout près de lui. Il se redressa, pensant avoir affaire à un animal sauvage, et aperçut deux voitures radiocommandées qui roulaient lentement non loin de lui. Contrairement à celles de Clark et Sebastian, elles étaient équipées de batteries électriques, et non de moteurs à essence. Elles se déplaçaient en silence, à faible allure, balayant doucement l'herbe humide. À une dizaine de mètres de là, il remarqua deux antennes chromées qui scintillaient à la lumière de la Lune, puis, dépassant à peine de la végétation, la tête couronnée de dreadlocks de World et le visage blafard de Scargill. Les voitures miniatures virèrent à quelques mètres de lui, puis filèrent droit vers leurs propriétaires. Les deux garçons rabattirent les capuches de leurs sweat-shirts avant de disparaître dans la nuit.

James considéra qu'il était trop risqué de les suivre. Il rampa jusqu'à la position que les deux cousins venaient d'abandonner et bascula la tête la première dans un trou boueux d'un mètre cinquante de profondeur. Le sol était dur et froid. Il alluma sa lampe de poche et découvrit une trappe métallique équipée d'un cadenas. Il saisit son portable et appela Amy.

— Je suis en bas, près de la route. Il se passe un truc louche. Je viens de voir World et Scargill rôder près de l'entrée d'un des vieux tunnels souterrains. Il y a une petite porte fermée à clef.

— Ne bouge pas d'où tu es. Je serai là dans cinq minutes.

— Faisons vite, dit la jeune fille. Ils pourraient revenir à tout moment. Tu sais te servir d'un pistolet à aiguilles ?

— Je me débrouille.

— Tu as ton appareil photo ?

— Oui.

— Jette un œil à ce qui se trouve sous cette trappe. Prends autant de clichés que tu peux et tire-toi.

— Tu surveilleras l'entrée ?

— Non. S'ils reviennent, il vaut mieux qu'ils ne me voient pas dans les parages. Tu leur diras que le cadenas n'était pas fermé, et que tu es entré par curiosité. Je vais rester à l'écart, et je n'interviendrai que si tu es menacé.

James s'empara du pistolet à aiguilles et se glissa au fond du trou. La serrure ne lui posa aucune difficulté. Il souleva la trappe et s'engagea dans un tunnel soutenu par des étais. Il parcourut quelques mètres en position accroupie et déboucha dans une pièce au plafond bas. Il saisit son appareil photo et commença à mitrailler sous tous les angles les rares éléments que contenait l'atelier : une étagère où étaient rangées des voitures et des pièces de rechange, un établi équipé de tiroirs et un container en plastique orange.

Son travail effectué, il regagna la sortie, ferma le cadenas et gravit la colline pour retrouver sa camarade.

— Alors, qu'est-ce que tu as vu ?

— Des voitures radiocommandées et quelques objets sans importance.

— En étudiant les clichés numériques, on découvrira sans doute des détails que tu n'auras pas vus.

— Je ne comprends pas pourquoi ils se terrent au fond de ce trou. Il y a forcément quelque chose qui m'échappe.

— Je vais rester cachée ici pour surveiller les allées et venues. Toi, retourne à la cabane et appelle Ewart. Arrange-toi pour organiser un rendez-vous et remets-lui la carte mémoire de ton appareil photo.

...

Après sa rencontre avec Ewart, James regagna l'abri et s'écroula comme une masse sur son matelas. Pour la première fois depuis des jours, il put dormir sans être dérangé par les ronflements d'Amy.

La jeune fille le réveilla aux alentours de deux heures du matin. Elle semblait électrisée.

— Tout s'éclaire, James. Sache que tu as bien failli te faire pincer. Fire est retourné à l'atelier deux minutes après ton départ. Je l'ai suivi jusqu'à Green Brooke. Tu ne devineras jamais à quoi servent les voitures radiocommandées.

— Tu me réveilles en pleine nuit pour jouer aux devinettes ?

— Elles sont équipées d'un compartiment qui leur permet de transporter un petit chargement. Fire et Scargill les font passer par une minuscule brèche pratiquée dans la clôture et déposent leur cargaison à l'arrière du bâtiment réservé aux employés. Les caméras de surveillance et les cellules de détection ne permettent pas de repérer des objets aussi réduits.

— Pourquoi ne louent-ils pas une chambre, tout simplement, pour introduire leur bombe dans l'hôtel ?

— La zone est sous haute surveillance. Chaque visiteur doit franchir un portail de sécurité, présenter le contenu de ses bagages et subir une fouille minutieuse.

— Si je comprends bien, ils font entrer un engin explosif pièce par pièce, dans les compartiments de leurs modèles réduits. Ça signifie qu'ils ont un complice à l'intérieur du centre, chargé d'assembler la bombe.

— Exact. J'ai informé Ewart. Il va envoyer des agents examiner discrètement les éléments qui ont déjà été déposés, mais ils auront l'ordre de ne toucher à rien. Il tient à appréhender celui qui viendra les ramasser.

— Ce type va avoir la surprise de sa vie.

— Pauvre Scargill, murmura Amy.

— Ne me dis pas que tu t'es vraiment attachée à ce minable.

Amy détourna les yeux, l'air mélancolique.

— Il me fait de la peine. Ce n'est qu'un pauvre garçon solitaire qui essaye de faire bonne impression devant ses grands frères. Il est tellement fragile. Il va en baver, en prison.

— Tu es folle de lui ! s'exclama James. C'est le pire ringard de l'univers.

— Ce que tu peux être puéril, parfois. Tu le juges sans lui avoir jamais parlé. Il n'y a pas que le physique, dans la vie.

— En tout cas, j'espère que je serai invité au mariage. Bon, qu'est-ce qu'on fait, maintenant ?

— On ne change rien. Ewart veut que tu te concentres sur Bungle et Eleanor. Nous savons qu'ils sont impliqués, mais nous devons à tout prix rassembler des preuves matérielles.

37. Le grain de sable

Amy réveilla son camarade en le secouant énergiquement. Le jour n'était pas encore levé.

— Habille-toi. J'ai eu Ewart au téléphone. Il vient nous chercher.

James se frotta les yeux. Amy se tortilla sur son matelas pour se glisser dans son jean à la lueur de sa lampe de poche.

— Qu'est-ce qui se passe ?

— Je n'en sais rien. Ewart dit que nous sommes en danger et que nous devons quitter le camp de toute urgence.

James enfila son pantalon et ses baskets, attrapa sa veste puis se glissa dans l'étroit passage qui menait à la partie principale de la cabane.

— Qu'est-ce que vous faites debout à cette heure ? demanda Cathy, tout ensommeillée.

Elle ne reçut aucune réponse. Les deux agents dévalèrent la colline et rejoignirent la route où les attendait la BMW.

— Vous deux, montez à l'arrière, ordonna Ewart.

La voiture démarra en trombe dans un crissement de pneus. Il jeta une plaquette de pilules et deux seringues sur la banquette arrière.

— Tu sais faire une piqûre, Amy ?

— En théorie.

— Fais-lui deux injections et donne-lui quatre cachets.

Le véhicule s'engagea dans un chemin forestier.

— Qu'est-ce qui m'arrive ? demanda James au comble de l'anxiété.

— Avale ça, dit Amy en lui tendant les médicaments.

Il alluma la lumière du plafonnier, examina la boîte et découvrit qu'il s'agissait d'antibiotiques Ciprofloxacin.

— Il me faut de l'eau pour les avaler.

— Je n'en ai pas, dit Ewart. J'ai oublié. Accumule ta salive. Plus tôt ces cachets se promèneront dans ton système sanguin, mieux ce sera.

James avait la bouche sèche. Il avala les pilules avec difficulté.

— Montre-moi ton bras gauche et soulève ta manche, dit Amy.

James obéit. La jeune fille ôta le capuchon d'une seringue.

— La voiture bouge trop. Je ne peux pas te piquer.

Ewart se rangea sur le bas-côté. Elle enfonça maladroitement l'aiguille. James retint un hurlement de douleur.

— Tu as déjà fait ça ? demanda-t-il.

Pour toute réponse, elle planta la seconde aiguille. Ewart écrasa aussitôt la pédale d'accélérateur.

— Est-ce que tu vas enfin me dire ce qui se passe ? cria James.

— Ils ne construisaient pas une bombe, mais une arme bactériologique. Les voitures radiocommandées transportaient des cylindres bourrés de bactéries.

— Oh, mon Dieu, murmura Amy. Comment n'y avons-nous pas pensé plus tôt ? Bungle est prof de microbiologie. Fire et World ont suivi ses cours à l'université. Ce sont sans doute des experts en la matière.

— Ils avaient prévu de diffuser un agent toxique dans le circuit d'air conditionné, expliqua Ewart. J'ai retrouvé la trace de la camionnette rouge. Elle appartient à un technicien des services techniques de Green Brooke. Le dossier dans l'étagère de la cabane de Bungle n'était pas un manuel informatique : RKM fabrique aussi des systèmes de climatisation.

— Quelles bactéries voulaient-ils diffuser ? demanda James.

— Les labos de la police scientifique n'ont pas encore analysé les échantillons, mais je suis presque certain qu'il s'agit d'anthrax.

— Oh, mon Dieu, gémit Amy.

— Tu sais de quoi il s'agit, James ? demanda Ewart.

— Je n'en ai pas la moindre idée, mais je suppose que c'est ce que j'ai attrapé et que ce n'est pas une bonne nouvelle.

— La plupart des bactéries ne survivent pas hors du corps humain plus de huit minutes. L'anthrax, lui, peut être conservé à température ambiante pendant une soixantaine d'années. C'est l'arme bactériologique la plus facile à stocker. Une poignée de spores peut faire des centaines de victimes.

— Comment ai-je été contaminé ?

— Garde ton sang-froid, James. À l'heure qu'il est, nous n'avons aucune certitude. Ces antibiotiques sont une simple précaution. Tu te souviens du container orange sous l'établi, dans l'atelier souterrain ?

— Oui.

— C'est une boîte réservée au stockage des déchets toxiques. Normalement, elle est destinée à être incinérée à deux cents degrés.

— Bordel, j'ai soulevé le couvercle et glissé la main dedans.

— Oui, je sais. Tu as même pris une photo de son contenu. J'ai failli avoir un infarctus quand j'ai vu ça. Elle contenait les masques et les gants usagés qu'ils portaient pour manipuler les spores d'anthrax.

— Je vais mourir ?

— Je vais être franc avec toi, James. Si tu as respiré des spores, tu es mal barré. Même avec les antibiotiques extrêmement puissants que je t'ai administrés, tu n'as qu'une chance sur deux de t'en sortir.

— Est-ce que j'ai pu contaminer Amy ?

— Il est possible que des bactéries soient restées collées à tes mains, mais sans doute pas en nombre suffisant pour être inhalées. Elle subira un examen dès que possible.

— Si les choses tournent mal, il me reste combien de temps ?

— Les premiers symptômes sont semblables à ceux de la grippe. Ils apparaissent vingt-quatre heures après l'infection. La plupart des victimes décèdent au bout de huit ou neuf jours.

— Où m'emmènes-tu ?

— À l'hôpital militaire de Bristol, à soixante-dix kilomètres d'ici. Un médecin a décollé de Manchester il y a quelques minutes. Si ça peut te rassurer, c'est le spécialiste mondial de l'anthrax.

...

Quatre brancardiers vêtus d'uniformes militaires allongèrent James sur une civière et le poussèrent vers les portes de l'hôpital. Il regarda les lumières défiler au plafond, puis, comme dans un rêve, réalisa que Mac et Meryl Spencer couraient à ses côtés.

Il fut conduit jusqu'à un dortoir équipé d'une trentaine de couchettes médicalisées, toutes inoccupées, réparties sur trois rangées. Des infirmières lui ôtèrent ses vêtements puis le soulevèrent pour le poser sur le lit. Il se sentait affreusement gêné de se trouver nu devant Amy, Ewart, Mac, Meryl et de nombreux membres de l'équipe médicale.

— Bonjour, James, dit un inconnu en blouse blanche. Je suis le docteur Coen.

À l'évidence, le médecin avait peu dormi. Il portait des Nike, un pantalon de jogging et une chemise boutonnée de travers.

— T'a-t-on expliqué ce qu'était l'anthrax ?

— En gros. Il est vraiment indispensable que trente personnes me voient à poil ?

— Vous avez entendu notre patient ? dit l'homme en souriant.

À l'exception de trois infirmières, du docteur Coen et de son assistant, tout le monde quitta la pièce.

— Tout d'abord, nous allons effectuer des prélèvements sanguins et vérifier que tu as bien été infecté par l'anthrax. Toutefois, il vaut mieux envisager le pire et commencer le traitement immédiatement. Nous allons te placer sous perfusion et t'administrer un mélange d'antibiotiques et de produits chimiques. Ton corps va réagir violemment. Tu dois t'attendre à avoir de la fièvre et à être victime de vomissements.

⁖

Amy et Meryl restèrent à son chevet. Deux heures après le début du traitement, il commença à se sentir faible et fébrile. Son visage pâlit et il demanda un récipient pour vomir.

Bouleversée, Amy quitta le dortoir. Meryl saisit sa main.

Son état empira rapidement. Son abdomen et sa cage thoracique étaient en feu. Le moindre mouvement lui donnait la nausée et sa vue était brouillée. Les infirmières se relayaient sans relâche pour nettoyer son lit. Au plus fort de la crise, elles lui administrèrent une piqûre d'antiémétique.

Il gardait les yeux rivés sur la porte. Il priait en silence pour que le docteur Coen pénètre dans la pièce, le visage éclairé d'un large sourire, pour lui annoncer que les résultats étaient négatifs. L'idée de vivre ses derniers instants dans ce dortoir aseptisé le terrifiait.

⁖

Le médecin ne se montra pas avant huit heures, le jeudi matin.

— Nous venons de recevoir les résultats, lâcha-t-il. Ce n'est pas bon. Nous allons devoir continuer le traitement.

38. À l'agonie

James se réveilla trente heures plus tard et constata avec stupéfaction qu'on lui avait enfoncé un tuyau dans la narine droite. Meryl était restée à ses côtés.

— Comment tu te sens ? demanda-t-elle.

— Faible, répondit-il d'une voix nasillarde.

— Le taux de bactéries dans ton système a nettement baissé. Les antibiotiques sont efficaces.

— Quelles sont mes chances de survie ?

— Quatre-vingts pour cent, selon le docteur Coen. Il se félicite d'avoir pu commencer le traitement dès le début de l'infection.

— Finalement, je me sens tellement mal que je me demande si je ne préférerais pas être mort.

— Lauren est ici.

— Comment va-t-elle ?

Meryl haussa les épaules.

— Pas mal. Elle a attendu ton réveil toute la journée, puis elle est allée dormir à l'étage du dessus.

— Je n'ai pas le droit de mourir. Je suis tout ce qui lui reste.

La jeune femme caressa le dos de sa main.

— Tu vas t'en sortir, j'en suis certaine. Tu sais que Fort Harmony fait la une de tous les journaux ?

Elle lui tendit un exemplaire du *Daily Mirror*. Sa vision était si brouillée qu'il parvenait à peine à déchiffrer les énormes lettres qui composaient le titre.

— Lis-le moi, s'il te plaît.

FORT TERREUR

UN RAID ÉCLAIR DE LA POLICE A PERMIS LE DÉMANTÈLEMENT D'UN GROUPE ÉCO-TERRORISTE À FORT HARMONY, LA PLUS ANCIENNE COMMUNAUTÉ HIPPIE DU ROYAUME-UNI, SITUÉE PRÈS DE CARDIFF.

Fire et World Dunn, deux jumeaux de 22 ans, et leur frère Scargill Dunn, 17 ans, tous trois petits-fils de l'écrivain culte Gladys Dunn, ont été appréhendés hier, tôt dans la matinée, après la découverte de spores d'anthrax au centre de conférences de Green Brooke, au Pays de Galles.

L'enquête a également permis l'arrestation de Kieran Pym, ingénieur spécialisé en air conditionné, et d'Eleanor Evans. Les autorités sont à la recherche d'un sixième suspect, Brian Evans, aussi connu sous le surnom de Bungle, qu'elles soupçonnent d'être le leader du groupe écoterroriste Sauvez la Terre !

Au cours de l'opération menée à Fort Harmony, la police a découvert un laboratoire souterrain où des échantillons d'anthrax étaient préparés afin d'être introduits dans le périmètre sécurisé du centre de conférences de Green Brooke. Cette cache ne disposait pas des moyens techniques permettant la culture des spores.

D'importants moyens de recherche sont actuellement mis en œuvre pour retrouver le laboratoire où la bactérie mortelle a été produite.

Les écoterroristes incriminés avaient pris pour cible les participants à la conférence Petrocon qui doit se tenir à Green Brooke le mois prochain. Si leur projet criminel avait abouti, on estime que plus de deux cents représentants de l'industrie pétrolière internationale auraient perdu la vie, ainsi qu'une cinquantaine d'employés du complexe hôtelier.

LIRE PAGES 2, 3, 4 et 11.

RÉSULTATS DE LA LOTERIE PAGE 6.

— Cette histoire fait beaucoup de bruit, dit Meryl. La photo de Bungle passe en boucle à la télé. Chaque journaliste y va de sa rumeur sur l'emplacement du labo où l'anthrax a été produit.

— Je suis triste pour Gregory, dit James. Il n'a que trois ans, et ses parents sont en prison.

∴

Une heure plus tard, Mac et Lauren lui rendirent visite. Toujours vêtue de son pyjama, la petite fille sauta sur le lit et serra son frère dans ses bras.

— Tu n'as strictement rien ! s'exclama-t-elle. Mais tu nous as fait une peur bleue.

— Qu'est-ce que tu racontes ?

— Ta sœur a raison, dit Mac. Le docteur Coen ne t'a pas informé ?

James secoua la tête.

— Scargill Dunn a affirmé aux enquêteurs qu'ils s'étaient contentés d'utiliser une dose d'anthrax inoffensive. Un laboratoire de Londres a procédé à une seconde analyse de tes prélèvements, et il a découvert que les spores présentes dans ton sang n'auraient pas pu faire de mal à une mouche.

— Je ne comprends pas. Quel était leur intérêt ?

— Bungle souhaitait cibler son attaque sur les délégués de Petrocon. Il a diffusé un *flux atténué* dans le circuit d'air conditionné du centre pendant plusieurs semaines. Une dose minime de spores, comparable à celle que les laboratoires utilisent pour fabriquer le vaccin contre l'anthrax. Ainsi, sans le savoir, le personnel de Green Brooke a été immunisé contre les doses mortelles que Bungle s'apprêtait à lâcher à l'ouverture de la conférence. Si son plan avait pu être mené à bien, seuls les invités auraient été touchés.

∴

Le docteur Coen interrompit le traitement antibiotique. Le vendredi soir, James commença à se sentir mieux. On lui retira sa perfusion et sa sonde gastrique, puis il parvint à s'alimenter par ses propres moyens. Dès le lendemain, il annonça à l'équipe médicale qu'il se sentait en pleine forme. Dans l'après-midi, Ewart revint de Craddogh pour s'entretenir avec lui.

— Amy est avec toi ? demanda James.

— Non, elle poursuit sa mission à Fort Harmony. Elle essaye de savoir où se cache Bungle. Mais nos espoirs sont minces. Les résidents sont peu bavards. Cinquante flics campent en bas de la colline. Plusieurs cabanes ont été mises sous scellés et placées sous surveillance permanente.

— Comment a-t-elle expliqué ma disparition ?

— La nuit de ton départ, Amy et toi vous êtes disputés. Tu as décidé de quitter Fort Harmony, et elle a tout fait pour te retenir. Vous vous êtes retrouvés près de la route, et tu t'es fait renverser par une voiture. Le conducteur vous a conduits à l'hôpital. Comme tu avais un bras cassé et que tu avais perdu pas mal de sang, tu as été placé en observation.

— Tu es un génie. Je sors quand ?

— Aujourd'hui, dès qu'on t'aura posé un plâtre. Après tout ce qui t'est arrivé cette semaine, je comprendrais que tu veuilles rentrer à CHERUB pour te reposer. Mais j'aimerais que tu retournes à Fort Harmony pour quelques jours. Une semaine, si tu le veux bien.

— Je pourrai revoir Joanna ?

— Pourquoi pas ? Pour le moment, je veux que tu continues à traîner avec Clark et Sebastian. La moindre information peut être capitale. En outre, je veux protéger Cathy. Ta disparition au cours de la nuit précédant les arrestations pourrait paraître suspecte.

Dans la voiture qui le ramenait à Fort Harmony, James parcourut tous les quotidiens du matin. Il éprouvait un sentiment étrange en lisant sous la plume de journalistes célèbres des faits qui lui étaient familiers. Ils faisaient de Bungle un génie du mal. Lui se souvenait d'un Américain sympa qui militait pour les droits de l'homme et la sauvegarde de l'environnement.

∴

Cathy l'attendait au bord de la route, à quinze kilomètres de Craddogh. James dit au revoir à Ewart et monta à bord du Land Cruiser.

— Salut, Ross, dit-elle. Tu t'es cassé le bras ?

— Non, mais c'est un vrai plâtre, si tu veux tout savoir, et il démange autant qu'un vrai.

Un barrage de police avait été dressé à l'entrée du chemin de terre menant au campement. Une femme policier leur fit signe de s'arrêter, vérifia les papiers de Cathy puis les laissa passer. James remarqua des techniciens de la police scientifique qui s'affairaient aux abords du laboratoire souterrain.

La plupart des résidents étaient rassemblés dans la grange commune. Ils avaient les nerfs à vif. Des policiers patrouillaient dans le camp et des journalistes les harcelaient de questions. Amy serra James dans ses bras. Il était impatient de se rendre au village pour voir Joanna, mais il était déjà tard et il craignait de tomber sur son père.

Sebastian lui assena une grande claque dans le dos.

— Alors, le grand blessé, s'exclama Clark. Comment tu te sens ?

— Pas mal. Juste un peu crevé.

— Tu as de la chance de ne pas t'être fait écraser.

— Remarque, ça aurait été marrant de te retrouver incrusté dans la route, s'amusa Sebastian.

— On voulait te demander un truc, l'autre soir, avant que tu pètes les plombs, dit Clark.

— Quoi ?

— Tu veux dormir avec nous dans notre abri ?

— Génial ! s'exclama James.

39. Raid

James ne savait trop quoi penser de Clark et de Sebastian. Ils avaient un côté obscur, mais c'est sans doute ce qui les rendait si attirants à ses yeux. Ils vivaient dans une épave de camionnette posée sur des parpaings à quelques mètres de la cabane de leur mère.

Clark fit coulisser la porte latérale.

— Entre là-dedans, dit-il.

James s'assit sur le marchepied pour retirer ses bottes, comme il en avait pris l'habitude depuis son arrivée à Fort Harmony.

— Te fatigue pas. Nous, la boue, on s'en fout.

La cabine, éclairée par des lampes à gaz, avait été débarrassée de ses sièges afin de ménager assez d'espace pour y disposer deux matelas. Le sol de métal était humide et percé de nombreux trous de rouille d'où émergeaient des touffes d'herbes folles. Il était jonché d'ordures et de vêtements sales. Au milieu de ce capharnaüm, James remarqua deux pistolets à air comprimé, un énorme couteau de chasse et des cahiers de classe déchirés.

— À l'assaut ! hurla Sebastian à pleins poumons en lançant une attaque désordonnée sur les deux autres garçons.

La semelle de sa botte frôla la hanche de Clark et atteignit James à la poitrine, y laissant une empreinte boueuse. Ce dernier considéra les dégâts avec un sourire amusé.

— Tu vas me le payer, gronda-t-il.

Il se jeta sur Sebastian et écrasa son plâtre sur son crâne.

— Tous aux abris ! brailla Clark avant de se joindre à la mêlée.

Ils chahutèrent ainsi jusqu'à l'épuisement, puis s'affalèrent sur le sol. Sebastian tendit une bouteille d'eau à James. Il en but quelques gorgées puis la vida sur sa tête.

— On va faire un tour ? demanda Clark.

James haussa les épaules.

— Ça me va, du moment que vous ne vous amusez pas à massacrer des animaux.

— T'as rien dans le pantalon, mec. Moi, je propose qu'on descende près de la route pour faire un carton sur les flics.

— T'oseras jamais, lâcha Sebastian.

Clark saisit son arme et tira sur la culasse pour engager un plomb dans le canon.

— Combien tu paries ? demanda-t-il en tendant la paume de sa main libre.

— Cinq livres.

Clark réfléchit quelques secondes, puis s'esclaffa.

— Je savais que t'étais pas à la hauteur, dit Sebastian.

— N'empêche, je déteste les flics. Fire et World vont nous manquer.

— J'espère que maman nous autorisera à leur rendre visite en prison. Pas comme l'autre fois.

— J'aurais tellement aimé qu'ils réussissent. J'aurais été fier d'être le cousin des plus grands criminels de tous les temps.

— Tu oublies que deux cents personnes ont failli mourir, s'indigna James. Tu as pensé à leurs familles ?

— Rien que des salauds de riches. Leur mort n'aurait pas empêché la planète de tourner. Quant à leurs femmes obèses et à leurs enfants pourris par le fric, ne compte pas sur moi pour les plaindre.

— Fire nous parlait souvent de la façon dont ces salauds traitent le peuple, dit Sebastian. Un jour, en Afrique du Sud, un champ a été inondé par une fuite de pipeline. Le fermier est monté à la ville pour demander à la société pétrolière de nettoyer les dégâts, et il s'est fait refaire le portrait par des vigiles. Il est allé se plaindre à

274

la police, mais ces fumiers marchaient aux pots-de-vin. Ils l'ont foutu en cellule, sans eau ni nourriture, jusqu'à ce qu'il avoue avoir endommagé lui-même l'oléoduc. Il a pris cinquante ans de prison. Des milliers d'écologistes ont dû se mobiliser pour qu'il soit relâché.

— Ça me paraît un peu gros, comme histoire, dit James.

— La prochaine fois que tu vas sur Internet, renseigne-toi. Des scandales comme celui-là se déroulent tous les jours.

— Selon Fire, des milliers de bébés meurent chaque année à cause de l'eau polluée par les hydrocarbures, ajouta Clark.

— Le terrorisme n'est pas une réponse à ces problèmes, protesta James.

— Tu nous prends pour des dingues, pas vrai ? Je suppose que tu préfères ces ordures qui accumulent des milliards de bénéfices sans dépenser un dollar pour réparer les dégâts qu'ils provoquent sur l'environnement.

...

Constatant que le camp grouillait de journalistes et de policiers, les trois garçons renoncèrent à leur projet d'escapade. Clark disposa un porte-cible à l'une des extrémités de l'abri, puis ils passèrent la soirée à s'entraîner au tir. James, dans l'incapacité de tenir l'arme à deux mains, se montrait maladroit. Les deux frères, eux, faisaient mouche à tous les coups. Ayant épuisé leur stock de cibles en carton, ils se mirent à canarder tout ce qui leur tombait sous la main. Clark passa l'arme derrière son dos, visa le garçon souriant dont la photo figurait sur la couverture de son livre de mathématiques, et l'atteignit en plein front.

À minuit, leur mère glissa la tête dans la camionnette et leur intima l'ordre de se coucher. Ils poussèrent leurs affaires contre les parois de la camionnette afin que James puisse installer son sac de couchage, puis ils éteignirent les lampes à gaz. Les deux frères continuèrent à bavarder dans le noir, évoquant avec fierté la conduite rebelle de Fire et World au lycée et en prison. James était conquis. Ces types avaient vraiment l'air cool. Il en venait à regretter d'avoir contribué à leur arrestation.

•••

Quelques minutes plus tard, sans aucune raison valable, une nouvelle bagarre éclata. L'obscurité, propice aux attaques surprises et aux stratégies les plus sournoises, rendait l'affrontement particulièrement sauvage. Des oreillers et des objets non identifiés volaient dans tous les sens. Au plus fort du combat, le sac de couchage de James se déchira et un nuage de plumes se répandit dans la camionnette.

La culasse d'un pistolet à plombs claqua à deux reprises. James et Sebastian se jetèrent à plat ventre. La mère fit une nouvelle apparition. Les trois garçons se glissèrent dans leurs duvets en gloussant.

— Il est une heure du matin ! hurla-t-elle. Si j'entends encore un mot, je vous jure que vous allez le regretter.

Sans protester, les deux frères remirent un peu d'ordre et se souhaitèrent bonne nuit. Au grand étonnement de James, la femme jouissait sur ses fils d'une incontestable autorité.

Il était épuisé, sale et ruisselant de sueur, mal à l'aise dans son sac de couchage en charpie posé à même le sol métallique. Pourtant, il lui suffit de fermer les yeux pour s'endormir comme une masse.

•••

Il fut réveillé en sursaut par des coups violents portés sur la carrosserie. Il se redressa, croyant avoir affaire à une nouvelle blague de ses camarades, et vit Clark qui clignait des yeux à la lueur de sa propre lampe de poche.

— Qu'est-ce que c'est que ce boucan ? demanda-t-il.

Muet, le garçon fixait la porte coulissante de la camionnette.

— Police, ouvrez, fit une voix à l'extérieur de l'abri.

Clark dirigea le faisceau de sa lampe vers Sebastian et sourit.

— Celui-là, rien ne peut le réveiller. Un jour, j'ai fait exploser un pétard près de son oreille, et il n'a pas bougé d'un millimètre.

Sur ces mots, il se glissa hors de son sac de couchage, vêtu d'un caleçon et d'un T-shirt, et fit coulisser la porte. Deux puissants rayons de lumière éclairèrent l'intérieur du véhicule. Un policier le saisit par le cou, le tira au-dehors puis braqua le faisceau de sa torche halogène dans les yeux de James.

— Sors de là, mon garçon.

Il enfila à la hâte son pantalon et ses bottes, puis s'exécuta. Des dizaines de gyrophares illuminaient Fort Harmony. Des policiers en tenue antiémeute chassaient méthodiquement les résidents de leurs cabanes. Les deux camps échangeaient des insultes et des menaces. Les enfants, eux, poussaient des cris déchirants.

Deux agents le plaquèrent contre la carrosserie, à côté de Clark.

— Il reste du monde là-dedans ? demanda le brigadier qui les accompagnait.

— Oui, mon petit frère. Je vais aller le réveiller.

— Tiens-toi tranquille, je vais m'en occuper.

Le policier pénétra dans la camionnette. James s'adressa à l'un de ses collègues.

— Qu'est-ce qui se passe ?

— Tout le monde doit être évacué. On a un mandat.

L'homme tira de sa poche un document officiel qu'il lut à haute voix.

— Par décision de la Haute Cour, les habitants du campement illégal connu sous le nom de Fort Harmony doivent quitter les lieux sous sept jours. C'est daté du 16 septembre 1972.

— Eh, mais ça fait plus de trente ans, dit James.

L'homme haussa les épaules.

— Effectivement, on a mis un peu plus de temps que prévu.

Un hurlement retentit à l'intérieur de la camionnette. Le brigadier sortit en chancelant, les deux mains serrées sur sa cuisse gauche. James entrevit l'éclat argenté du couteau de chasse qui y était planté. L'un de ses collègues cria dans son talkie-walkie :

— Alerte à toutes les unités. L'un de nos hommes est gravement blessé. Demandons secours d'urgence.

Une dizaine de policiers accoururent. Deux d'entre eux se chargèrent d'évacuer le blessé. Trois autres entreprirent une fouille minutieuse et musclée de James et de Clark.

— Le suspect se trouve toujours à l'intérieur, précisa l'un des agents qui avaient assisté à la scène.

Clark poussa un hurlement.

— Je vous ai dit que j'allais le réveiller ! Il a tellement peur dans le noir qu'il dort avec un couteau sous son oreiller !

— Ferme-la ou c'est moi qui te la boucle, aboya l'un des hommes qui le surveillaient.

Six policiers dégainèrent leurs armes et prirent position devant la porte de la camionnette.

— Sors d'ici immédiatement, ordonna le sergent qui dirigeait l'unité.

— Ne tirez pas, implora Sebastian d'une voix tremblante.

— Faites ce qu'il dit, ordonna l'officier. Ce n'est qu'un gamin. Quel est ton nom, petit ?

— Sebastian.

— Sebastian, tu vas lever les mains en l'air et sortir très lentement. On sait que c'était un accident. On ne te fera aucun mal.

Le petit garçon, terrorisé, apparut dans la lumière crue des torches halogènes. Les agents se jetèrent sur lui et le forcèrent à s'allonger sur le ventre dans la boue. L'un d'eux posa un genou sur son dos et lui passa les menottes. Assailli par ces géants caparaçonnés, il semblait frêle et vulnérable. Enfin, ils le traînèrent sans ménagement jusqu'à un véhicule de police.

— Laissez-moi l'accompagner, gémit Clark.

L'homme qui le maintenait contre la carrosserie accentua sa pression.

— Je t'ai dit de te taire et de te tenir tranquille.

La mère de Clark et Sebastian fut à son tour extirpée de sa cabane. Le sergent l'autorisa à accompagner son fils cadet à bord de la voiture de service.

— Et nous ? demanda James.

— Nous avons reçu l'ordre de regrouper tout le monde à l'église du village, déclara l'officier. Un autocar vous attend en bas de la colline.

— Je peux aller chercher mon pantalon et mes bottes ? implora Clark.

— Je ne peux pas t'autoriser à retourner dans la camionnette. C'est une scène de crime, désormais, et nous allons devoir y poser des scellés.

— Mais je suis pieds nus. Il fait si froid.

— Obéis, même si tu dois marcher jusqu'à ce car sur des braises ou du verre pilé.

Les deux garçons se mirent en route.

— Il faut que je retrouve Courtney et ma tante, chuchota James.

Une centaine de policiers avaient investi le camp. Les résidents formaient une triste procession qui s'étirait du sommet de la colline à la route. Ceux qui essayaient de s'écarter de la file étaient impitoyablement frappés à coups de matraque. James et Clark parvinrent à se glisser dans un bosquet puis progressèrent silencieusement dans les sous-bois jusqu'à la cabane de Cathy. L'abri était désert, le Land Cruiser introuvable.

— Qu'est-ce que tu cherches ? demanda Clark.

— Mon téléphone. Ma sœur a dû l'emporter. Au fait, tu chausses du combien ?

— Du trente-six.

James lui tendit une paire de Nike.

— Tiens, c'est du trente-sept, mais je crois que ça fera l'affaire. Prends les fringues que tu veux.

— Merci.

Clark enfila un pantalon de survêtement et un sweat-shirt à capuche.

— Courtney doit déjà être au village. Je crois qu'on ferait mieux de se dépêcher si on ne veut pas rester coincés ici.

...

— Il n'a que dix ans, dit James, assis dans le bus bondé à côté de Clark. Ils réaliseront que ce n'était qu'un accident.

— Je n'en suis pas aussi sûr, Ross, répondit le garçon, visiblement bouleversé. Les flics n'hésiteront pas à faire de fausses déclarations pour le coincer. À ton avis, qui les juges croiront-ils ? Les deux gamins qui collectionnent les conneries depuis des années ou les gentils fonctionnaires à la solde du gouvernement ?

— S'il le faut, je viendrai témoigner en votre faveur.

— S'ils le jettent en maison de correction, je buterai un de ces salauds pour le retrouver.

40. Adieux

Quatre-vingts résidents de Fort Harmony épuisés et à bout de nerfs étaient rassemblés dans l'église de Craddogh. Les pleurs des enfants étaient assourdissants. Une foule de journalistes se pressait autour de Gladys Dunn. Son fils Michael se jeta sur eux, le poing brandi, avant d'être emmené par la police sous le crépitement des flashs.

— Nous exigeons de retourner au camp pour récupérer nos affaires ! cria un vieux hippie qui s'était improvisé porte-parole de la communauté.

— C'est impossible, répondit le capitaine de police. La route est bloquée jusqu'à nouvel ordre. Vos effets seront acheminés dans les heures à venir.

Clark était effondré. Tantôt il appelait son frère et sa mère en pleurant, tantôt il menaçait de mort les policiers qui assuraient la surveillance de l'édifice. James le prit dans ses bras et le berça comme un petit enfant.

— Jamais personne n'a été aussi sympa avec moi, sanglota le garçon.

James sentit une boule grossir dans sa gorge. Il avait joué à Clark la comédie de l'amitié. Il n'était qu'un pion dont il s'était servi pour mener à bien sa mission.

∴

Le monde est plus simple dans les films. Il y a les bons, qui gagnent à la fin, et les méchants, qui récoltent ce qu'ils ont semé. Lors de cette mission à Fort Harmony, James avait réalisé que les salauds étaient des gens comme les autres. Ils pouvaient même avoir de l'humour, vous proposer du thé, aller aux toilettes et adorer les membres de leur famille.

Fire, World et Bungle étaient des assassins en puissance. Les compagnies pétrolières détruisaient l'environnement et abusaient des populations les plus pauvres. Les policiers faisaient un boulot difficile, mais ils avaient l'air de prendre plaisir à matraquer tout ce qui bougeait. Les résidents de Fort Harmony, eux, n'avaient nui à personne. Pourtant, ils se retrouvaient expulsés du lieu où ils avaient vécu en paix durant trente ans.

James avait permis l'arrestation d'un groupe de criminels et sauvé la vie de quelques centaines d'industriels et de politiciens cyniques, mais il avait contribué à la disparition de la communauté. Il ignorait s'il devait se ranger parmi les bons ou les mauvais. Cette question lui donnait la migraine.

∴

Inquiet de l'absence d'Amy et de Cathy, James quitta l'église pour se lancer à leur recherche. L'unique cabine téléphonique du village avait été prise d'assaut par une vingtaine de réfugiés qui tâchaient de trouver un hébergement pour la nuit. Il se dirigea vers la maison de Joanna, certain que son père serait de service, réquisitionné pour participer à l'opération de police qui se déroulait.

Il trouva son amie devant le portail du jardin. Vêtue d'une chemise de nuit, elle observait avec inquiétude les gyrophares qui illuminaient le centre du village. Puis il remarqua que son père se trouvait près d'elle, assis sur une balancelle.

— Salut, lança-t-il.

La jeune fille lui adressa un sourire radieux. Il jeta un regard inquiet au sergent Ribble.

— Qu'est-ce qui se passe, là-bas ? demanda ce dernier.

— Les résidents de Fort Harmony ont été expulsés. Comment se fait-il que vous ne soyez pas au courant ?

— Les gros durs de la cellule antiterroriste refuseraient de me donner l'heure. Pour eux, je ne suis qu'un flic de la cambrousse.

— Je peux passer un coup de fil depuis chez vous ? Je ne sais pas où se trouvent ma tante et ma sœur.

— Bien sûr. Jojo va te conduire au téléphone.

James ôta ses bottes et suivit Joanna à l'intérieur de la maison. Il constata avec amusement qu'elle portait des chaussons en fourrure synthétique et une chemise de nuit Daffy Duck.

— Comment ça va, *Jojo* ? lança-t-il en réprimant un éclat de rire.

— Ferme-la, Ross. Seuls mon père et mes frères ont le droit de m'appeler comme ça.

— Tu sais, je vais sans doute devoir rentrer à Londres, maintenant.

— Oh.

L'expression de tristesse de la jeune fille lui procura un étrange sentiment de satisfaction. Il était rassuré sur les sentiments qu'elle éprouvait à son égard. Elle le conduisit jusqu'au téléphone. Il mit de longues secondes à se remémorer le numéro d'Amy.

— Courtney, c'est Ross. Où est-ce que tu es ?

— Cathy a complètement pété les plombs. Elle pense qu'elle est responsable de ce qui s'est passé ce soir. Elle m'a débarquée avec mes bagages à quelques kilomètres de Craddogh. Ewart va venir me chercher. Il devrait être là dans une minute.

— Je suis chez Joanna. Qu'est-ce que je dois faire ?

— Reste où tu es. On va passer te prendre. Dis à ta copine que ta tante a chargé l'un de ses amis de nous conduire à la gare de Cardiff et de nous mettre dans le premier train du matin en direction de Londres. On sera là dans une demi-heure.

— Alors on rentre à la maison ?

— La mission est terminée, James. Fort Harmony n'existe plus.

James raccrocha et considéra sa petite amie d'un air grave.

— Un copain de ma tante va venir me chercher. Je rentre chez ma mère.

— Viens dans ma chambre. Tu ne peux pas me refuser un baiser d'adieu.

Le père de Joanna ne vit pas sa fille se glisser furtivement dans sa chambre avec James. Sans se préoccuper de la boue qui maculait les vêtements de son petit ami, elle s'adossa à la porte et l'attira contre lui. Sa peau était chaude. Ses cheveux sentaient le shampooing et son haleine embaumait le menthol. Mais il était amer. Il n'avait plus que quelques secondes à passer en compagnie de celle qu'il aimait, et il savait qu'il ne la reverrait jamais.

La poignée de la porte pivota. Joanna résista de tout son poids.

— Qu'est-ce que vous fabriquez, tous les deux ? demanda le sergent Ribble.

Les deux amoureux s'écartèrent l'un de l'autre et le laissèrent entrer. James se creusa le crâne pour trouver une excuse crédible, puis il constata que la chemise de nuit de son amie était tachée d'empreintes de main boueuses.

— Bon sang, Joanna, tu n'as que treize ans ! hurla son père.

— Mais papa, on était juste en train de…

— Change-toi et mets-toi au lit. Quant à toi, mon garçon…

Il saisit James par la nuque.

— Tu as passé ton coup de fil ?

— Oui. Quelqu'un va venir me chercher.

— Parfait. Dans ce cas, tu attendras dehors.

Sur ces mots, il le poussa brutalement jusqu'au jardin puis le fit asseoir sur un muret, face à la route. James avait le cafard. Non seulement il se sentait coupable de ce qui était arrivé à Sebastian et à Fort Harmony, mais la fille à laquelle il tenait le plus au monde était cloîtrée dans sa chambre, à quelques mètres de lui, alors qu'il était sur le point de la quitter pour toujours.

Soudain, il entendit une fenêtre s'ouvrir derrière lui. Il se retourna et vit Joanna lancer un avion en papier.

— Je t'ai dit de te mettre au lit, jeune fille ! cria le sergent Ribble en se précipitant vers la façade de la maison.

James bondit du muret et ramassa l'avion. Il le déplia et lut le message que son amie y avait rédigé.

Ross, appelle-moi, s'il te plaît. Tu es trop mignon.
Joanna
XXX

Triste comme une pierre, il glissa le papier dans sa poche.

··•··

Ewart conduisit ses deux agents à Fort Harmony.

— Ils avaient vraiment besoin d'expulser tous ces gens innocents ? demanda James.

— Selon la cellule antiterroriste, Fort Harmony reste un foyer d'agitation. Ils ont préféré liquider le camp avant l'ouverture de Petrocon, et la loi était de leur côté.

— Je regrette d'avoir accepté cette mission. C'est notre faute, tout ce qui est arrivé.

— Je croyais que tu détestais Fort Harmony, fit observer Amy.

— Je n'ai jamais dit que j'aimais y vivre, mais je trouve scandaleux que toutes ces familles soient jetées à la rue.

— La communauté était condamnée, dit Ewart. Si Fire, World et Bungle avaient pu mettre leur plan à exécution, elle aurait été démantelée après l'attentat. Sa fin n'a été anticipée que de quelques semaines.

— Tu savais que ça allait se produire, n'est-ce pas ?

— Si c'était le cas, je ne t'aurais pas renvoyé au camp pour une seule nuit.

— Où est passée Cathy ?

— Elle était bouleversée, dit Amy. Elle envisage de passer quelque temps chez des amis, à Londres.

— Elle a rompu notre accord, gronda Ewart. Elle n'était pas censée te planter en pleine nuit, au milieu de nulle part. Je veux qu'elle nous rende notre fric.

— Fous-lui la paix, soupira la jeune fille. Elle a vécu à Fort Harmony pendant trente ans. Tu devrais comprendre qu'elle y soit attachée. Jusqu'à ce soir, elle a fait du super boulot.

— Tu n'as que seize ans, et elle t'a abandonnée en rase campagne avec quatre énormes sacs de voyage. Tu peux t'estimer heureuse qu'il y ait eu du réseau. Tu aurais pu tomber sur un tueur psychotique et finir à la morgue.

— Mais ça ne s'est pas passé comme ça, dit Amy d'un ton tranchant. Laisse-la tranquille. On a obtenu d'elle tout ce qu'on voulait.

Ewart donna un coup de poing sur le volant.

— Bon sang, huit mille livres et une bagnole de luxe, c'est pas un peu cher payé pour la façon dont elle t'a traitée ?

Il ralentit au barrage de police qui interdisait l'accès au campement et montra sa plaque du MI5 à la portière. Dans les premiers rayons du soleil, les unités antiémeutes achevaient le démantèlement de Fort Harmony. Une équipe était chargée de vider les cabanes, de remplir des sacs et de les rassembler à bord de camions. Un autre groupe d'hommes équipés de tronçonneuses et de masses abattait les abris puis en découpait les éléments afin de rendre toute reconstruction impossible.

Lorsque Ewart descendit de la BMW, à la lumière des projecteurs placés aux quatre coins du camp, James et Amy remarquèrent qu'il avait remis ses boucles d'oreilles et portait un jean déchiré. Rien n'aurait pu laisser penser que ce jeune homme à l'allure rebelle occupait d'importantes fonctions au sein des services de renseignements. Deux policiers accoururent dans sa direction.

— Vous, remontez dans cette voiture et quittez les lieux immédiatement ! cria l'un d'eux.

Ewart fit mine de n'avoir rien entendu et se dirigea vers la cabane de Cathy.

— Vous tenez absolument à vous faire boucler ? ajouta l'homme avec arrogance.

Il essaya de saisir Ewart par le bras, mais ce dernier lui colla sa plaque d'identification sous le nez. Visiblement stupéfait, le policier se raidit.

— Qu'est-ce que je peux faire pour vous ? demanda-t-il.

— Monsieur.

— Pardon ?

— Je suis votre supérieur. Vous allez me faire le plaisir de m'appeler monsieur.

— Qu'est-ce que je peux faire pour vous, *monsieur* ?

— Allez me chercher des sacs en plastique, et au trot.

Ils pénétrèrent dans la cabane de Cathy et commencèrent à rassembler les affaires qu'ils y avaient abandonnées.

Après quelques minutes, un capitaine de police fit irruption dans l'abri et s'adressa à Ewart avec déférence.

— Veuillez excuser mes hommes pour ce malentendu. Nous avons reçu l'ordre de ne pas toucher à cette construction. Auriez-vous l'obligeance de me montrer votre plaque ?

Le contrôleur de mission s'exécuta.

— Je n'en ai jamais vu de semblable, s'exclama-t-il avec enthousiasme. Une accréditation de niveau un. Le commandant de la cellule antiterroriste lui-même n'est qu'au niveau deux. Qu'est-ce que vous faites ici ?

— Je suis sûr que vous avez mieux à faire que de vous extasier sur une plaque de métal. Tenez, portez ça jusqu'à ma voiture.

Il lui tendit un lourd sac-poubelle. Enchanté, James regarda l'officier dévaler maladroitement la colline, chargé de son linge sale.

— Je croyais que seul Mac disposait d'une telle accréditation, dit Amy.

— Je te le confirme.

— Alors, qu'est-ce que tu lui as montré ?

— Oh, disons qu'il s'agit d'une excellente imitation.

— J'adore tes méthodes, dit-elle avant d'éclater de rire.

Ils achevèrent d'entasser leurs affaires dans le coffre de la voiture. James se retourna pour contempler une dernière fois Fort Harmony. Il sortit son appareil photo numérique et prit quelques clichés d'un arbre qui se dressait aux abords de la cabane.

— Tu peux m'expliquer ce que tu fais ? demanda Amy.

— Jamais de la vie. Tu te moquerais de moi.

Elle agita rapidement les doigts.

— Ne me force pas à te chatouiller à mort.

— OK, mais promets-moi de ne pas rire.

— C'est juré.

— C'est là qu'on s'est embrassés pour la première fois, Joanna et moi.

— Oh, c'est *trop* mignon.

Ewart mit deux doigts dans sa bouche et fit mine d'être sur le point de vomir.

— Vous aviez promis, protesta James, indigné.

— Moi ? Je n'ai pas dit un mot.

— J'ai hâte de raconter à Kerry ta petite aventure avec Joanna, lança Amy.

— Non, je t'en supplie.

— Eh bien, quel est le problème ? On dirait que tu tiens plus à cette petite prétentieuse que tu ne veux bien l'admettre.

James envisagea de quitter la voiture, mais le véhicule roulait déjà à près de quatre-vingts kilomètres heure. Il croisa les bras et regarda fixement par la fenêtre, essayant vainement de dissimuler la détresse qu'il ressentait à l'idée de ne plus revoir Joanna.

41. Au paradis

Dès leur retour à CHERUB, Amy conduisit James à l'atelier de menuiserie. Il regarda avec appréhension sa camarade s'emparer d'une scie électrique.

— Tu ne vas quand même pas retirer mon plâtre avec ça, protesta-t-il. Tu vas me découper en rondelles.

— Serre les dents et cesse de te comporter comme une mauviette.

Elle lui tendit une paire de lunettes de protection.

— Pose ton bras sur l'établi.

— Tu as déjà fait ça avant ?

— Non, c'est la première fois, répondit-elle avec un sourire cruel.

Sur ces mots, elle appuya à plusieurs reprises sur le bouton de la scie pour en vérifier le fonctionnement, puis enfonça fermement la lame. Des fragments de plâtre et de la poudre blanche sautèrent au visage de James. Il crut sentir le métal lui chatouiller les poils et essaya de se convaincre que son imagination lui jouait des tours.

Enfin, Amy posa son outil. Il libéra son bras et se gratta avec frénésie.

— Aaah, qu'est-ce que ça fait du bien, gémit-il.

— Arrête. Tu vas te faire mal.

— M'en fous.

Il retira ses lunettes et chassa la poussière de ses cheveux.

— Va prendre une douche et dépose tes vêtements sales à la laverie, dit sa camarade. Ensuite, va voir Mac dans son bureau.

— Et toi, tu ne viens pas ?

— C'est la procédure normale. Il reçoit tous les agents à l'issue de leur première mission.

•••

— Entre, James. Comment te sens-tu ?

— Mieux. Juste un peu fatigué.

— Ewart m'a confié que tu doutais du bien-fondé de ta mission.

— À vrai dire, je ne sais plus trop où j'en suis.

— Selon lui, tu as le sentiment d'avoir contribué à une injustice.

— J'ai entendu des rumeurs sur les délégués de Petrocon. Il paraît qu'ils maltraitent des personnes sans défense et empoisonnent des bébés.

— Ce ne sont pas des rumeurs. Les compagnies pétrolières se moquent de l'environnement et des droits de l'homme. Sans pétrole et sans gaz, le monde serait paralysé. Pas d'avions, pas de bateaux, peu d'électricité. Ces ressources sont si importantes que les industriels et les gouvernements sont prêts à tout pour les obtenir. Les membres de *Sauvez la Terre !* pensent qu'il faut mettre un terme à leurs agissements. Et je crois que je partage leur avis.

— Vous soutenez leur action ?

— Je partage leur indignation, mais je réprouve leurs méthodes.

— La violence n'a jamais rien résolu.

— Je suis d'accord, et c'est pourquoi il nous fallait frapper un grand coup. *Sauvez la Terre !* aurait sans doute poursuivi ses activités après l'attentat de Petrocon. Leur stock d'anthrax aurait pu tomber entre les mains d'un autre groupe terroriste. Bref, nous ne saurons jamais ce qui se serait passé si Fire et World Dunn n'avaient pas été capturés. Selon les experts, une attaque bactériologique dans le métro de Londres pourrait faire cinq mille victimes. Sans le savoir, Amy et toi avez sans doute sauvé la vie de nombreux innocents.

— Mais Bungle est toujours en fuite.

— Je peux te faire une confidence ?

— Oui.

— Seuls Ewart et moi sommes au courant. Si cette information s'ébruite, je saurai que c'est toi qui as vendu la mèche.

— Je vous jure que je ne dirai rien.

— Le MI5 sait où se cache Brian Evans.

— Dans ce cas, pourquoi n'a-t-il pas été arrêté ?

— Ils le gardent à l'œil. Si nous l'interpellons, il préférera mourir que de parler. Nous le laissons vivre sa vie, en attendant qu'il nous mène aux autres membres de *Sauvez la Terre !*

— Et si vous perdez sa trace ?

Mac lui adressa un sourire gêné.

— Tu as l'art de poser des questions embarrassantes.

— Avez-vous déjà perdu la trace d'un suspect placé sous surveillance ?

— Oui. Mais cette fois, ça n'arrivera pas. Nous avons placé dix agents sur le coup.

— Je comprends mieux le sens de ma mission, maintenant. Mais je reste désolé pour tous les innocents qui ont été chassés de Fort Harmony. Ce sont des gens un peu bizarres, mais je les aime bien.

— Tu as raison, c'est une honte. Mais ces quelques familles jetées à la rue valent mieux que des milliers de victimes. Quoi qu'il en soit, je voulais avant tout te féliciter pour le brillant travail que tu as effectué. Tu as rempli tous tes objectifs, tu n'as pas trahi ta couverture et tu as bouclé la mission plus rapidement que nous ne l'avions prévu.

— Merci, Mac.

— J'ajoute que je te dois des excuses. À cause de nous, tu as frôlé le pire. Je reconnais que nous n'avions pas envisagé une attaque à l'anthrax. Nous n'aurions jamais mis en danger un agent inexpérimenté en toute connaissance de cause.

— Ce n'est pas votre faute.

— Tu as fait preuve d'un courage exceptionnel. Tu as conservé ton sang-froid et accepté de poursuivre ta mission à la sortie de l'hôpital. J'ai le plaisir de t'annoncer que je t'attribue la mention « performance exceptionnelle ».

Sur ces mots, il ouvrit le tiroir de son bureau, en sortit un T-shirt bleu marine et le tendit à James.

— Wow, c'est génial ! s'exclama ce dernier, le visage fendu d'un large sourire. Ça, ça va bien faire chier Kerry.

— Admettons que je n'aie rien entendu, dit Mac, la mine pincée. Mais si tu utilises encore un tel langage dans mon bureau, je te promets quelques moments difficiles.

— Excusez-moi, c'est l'émotion. Je peux le mettre ?

— Tu devras même le porter chaque jour désormais. Ta modestie risque d'en prendre un coup.

James ôta son maillot d'Arsenal et plongea la tête dans l'encolure du T-shirt.

∴

Le dimanche, les résidents de CHERUB étaient autorisés à faire la grasse matinée et à porter des vêtements civils. Levé de bonne heure, James enfila une veste de survêtement sur son nouveau T-shirt, puis il se promena dans les couloirs déserts du bâtiment principal. Il prit son petit déjeuner au réfectoire en regardant une interview de Michael Dunn sur la chaîne télé News 24. Le poing brandi en direction des journalistes, l'homme jurait de passer le reste de sa vie à rebâtir Fort Harmony.

Kerry, vêtue d'un short et d'une veste en jean, fut la première à le rejoindre. Elle le serra longuement dans ses bras puis s'assit en face de lui.

— J'étais si contente quand j'ai appris qu'ils t'avaient enfin confié une mission. Moi, j'ai achevé ma troisième jeudi matin.

Il nota avec amusement qu'elle n'avait pas pu s'empêcher de se mettre en avant. Comme il l'avait prévu, sa récente promotion n'avait pas été rendue publique. Quelques minutes plus tard, Bruce se joignit à eux.

— Alors, James, comment ça s'est passé ? demanda-t-il en prenant place à ses côtés.

James eut les toutes les peines du monde à dissimuler son enthousiasme.

— Mac pense que je ne m'en suis pas trop mal sorti.

Il remarqua que Kerry n'avait pris qu'un muffin au son et quelques fruits.

— Tu es au régime ? demanda-t-il.

— J'essaie de manger moins gras.

— Tu as raison. Il me semblait bien que tu avais pris quelques kilos.

La jeune fille lui donna un méchant coup de pied dans la rotule. Bruce explosa de rire et cracha des bouts d'œuf et de bacon sur son plateau.

— Espèce de pauvre type, lâcha-t-elle.

— Eh, tu m'as fait mal. C'était juste une blague.

— Absolument tordant.

James sentit une main se poser sur son épaule.

— Ce que tu peux être grossier, dit Lauren. Maintenant qu'elle est rentrée, tu devrais lui proposer de sortir avec toi. Vous allez tellement bien ensemble.

Kerry sentit le rouge lui monter aux joues. James profita de son trouble pour baisser discrètement la fermeture de sa veste de survêtement.

Les jumeaux s'assirent à la table voisine. Il les observa longuement avant de parvenir à les différencier.

— Tu as réussi le programme, Callum ?

— Oui. Je suis revenu de Malaisie mardi dernier. J'ai dormi vingt heures d'affilée.

— J'imagine que tu es soulagé d'en avoir terminé.

— Eh, s'exclama le garçon, tu portes un T-shirt bleu marine !

— Ouais, et alors ? répliqua-t-il, l'air faussement détaché.

— Tu es complètement cinglé. Enlève ça immédiatement. Il y a ici des agents qui ont risqué leur vie pour l'obtenir. Ils pourraient te le faire payer très cher.

— Il est à moi. Mac me l'a remis à la fin de ma mission.

Kerry éclata de rire.

— Mais bien sûr, James. Et moi, je suis l'impératrice de Chine.

— Je me fiche que vous me croyiez ou pas.

Bruce parla d'une voix étranglée.

— Je suis sérieux, James. Ceux qui portent un T-shirt qui ne leur a pas été officiellement attribué finissent toujours la tête dans les toilettes.

— Je paierais cher pour voir ça, gloussa Lauren. Garde-le, James, je t'en prie.

— T'inquiète, je ne l'enlèverai pas. Il est à moi.

— Tu es vraiment un imbécile, dit Kerry. En tout cas, tu ne pourras pas dire qu'on ne t'avait pas prévenu.

Amy entra dans le réfectoire accompagnée de Paul et Arif. Ils se précipitèrent dans sa direction.

— Et voilà, soupira Bruce. Tes ennuis commencent.

James était anxieux. Il ignorait si ces trois agents surentraînés avaient été informés de sa promotion.

Amy le prit dans ses bras et le souleva de terre.

— Félicitations, mon grand, s'exclama-t-elle. Tu l'as bien mérité.

Paul et Arif lui serrèrent chaleureusement la main.

— Mais où est passée la poule mouillée que nous avons dû jeter dans le bassin de plongée ? lança Arif.

James lança un coup d'œil oblique à ses camarades de table. Ils étaient en état de choc. Lauren lui sauta au cou. Kerry avait le regard vide et la bouche grande ouverte.

Un sourire radieux était figé sur son visage.

Il était au paradis.

Épilogue

RONALD ONIONS (ONCLE RON) a éprouvé des difficultés à s'adapter à la vie en milieu carcéral. Lors d'une bagarre l'ayant opposé à un compagnon de cellule, il a été victime d'une fracture du bras. Sa remise en liberté est prévue pour 2012.

GLADYS DUNN a investi les droits d'auteur de son second livre dans l'achat d'une ferme en Espagne. Elle y vit en compagnie de son fils **JOSHUA**, qui prépare chaque jour du curry, de la soupe et de la paella pour les trente fidèles qui les ont rejoints. Gladys décrit avec humour sa nouvelle communauté comme « une sorte de Fort Harmony II, le soleil en plus, la boue en moins ».

CATHY DUNN a vendu son Land Cruiser et acheté un billet d'avion pour l'Australie.

Les autorités ayant retenu la thèse de l'accident, **SEBASTIAN DUNN** a été relâché sans qu'aucune charge ne soit retenue contre lui. Le policier blessé a repris son poste après quelques mois de convalescence.

Sebastian vit aujourd'hui à Craddogh en compagnie de sa mère et de son frère **CLARK**. Les deux garçons nient formellement être responsables des nombreuses disparitions de chats signalées depuis leur arrivée au village.

FIRE et **WORLD DUNN** ont comparu devant le tribunal londonien d'Old Bailey. Ils ont été condamnés à la réclusion criminelle à perpétuité assortie d'une peine incompressible de vingt-cinq ans.

Compte tenu de son jeune âge et de son absence d'antécédents judiciaires, **SCARGILL DUNN** a écopé de quatre ans dans un centre de correction pour mineurs. Il pourrait être relâché pour bonne conduite dans deux ans. Il prépare son bac avec sérieux et espère entrer à l'université dès la fin de sa peine.

La police soupçonne **ELEANOR EVANS** d'être un membre actif de *Sauvez la Terre !* et, à ce titre, d'avoir pris part à la préparation de l'attentat à l'anthrax visant Petrocon 2004. Relâchée faute de preuve, elle vit aujourd'hui à Brighton en compagnie de sa mère, de son fils **GREGORY** et de sa fille Tiffany, née après le démantèlement de Fort Harmony.

BRIAN « BUNGLE » EVANS est parvenu à échapper à la surveillance du MI5. Il figure aujourd'hui sur la liste des criminels les plus recherchés de la planète. Les autorités du Royaume-Uni, des États-Unis, de la France et du Venezuela ont manifesté leur volonté de l'interroger dans le cadre de dossiers ayant trait à des activités terroristes.

JOANNA RIBBLE a longtemps attendu un appel ou une lettre de son éphémère petit ami. Elle s'en est trouvé un nouveau. James conserve précieusement son avion en papier et la photo de l'arbre au pied duquel ils se sont embrassés pour la première fois.

KYLE BLUEMAN a obtenu le T-shirt bleu marine au terme de sa dix-huitième mission. N'ayant pas digéré que James lui ait grillé la politesse, il répète à qui veut l'entendre que Mac ne l'a récompensé que parce qu'il se sentait coupable de lui avoir fait frôler la mort.

BRUCE NORRIS et **KERRY CHANG** rappellent quotidiennement à James qu'ils ont accompli davantage de missions que lui et qu'ils n'hésiteraient pas à lui botter le train s'il s'avisait de se montrer un peu trop arrogant.

AMY COLLINS espère quitter CHERUB prochainement pour entrer à l'université.

LAUREN ADAMS (autrefois connue sous le nom de **LAUREN ONIONS**) apprécie sa vie au campus. Elle entamera le programme d'entraînement initial quelques jours après son dixième anniversaire, en septembre 2004.

JAMES ADAMS (autrefois connu sous le nom de **JAMES CHOKE**) a obtenu sa ceinture noire de karaté peu de temps après son retour de mission. S'étant rendu coupable de débordements à l'occasion de la célébration de cet événement inattendu, il a été condamné à nettoyer les cuisines de CHERUB pendant un mois. Il prépare activement sa deuxième mission.

CHERUB, agence de renseignements fondée en 1946

1941

Au cours de la Seconde Guerre mondiale, Charles Henderson, un agent britannique infiltré en France, informe son quartier général que la Résistance française fait appel à des enfants pour franchir les *check points* allemands et collecter des renseignements auprès des forces d'occupation.

1942

Henderson forme un détachement d'enfants chargés de mission d'infiltration. Le groupe est placé sous le commandement des services de renseignements britanniques. Les *boys* d'Henderson ont entre treize et quatorze ans. Ce sont pour la plupart des Français exilés en Angleterre. Après une courte période d'entraînement, ils sont parachutés en zone occupée. Les informations collectées au cours de cette mission contribueront à la réussite du débarquement allié, le 6 juin 1944.

1946

Le réseau Henderson est dissous à la fin de la guerre. La plupart de ses agents regagnent la France. Leur existence n'a jamais été reconnue officiellement.

Charles Henderson est convaincu de l'efficacité des agents mineurs en temps de paix. En mai 1946, il reçoit du gouvernement britannique la permission de créer CHERUB, et prend ses quartiers dans l'école d'un village abandonné. Les vingt premières recrues, tous des garçons, s'installent dans des baraques de bois bâties dans l'ancienne cour de récréation.

Charles Henderson meurt quelques mois plus tard.

1951

Au cours des cinq premières années de son existence, CHERUB doit se contenter de ressources limitées. Suite au démantèlement d'un réseau d'espions soviétiques qui s'intéressait de très près au programme nucléaire militaire britannique, le gouvernement attribue à l'organisation les fonds nécessaires au développement de ses infrastructures.

Des bâtiments en dur sont construits et les effectifs sont portés de vingt à soixante.

1954

Deux agents de CHERUB, Jason Lennox et Johan Urminski, perdent la vie au cours d'une mission d'infiltration en Allemagne de l'Est. Le gouvernement envisage de dissoudre l'agence, mais renonce finalement à se séparer des soixante-dix agents qui remplissent alors des missions d'une importance capitale aux quatre coins de la planète.

La commission d'enquête chargée de faire toute la lumière sur la mort des deux garçons impose l'établissement de trois nouvelles règles :

1. La création d'un comité d'éthique composé de trois membres chargés d'approuver les ordres de mission.

2. L'établissement d'un âge minimum fixé à dix ans et quatre mois pour participer aux opérations de terrain. Jason Lennox n'avait que neuf ans.

3. L'institution d'un programme d'entraînement initial de cent jours.

1956

Malgré de fortes réticences des autorités, CHERUB admet cinq filles dans ses rangs à titre d'expérimentation. Au vu de leurs excellents résultats, leur nombre est fixé à vingt dès l'année suivante. Dix ans plus tard, la parité est instituée.

1957

CHERUB adopte le port des T-shirts de couleur distinguant le niveau de qualification de ses agents.

1960

En récompense de plusieurs succès éclatants, CHERUB reçoit l'autorisation de porter ses effectifs à cent trente agents. Le gouvernement fait l'acquisition des champs environnants et pose une clôture sécurisée. Le domaine s'étend alors à un tiers du campus actuel.

1967

Katherine Field est le troisième agent de CHERUB à perdre la vie sur le théâtre des opérations. Mordue par un serpent lors d'une mission en Inde, elle est rapidement secourue, mais le venin ayant été incorrectement identifié, elle se voit administrer un antidote inefficace.

1973

Au fil des ans, le campus de CHERUB est devenu un empilement chaotique de petits bâtiments. La première pierre d'un immeuble de huit étages est posée.

1977

Max Weaver, l'un des premiers agents de CHERUB, magnat de la construction d'immeubles de bureau à Londres et à New York, meurt à l'âge de quarante et un ans, sans laisser d'héritier. Il lègue l'intégralité de sa fortune à l'organisation, en exigeant qu'elle soit employée pour le bien-être des agents.

Le fonds Max Weaver a permis de financer la construction de nombreux bâtiments, dont le stade d'athlétisme couvert et la bibliothèque. Il s'élève aujourd'hui à plus d'un milliard de livres.

1982

Thomas Webb est tué par une mine antipersonnel au cours de la guerre des Malouines. Il est le quatrième agent de CHERUB à mourir en mission. C'était l'un des neuf agents impliqués dans ce conflit.

1986

Le gouvernement donne à CHERUB la permission de porter ses effectifs à quatre cents. En réalité, ils n'atteindront jamais ce chiffre. L'agence recrute des agents intellectuellement brillants et physiquement robustes, dépourvus de tout lien familial. Les enfants remplissant les critères d'admission sont extrêmement rares.

1990

Le campus CHERUB étend sa superficie et renforce sa sécurité. Il figure désormais sur les cartes de l'Angleterre en tant que champ de tir militaire, qu'il est formellement interdit de survoler. Les routes environnantes sont détournées afin qu'une allée unique en permette l'accès. Les murs ne sont pas visibles depuis les artères les plus proches. Toute personne non accréditée découverte dans le périmètre du campus encourt la prison à vie, pour violation de secret d'État.

1996

À l'occasion de son cinquantième anniversaire, CHERUB inaugure un bassin de plongée et un stand de tir couvert.

Plus de neuf cents anciens agents venus des quatre coins du globe participent aux festivités. Parmi eux, un ancien Premier Ministre du gouvernement britannique et une star du rock ayant vendu plus de quatre-vingts millions d'albums.

À l'issue du feu d'artifice, les invités plantent leurs tentes dans le parc et passent la nuit sur le campus. Le lendemain matin, avant leur départ, ils se regroupent dans la chapelle pour célébrer la mémoire des quatre enfants qui ont perdu la vie pour CHERUB.

Table des chapitres

James n'a que 12 ans lorsque sa vie tourne au cauchemar. Placé dans un orphelinat sordide, il glisse vers la délinquance.
Il est alors recruté par **CHERUB**, une mystérieuse organisation gouvernementale.
James doit suivre un éprouvant programme d'entraînement avant de se voir confier sa première mission d'agent secret.
Sera-t-il capable de résister 100 jours ?
100 jours en enfer…

Depuis vingt ans, un puissant trafiquant de drogue mène ses activités au nez et à la barbe de la police. Décidés à mettre un terme à ces crimes, les services secrets jouent leur dernière carte : **CHERUB**.
À la veille de son treizième anniversaire, l'agent James Adams reçoit l'ordre de pénétrer au cœur du gang. Il doit réunir des preuves afin d'envoyer le baron de la drogue derrière les barreaux. Une opération à haut risque…

Au cœur du désert brûlant de l'Arizona, 280 jeunes criminels purgent leur peine dans un pénitencier de haute sécurité.
Plongé dans cet univers impitoyable, James Adams, 13 ans, s'apprête à vivre les instants les plus périlleux de sa carrière d'agent secret **CHERUB**.
Il a pour mission de se lier d'amitié avec l'un de ses codétenus et de l'aider à s'évader d'Arizona Max.

En difficulté avec la direction de **CHERUB**, l'agent James Adams, 13 ans, est envoyé dans un quartier défavorisé de Londres pour enquêter sur les activités obscures d'un petit truand local.

Mais cette mission sans envergure va bientôt mettre au jour un complot criminel d'une ampleur inattendue.

Une affaire explosive dont le témoin clé, un garçon solitaire de 18 ans, a perdu la vie un an plus tôt.

Le milliardaire Joel Regan règne en maître absolu sur la secte des Survivants. Convaincus de l'imminence d'une guerre nucléaire, ses fidèles se préparent à refonder l'humanité. Mais derrière les prophéties fantaisistes du gourou se cache une menace bien réelle… L'agent **CHERUB** James Adams, 14 ans, reçoit l'ordre d'infiltrer le quartier général du culte. Saura-t-il résister aux méthodes de manipulation mentale des adeptes ?

Des milliers d'animaux sont sacrifiés dans les laboratoires d'expérimentation scientifique.

Pour les uns, c'est indispensable aux progrès de la médecine. Pour les autres, il s'agit d'actes de torture que rien ne peut justifier. James et sa sœur Lauren sont chargés d'identifier les membres d'un groupe terroriste prêt à tout pour faire cesser ce massacre. Une opération qui les conduira aux frontières du bien et du mal…

Lors de la chute de l'empire soviétique, Denis Obidin a fait main basse sur l'industrie aéronautique russe. Aujourd'hui confronté à des difficultés financières, il s'apprête à vendre son arsenal à des groupes terroristes. La veille de son quinzième anniversaire, l'agent **CHERUB** James Adams est envoyé en Russie pour infiltrer le clan Obidin. Il ignore encore que cette mission va le conduire au bord de l'abîme…

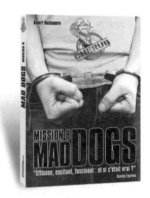

Les autorités britanniques cherchent un moyen de mettre un terme à l'impitoyable guerre des gangs qui ensanglante la ville de Luton. Elles confient à **CHERUB** la mission d'infiltrer les Mad Dogs, la plus redoutable de ces organisations criminelles. De retour sur les lieux de sa deuxième mission, James Adams, 15 ans, est le seul agent capable de réussir cette opération de tous les dangers…

Un avion de la compagnie Anglo-Irish Airlines explose au-dessus de l'Atlantique, faisant 345 morts.
Alors que les enquêteurs soupçonnent un acte terroriste, un garçon d'une douzaine d'années appelle la police et accuse son père d'être l'auteur de l'attentat.
Deux agents de **CHERUB** sont aussitôt chargés de suivre la piste de ce mystérieux informateur…

Le camp d'entraînement militaire de Fort Reagan recrée dans les moindres détails une ville plongée dans la guerre civile. Dans ce décor ultra réaliste, quarante soldats britanniques sont chargés de neutraliser out un régiment de l'armée américaine. L'affrontement semble déséquilibré, mais les insurgés disposent d'une arme secrète : dix agents de CHERUB prêts à tout pour remporter la bataille…

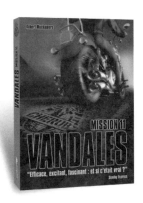

De retour d'un long séjour en Irlande du Nord, l'agent CHERUB Dante Scott se voit confier une mission à haut risque : accompagné de James et Lauren, il devra infiltrer le Vandales Motorcycle Club, l'un des gangs de bikers les plus puissants et les plus redoutés d'Angleterre. Leur objectif : provoquer la chute du Führer, le chef des Vandales. Un être sanguinaire dont Dante, hanté par un terrible souvenir d'enfance, a secrètement juré de se venger…

Le gouverneur de l'île de Langkawi profite d'un tsunami pour implanter des hôtels de luxe à l'emplacement des villages dévastés… Quatre ans plus tard, James Adams doit assurer la sécurité du gouverneur lors de sa visite à Londres. Mais l'ex-agent Kyle Blueman lui propose d'entreprendre une opération clandestine particulièrement risquée. James trahira-t-il CHERUB pour prêter main-forte à son meilleur ami ?

Pour tout apprendre des origines de CHERUB, lisez la série Henderson's Boys

Été 1940. L'aventure CHERUB est sur le point de commencer…

www.cherubcampus.fr
www.hendersonsboys.fr